张艳庭 著

解剖城市

——城市空间的文化解码与精神分析

文鼎中原

河南省作家协会
重点作品
扶持项目

郑州大学出版社

河南文艺出版社

图书在版编目（CIP）数据

解剖城市：城市空间的文化解码与精神分析／张艳庭著. ——
郑州：郑州大学出版社：河南文艺出版社，2021.2（2021.7 重印）
（文鼎中原）
ISBN 978-7-5645-7706-3

Ⅰ.①解…　Ⅱ.①张…　Ⅲ.①散文集 - 中国 - 当代　Ⅳ.
①I267

中国版本图书馆 CIP 数据核字（2021）第 005996 号

解剖城市——城市空间的文化解码与精神分析
JIEPOU CHENGSHI——CHENGSHI KONGJIAN DE WENHUA JIE-
MA YU JINGSHEN FENXI

策　　划	孙保营　马　达	封面设计	小　花	
责任编辑	孙精精　郭　阳	版式设计	小　花	
责任校对	刘晓晓	责任印制	凌　青　李瑞卿	
丛书统筹	李勇军			

出　　版	郑州大学出版社有限公司　河南文艺出版社有限公司
发　　行	郑州大学出版社有限公司
地　　址	郑州市大学路 40 号（450052）
出 版 人	孙保营
网　　址	http://www.zzup.cn
发行电话	0371-66966070
经　　销	全国新华书店
印　　刷	河南新华印刷集团有限公司
开　　本	890 mm×1 240 mm　1／32
印　　张	10.125
字　　数	204 千字
版　　次	2021 年 2 月第 1 版
印　　次	2021 年 7 月第 2 次印刷

书　　号	ISBN 978-7-5645-7706-3	定　价	35.00 元

本书如有印装质量问题，请与本社联系调换。

编委会

序

　　印象中最早看到这个系列随笔，是在张艳庭刚进入同济大学读研之时。那时我是他的导师，他给我看的第一篇文章，就是关于大型百货商场的随笔。这是一篇融会了本雅明、波德里亚等人思想的文章，同时浓缩了他日常生活中的见闻和经验。我们进行了一番交流，也针对百货商场中天井的意义进行了探讨。之后他进行了修改，用文化理论把感性经验进一步提炼，使之具有一定的理论高度，但又保留了文学性的隐喻和修辞。之后，他写作了多篇这样以都市为研究对象，不乏理论色彩的随笔。

　　读研期间，张艳庭对理论的学习热情给我留下了深刻的印象。他在自己的专业课程之外，还听了人文学院许多课程，尤其是法国理论和文化研究的课程，阅读了大量相关的书籍。同济人文学院在德国哲学、法国理论、文化研究等方面都有较强的实力，为他这方面的学习提供了较好的资源和条件。每次我的学生入学时，我就将人文学院课程表发给他们，让他们根据兴趣选择旁听。记得有一次张艳庭说按我给他的课表，从早到晚听了将近 10 个小时的课程，虽然疲惫，思想上却是兴奋的。这种沉浸式的学习，带来了他理论水平的不断提升。与此同时，他也利用读书的间隙，深入地去观察、了解上海这个城市，对于这个城市的内在结构与肌理，一些文化现象，有了感同身受的体验和认识。上海的大都市气息，上海作为国际性都市的多元文化氛围也影响了他。在此基础上，他才写出了这些具有罗兰·巴特特点和波德里亚风格的随笔。

这样的写作风格与我的随笔观有许多相符之处。在他读研期间，我陆续把这个系列的多篇随笔发表在公众号"同济理论电车"（现已改名为"法国理论"）上。在编《法国理论（第七卷）》时，我又从他的系列随笔中挑选出有关百货商场、电影院、古玩城、广场的数篇，以《解剖城市》之名集中发表在《法国理论（第七卷）》的《随笔》栏目中。他这个系列的文章也陆续在《广西文学》《山东文学》《黄河文学》《太湖》《鹿鸣》等期刊发表，其中发表在《黄河文学》的《漂移的盛宴》还入选了《2017 年中国随笔精选》。后来他写书店的那篇，获得了第四届"书城杯"全国散文大赛二等奖，获一等奖的则是著名散文家周晓枫。这些都可以看作他在坚持之中的不断提升。从同济大学毕业后，他又考到山东师范大学吴义勤教授门下，攻读中国现当代文学博士。在文学研究不断精进的同时，他在同济开始的写作计划也没有停下，最终完成了这个系列的写作和修订，有了本书的诞生。

城市空间看似日常化和生活化，每个人都有所了解，但其实并不简单，而是一个重要的研究课题。城市文化和空间理论庞杂而深邃，历史学家斯宾格勒认为，世界的历史就是城市的历史。马克思、韦伯、涂尔干、西美尔等社会学理论开创者，也都将现代西方文明看作一种都市文明，将都市纳入自己的研究范畴。其中西美尔的理论直接启发了芝加哥学派的代表人物——路易斯·沃思。芝加哥学派也在20世纪初叶成为都市社会学的代表学派。后来福柯、列斐伏尔、大卫·哈维、爱德华·索亚等诸多学者和理论家都纷纷发掘空间的价值，在空间问题上发表独到的见解。他们的研究，不仅改变了城市文化研究的走向，也改变了哲学与美学理论研究的走向。丹尼尔·贝尔就认为，20世纪中叶之后空间问题成为主要的美学问题。弗里德里克·杰姆逊则将由现代主义向后现代主义的文化转向概括为一种由时间向空间的转向。

　　对城市研究来说，现代性问题仍是一个核心问题。诸多现代性理论和研究是建立在城市领域之内的，城市也是最集中体现现代性的一个场所。从波德莱尔、西美尔和本雅明开始，到吉登斯、鲍曼、哈贝马斯等思想家关于现代性的经典论述，以及福柯、列斐伏尔、哈维等从空间角度对现代性进行反思的研究，城市可以说是现代性的集中体现空间。

　　研究城市文化，不可能不涉及大众文化。因为大众文化的兴起正是以城市为背景的，是文化市场化的结果。当代西方大众文化研究的视角，可以大致归纳为三种：一种是以法兰克福学派为代表的批判理论视角，一种是以罗兰·巴特为代表的符号学视角，还有一种就是以伯明翰学派为代表的文化研究视角。其中，文化研究视角最具跨学科的倾向。与阿尔都塞的结构主义的结合，与葛兰西的霸权理论的结合，以及与解构主义、后现代主义理论的结合都使文化研究产生了不同的转向，进入了不同的阶段。文化研究也成为大众文化研究领域不可绕过的重要视角和方法。

通过对这些知识背景的梳理，可以知道城市空间与城市文化研究的理论深度。张艳庭要进行系统的城市空间书写，不可避免地要与这些理论遭遇。如果缺乏相应的理论素养，写作就很容易流于肤浅的感性印象，也无法与之前的研究进行对话，价值会大打折扣。但从张艳庭的这些文章中，可以看到他较充分的理论储备。他没有止于对现象的描述，也没有一味地抒情，而是运用不同的理论对不同的书写对象做出诠释，为其思想性提供了保证。虽然他对理论的运用不能说是走在学术前沿，但不少也颇具新意。

对符号学方法的使用就是这样。从本书的副标题"城市空间的文化解码与精神分析"，就可以看到张艳庭对符号学方法的重视，因为解码正是符号学对大众文化研究的典型方法。罗兰·巴特的《神话》也是我最早推荐给他的文化理论著作。张艳庭在文章中较多地运用了符号学理论，如他在《花市：治愈空间与温柔密码》一文中分析花语这种符号系统，分析鲜花与盆花在符号学意义上的不同，分析多肉植物新的花语符号系统的形成，指出花卉的符号凝聚能力，等等。许多文化问题从符号学的角度，可以得到透彻的分析和清楚的解释；而对文化代码进行解码，对其背后的意识形态进行揭示，也是一种祛魅式的方法，可以体现出对现实的介入态度。

本书副标题中提到的精神分析理论同样是西方文论的重镇。而将精神分析理论运用在空间分析上，要首推法国理论家加斯东·巴什拉。巴什拉在《空间的诗学》中分析了家宅作为一个场所的精神特征，强调对这一场所的精神性体验与想象。巴什拉对空间非均质化的理解，影响了福柯，而福柯将研究的焦点转向了外部空间——城市。齐泽克也曾在《建筑视差》一文中，根据拉康的"三界"说对空间进行分类，是精神分析学与空间问题的碰撞和交融。

在这两种理论之外，我还在书稿中看到了多种理论方法的使用。如他用扬·阿斯曼的文化记忆理论分析博物馆，用视觉文化理论解读美术馆，用巴赫金的狂欢化理论解读跳蚤市场，用吉登斯等人的现代性理论解读车站等。他的多篇文章都是使用多种理论从不同角度来阐释一种空间类型，虽然有些理论只是灵光一闪，并没有完全深入，但也提供了一些新鲜的视角。如他对城市公园的书写，从历史的角度来书写公园的现代演化，从符号学的角度来书写公园中植物与自然的编码，从环境体验与空间叙事的角度来书写公园中的道路；用列斐伏尔的空间对社会关系再生产理论对公园中的广场舞和暴走队进行分析，用福柯的异托邦理论书写公园内多种场所的越界，书写公园在白昼和深夜两个不同时间中所发生的空间变异，揭示出看似稳固的空间所具有的流动性，即具有的异托邦性。

　　除了对多种理论的运用，本书的框架设置也颇具意味。本书共设四辑，分别为"消费空间""公共空间""文化空间""异托邦空间"。他之所以将"消费空间"放在第一辑，是因为在消费社会中，消费空间其实已成为一种主导空间或者核心空间。人们不仅通过消费获取物质化的生活资源，也通过消费获取符号化的文化—教育资源。从大型百货商场到超级市场、商业步行街等日常化的消费空间，到花卉市场、古玩城等专业化的消费空间，张艳庭运用波德里亚、列斐伏尔等人的理论对这些消费空间的生产与规划进行分析，揭示这些空间中隐含的消费主义意识形态。而对于广告，他则将之解读为对商品符号和精神欲望的双重编码。

　　本书第二辑为"公共空间"。公共空间是市民社会形成的重要标志，也是其发展的重要保障，具有重大的意义。从广义角度说，不仅博物馆等文化空间属于公共空间，百货商场这样的消费空间也属于公共空间。但从狭义角度说，真正的公共空间，要有能够形成对话的条件，用哈贝马斯的话来说，是公共意见能够形成的领域。面对公共空间的复杂状况，张艳庭取了二者的折中，选取广场、车站、公园、公共交通工具和医院等具体空间来书写，体现了他对公共领域与空间正义的思考。

而对于一些文化底蕴深厚或文化含量较高的空间，张艳庭则收录在第三辑"文化空间"中。这里的文化空间可以说是一种狭义的文化空间。因为城市作为人工的空间，本就是自然的对立面，如果采用文化是与自然相对立的人化的概念，那么城市空间都可以称为一种文化的空间。而张艳庭在这里书写的主要是可以容纳、展示、传承经典文化的城市空间，如博物馆、美术馆、图书馆、书店等。不管是历史遗存、视觉艺术，还是书面文化，都可以算作处于文化代码系统中心位置的文化。咖啡馆、电影院承载和传播的则主要是大众文化。大众文化是消费社会中的主流文化，也是营造趣味和区隔的文化，大众文化空间同样可以算作消费空间，因为消费是大众文化最重要的逻辑和实现自身的方式。

在这三个较为传统的分类之后，本书还设置了第四辑"异托邦空间"。这并不是一个常规的空间概念。它来自福柯，但福柯并没有对这个概念的内涵和外延进行清晰界定。它与列斐伏尔的差异空间，也与索亚的第三空间有相似之处，但又有自己的独特之处和不可替代性。与乌托邦的空想性相较，异托邦是一种明确的真实场所；与其他场所相较，它又有独特的异质性和超越性；它也具有很强的时间性特征，像是一种过程或状态。

其实"异托邦空间"的概念，在这辑文章之前就已多次出现。在那些文章里，异托邦可能体现在多种场所的并置，体现在整体化的抽象空间中所表现出的差异性，还有可能是空间中时间因素的表现和对空间稳定性特征的打破等等方面。于是，异托邦性就不仅体现在边缘性的空间中，也体现在一些重要的、主流的空间中，如公园这样的公共空间，或者博物馆这样的文化空间。总的来说，寻找传统空间中的异质性，或者挖掘城市空间的异托邦性，成了张艳庭城市空间书写的一个特色。

虽然蕴含了诸多的思想理论，也有明显的学术倾向，但在行文方式上，本书依然以随笔体为主。学术随笔式的写作其实在西方学界有着深厚的传统，从蒙田到本雅明再到罗兰·巴特、波德里亚，都是学术随笔的身体力行者，也树立了典范。解构主义哲学家雅克·德里达在其文章《白色的神话：哲学文本中的隐喻》中指出哲学深深根植于隐喻，从而解构了哲学与文学的二元对立。而耶鲁解构学派的代表人物哈特曼，则完全消除了文学和哲学的界限，强调批评与文学创作的等同。他认为随笔就是文学与哲学和谐融合的典型代表，随笔既是批评又是文学作品。

张艳庭的这个"解剖城市"系列就具有哈特曼所说的随笔的特征。其实除了文学影响造成的文学观念和个人偏好，对形式的选择与方法、主题也都有关系。张艳庭在批评与随笔之间的跨文体书写，就与文化研究的跨学科属性有很大关系；同时也跟他的空间主题有一定的关系，因为空间本身就极为复杂，分类繁多。如卡西尔将空间分为有机体空间、知觉空间、神话空间和抽象空间等类型，梅洛－庞蒂将空间分为身体空间、客观空间和知觉空间。列斐伏尔从方法论的角度把空间分为空间的实践、空间的表征与表征的空间，大卫·哈维认为其分别意味着经验的、感知的和想象的空间。这种三位一体的空间是单纯的理论分析所无法表现的。他在对空间进行书写时加入个人的体验和想象，也加入一些文学文本，就是在增加体验的空间和想象的空间，使他写到的空间变得更加多维、立体和丰富。

张艳庭在同济讲述他的理想或生涯规划时，说过想要成为作家型的学者或者学者型的作家。这是一种身份的越界，同时也是一种思想的越界。而这部书稿，正是这一越界精神的体现和越界实践的成果，同时也是他在同济读书这几年留下的最好的纪念。希望艳庭的文学创作和学术研究能够在不断越界和生成中，取得更大的进步。

张生

2020 年 7 月 12 日

（张生，同济大学人文学院教授、博士生导师）

目　录

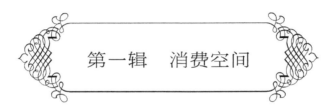

第一辑　消费空间

大型百货商场：圣殿或魔都

一定程度上可以说，正是大型百货商场塑造出了现代城市的商业中心。这样的百货商场往往以"购物中心"即"Mall"的名称出现，代替了以往商业街道在城市商业体系中的地位。也不同于其他专业货物市场，百货与人们的日常生活息息相关，但大型百货商场又能够赋予这些商品以超越性的光环。商品进入这样的商场之后，即获得了时尚、流行甚至尊贵等诸多品质，如本雅明所言，"商品戴上王冠，周围环绕着娱乐之光"①。一些可以在其他地方以较低价位购买到的商品在这里则会以数倍的价格售出，制造出一个个价格神话。从这个角度说，普通街边店像是商品的客栈，而大型百货商场则像是商品的殿堂。如果说消费社会中广泛流行着一种拜物教的话，大型百货商场就是这种拜物教的圣殿。在这座圣殿之中，拜物者才会在一种宗教般的眩晕中认同它的消费理念，认为它的价格虚高理所当然，甚至对它所推崇的商

---

① 瓦尔特·本雅明：《巴黎，19世纪的首都》，刘北成译，商务印书馆，2013年，第14页。

品顶礼膜拜。

　　这种殿堂乃至圣殿的建立首先来自它的空间建设，也可以说是一种空间生产。亨利·列斐伏尔在《空间：社会产物与使用价值》中指出："空间作为一个整体，进入了现代资本主义的生产模式：它被利用来生产剩余价值。"① 在百货商场中，每一寸空间的运用都涉及剩余价值的生产。通过观察大型百货商场对空间的构造和装饰，我们可以看到空间如何隐秘地左右商品利润的生产，促成消费圣殿的建立。

　　空间装饰是最容易被观察到的。这种装饰可以把一个大型空间营造得富丽堂皇，也可以现代简约；既可以温馨多情，也可以冰冷中性；既可以整齐划一，也可以琳琅满目；既可以富有东方韵味，也可以体现西方情调。在大型百货商场中，装饰的多样性、繁复性、混杂性甚至对立性，往往都会超过其他商业空间，营造出消费的背景、氛围和品味，吸引人们的视线和钱包。相较而言，百货商场中的空间距离则容易被忽视。大型百货商场的空间主要是被一个个品牌分割占领，这一个个品牌根据不同的设计意图又分成半开放或全开放式的空间，用玻璃、货架、海报和商品构成了一个个品牌空间，成为整个商场装修风格的有机组成部分。它们就像一个个细胞，将整个商场变成一个充满魅惑的有机体。而这一个个细胞之间的距离，就是商场空间距离的典型代表。这

----

① 亨利·列斐伏尔：《空间：社会产物与使用价值》，见包亚明主编《现代性与空间的生产》，上海教育出版社，2003年，第49页。

　　　　　　　　　　　　　　　　　　解剖城市

些品牌专柜之间的距离要适合购物者"闲逛",而不仅仅是行走。本雅明在《巴黎,19世纪的首都》中写道:"百货商店利用'闲逛'来销售商品。"① 为了营造闲逛的空间,专柜之间的距离往往较大,购物者能够在其间悠闲地行走。超市那种需要"挤"的空间语法在这里是不合适的。超市的这种空间语法不仅指人,更指商品——许多商品都是被挤在一起的。因为超市商品往往相对廉价,利润空间也有限,只有依靠品种和数量的丰富,才能拓展更大的盈利空间。大型百货商场则不同,尤其是服装、珠宝等区域,商品价格往往较高,单个商品的利润空间较大,不用把它们挤在一起。在这种商场里,时间即金钱的论断被置换成了空间即金钱。一个商品所占空间越大,往往意味着它的商业价值越高。许多柜台甚至用巨大的空间来展示一件商品,准确地说是衬托,让空间的价值衬托并凸显商品的价值。单个品牌柜台里的商品如此,不同品牌柜台之间空间的大原则是对整个商场价值的展示和凸显。

这些单元之间较大的空间能够让购物者产生悠闲散步的感觉,让他们无目的性的闲逛符合商家有目的性的销售。这样的通道往往四通八达,能够将购物者引到任何一个品牌陈列区或柜台前。西谚有云"条条大路通罗马",在这里则成为条条大路通柜台。

---

① 瓦尔特·本雅明:《巴黎,19世纪的首都》,刘北成译,商务印书馆,2013年,第20页。

拥有众多楼层是大型百货商场一个重要的空间特征。它首先满足的是商品丰盛化、多样化的需要。波德里亚在《消费社会》开篇即写道："今天，在我们的周围，存在着一种由不断增长的物、服务和物质财富所构成的惊人的消费和丰盛现象。"① 大型百货商场即是这一现象集中呈现之地，已经发展成为可以满足人们购物、餐饮、休闲、娱乐等诸多需求和欲望的超级商业设施。商业元素的结合构成了巨无霸式的商业中心，就像电影《千与千寻》中的无相人，吞吃了一些小型角色后不断变大，超出了动物或人类正常生长的过程。大型百货商场或购物中心通过不断吞噬，让自己成倍增长，以庞大的体量吞噬和容纳更多的商品。而容纳更多商品的真正目标，如玛格丽特·克劳福德所说："支持购物中心把整个世界含纳其中的雄心。"② 从另一个角度说，这种目标也可称之为商品百科全书式的容纳与呈现。不管从哪个角度，它都体现了一种乌托邦式的规划。

　　同时，百货商场的多层化和立体化也是一种视觉需要。当今时代已经成为视觉的时代，街道的视觉限制在这个时代中尤其明显：它往往只能提供横向视觉，而不能提供纵向视觉。而百货商场中，立体空间不仅为顾客提供了横向视觉体

---

① 波德里亚：《消费社会》，刘成富、全志钢译，南京大学出版社，2000年，第1页。

　　② 玛格丽特·克劳福德：《大型购物中心里的世界》，唐伟译，见汪民安、陈永国、马海良主编《城市文化读本》，北京大学出版社，2008年，第234—235页。

6　　　　　　　　　　　　　　　　　　　　　　　　　　　解剖城市

验，而且提供了更多的纵向视觉体验。百货商场往往有类似天井的空间，在这个空间里，人们的目光可以从一层直接抵达最高层；而站在每一层，人们都可以看到其他楼层的场景，看到尽可能多的商品。这样，百货商场不仅提供了商品的丰盛，更提供了"视觉的丰盛"。

多层的百货商场对商业街道地位的冲击还有着更加复杂的原因。如果说商业街道具有现代性意味的话，多层的百货商场则拥有更多的后现代性。它在形态上更像是商业街道的折叠，本质上是时间向空间的转换。经过这种"折叠"，百货商场在有限的空间里容纳了更多的时间。消费者在街道上消耗的时间，在多层的百货商场里也被折叠，而得到了节省。百货商场中的电梯在连接不同高度空间的同时，也成为连接时间的通道。

百货商场的立体空间不仅仅是商业街道的机械折叠，更是不同街道功能的有机叠加。与有些街道商铺种类的随意性不同，大型百货商场的楼层空间应用往往根据商品种类和消费情况进行组合设置，不同楼层设置不同的商品种类。每一层商品种类的设置都经过了认真的策划。通过对不同楼层商品设置的观察，就能够看到百货商场空间的这种有机构成。下面我以自己熟悉的百货商场楼层设置作为样本进行观察和分析。

大型百货商场中，一楼售卖的往往是珠宝、化妆品等较为高端的商品甚至奢侈品，为整个商场定下了价值基调。这类商品往往不是较为大众化或廉价的。一楼往往是消费者进入性最强的空间，因为人流量最多而寸土寸金，这些相对奢侈的品牌有足够的利润空间来占领这个物质空间，而这个物质空间也是昂贵商品价值的象征；同时因为这类商品消费人群较少，不会造成拥堵，能够有效地将顾客引导向上。

将化妆品专柜放在一楼，也有相同的逻辑。化妆品体量较小，占用空间不大，价格不菲。相对精致的柜台也有助于一楼空间的美化；当然，还有讨好女性消费者的意图。女性往往是百货商场的主力消费群体，化妆品是女性的第二张脸，是时代高端科技为女性打造的易容术。古代许多形容女性美的成语如"花容月貌"等，总是将容貌放置在女性美的首位，现代社会依然如此。"我们现在知道，在所有的叙说中，女性的脸及头部是不可抹去的，是必须显现的，是在这种显现中常常占支配地位的。女性及其完美性在我们的社会中注定要成为一种形象。而为了这种形象的产生，化妆品是不可缺少的。"①

这种不可缺少，是因为现代化妆品和化妆技术已经能够达到化腐朽为神奇的境界。这也是网上流传的女性化妆前后容貌对比段子产生的原因。这些化妆品专柜往往不只提供化妆品，也同时提供化妆服务。这些都暗示了百货商场是生产时尚和美丽的场所。这种生产首先从"头"开始，也符合美

---

① 徐敏：《现代性事物》，北京大学出版社，2011年，第240页。

解剖城市

的生产顺序，这种顺序是由重要性向非重要性递变的秩序图谱。百货商场为时尚和美丽提供了一套完整的蓝图，化妆品在这里则成为这一秩序的开端。

在这种引导下，消费者通过电梯进入二楼。从二楼开始，以服装为主。百货商场中，服装是主要的销售商品，往往占据多个楼层。服装这种商品为什么会在百货商场中如此重要？这是因为人对自己身份的建构往往与商品有关，与服装更有着直接的关系。玛格丽特·克劳福德认为："如果世界通过商品而被认识，那么个体的身份就取决于一个人通过选择一套明确的个性化商品来组成连贯的自我形象的能力。"[①] 作为人类生活的必需品，服装不仅仅满足人的生理需求，更是人社会身份的象征，体现着人的文化、品位和审美差异。因此，徐敏在《现代性事物》中将服装称为"身体的上层建筑"[②]。对于大商场而言，服装总是与时尚紧密相连，甚至可以成为它的一个代名词，它是将百货商场塑造为时尚地标的主要工具。从经济层面说，服装也是利润率较高的商品之一，往往以高于成本数倍的价格进行销售，一些高档服装品牌更制造出一个个价格神话。

服装的象征意义和利润空间给自己带来了巨大的物质空

---

① 玛格丽特·克劳福德：《大型购物中心里的世界》，唐伟译，见汪民安、陈永国、马海良主编《城市文化读本》，北京大学出版社，2008年，第240页。

② 徐敏：《现代性事物》，北京大学出版社，2011年，第220页。

间。不少商场多达三层都是服装的领地。二层、三层主要为女性服装，四层主要为男性服装。为什么女性时装能够在时装中占有如此大的比重？其中一个重要的原因，是性别分工和由此产生的社会差异。从人类社会发展进程中，可以看到男性中心主义占据了绝大部分历史时期。在男权时代，女性成为他者，成为男性凝视的对象。女性时装的多样性很大程度上有对男性目光的取悦，相对高档精致的服装总是能够吸引更高社会阶层男性的注意。虽然随着现代社会男女平权运动的发展，女性已经拥有较高的独立性，但男权时代在服装领域的影响依然存在。除了社会因素，女性身体的生理原因，也促成了相应时装的丰富。女性身体的曲线和男性身体相对僵硬的线条相比，提供了更为丰富的承载空间，也提供了更多的审美空间。女性与时装联系得如此紧密，以至于鲍德里亚说："女人已经和她的服装成为一个不可分割的整体。"[①] 这些因素的综合作用促成了女性时装的花样繁多，更新速度快，根据流行风潮不断变化。相较而言，男性时装的花样和品种则较为单一。除在二层、三层搭配一定的男性时装品牌，把男性时装主要安排在一个楼层就可以基本容纳了。

而二楼和三楼两个以女性时装为主的楼层，又有不同的分工。二楼延续一楼的功能，以较强的可进入性搭配较为昂贵的服装品牌。三楼在女性时装之外，往往要加入儿童服

---

① 转引自徐敏《现代性事物》，北京大学出版社，2011年，第220页。

　　　　　　　　　　　　　　　　解剖城市

装。相对而言，整个楼层的品牌奢侈程度有所降低。对于五层或六层的百货商场来说，这个楼层处在中间，起到连接上下的枢纽作用。抵达这个楼层之后，上面的楼层也就不再高高在上。特殊的商品让三层的空间意义发生了变化，成为新的地平线。

男性时装为主的四楼，往往还会设置运动、户外品牌，因为这种类型的服装带有一定的中性色彩，男女差别并不太大。将这类商品设置在服装区域的最高层，还因为它本身承载的运动内涵，符合高楼层的空间语境。

用三层承载服装之后，第五层往往会改变内容和功能。在我所熟悉的百货商场中，有些依然用来承载服装，但更高级一些的商场会用来安排美食和儿童娱乐设施。美食在楼上兼有快餐化和高档化的倾向，其间还有为数不少的中档餐厅。提供餐饮服务，增加了顾客停留在商场的时间。快餐往往是最好的选择，它能够缩短就餐时间，让顾客更快地进入其他需要消费的楼层。我在一个百货商场的负一层就见过这种许多快餐联合起来形成的美食广场。所有的桌子安放在一起，四面被各种餐饮门面包围，售卖着各种各样、天南地北的美食。桌面是铁皮的，泛着冰冷的白光。它们不属于哪一家门店，而是所有门店共有，有工作人员随时打扫离开的人留下的剩饭和餐具。这是标准的"中式"快餐模式。虽然快捷，但有些冰冷，谈不上有多少美食享受。与之相比，通常位于百货商场一层的肯德基、麦当劳等快餐店倒显得有些温情。更加讲究的大型百货商场将餐饮设置在了楼上，我所见的情况是五层或六层。与楼上的装修风格相比，负一层也就是地下室的装修往往显得粗糙。这种空间改变，使餐饮发生了奇妙的变化，档次也随着空间高度的变化而得到提升。那种美食广场式的快餐不再成为主流，即使有，也只是微缩成一角。虽然仍有许多快餐，但品牌中餐店成为主流——拥有较好的就餐环境和更加个性化的装修风格，提供的饮食更加精致讲究。除了一些较具特色的中餐厅，还有较为高档的西餐厅，装修风格上更加讲究。在这些店铺里，顾客可以安心坐下来享受美食。中国人对美食的热情可谓高之又高，孔夫子在两千多年前就说过"食不厌精，脍不厌细"。现代大型百货商场就提供了这种精致细腻的美食，甚至将餐饮变成了舌尖上的娱乐。这正符合大型百货商场的定位——既提供最高档、最前沿的商品，也提供最精细的身心娱乐。

当然，这些优雅的店铺环境还可以让就餐成为一种社交方式。这是餐饮除了填饱肚子和舌尖享受之外最大的用途。大型百货商场乐意提供这种平台，也显得更有人情味。而且社交在一定程度上能够很好地促进消费，尤其是男女恋人这种交往类型。楼上餐厅改变了餐饮在购物中心和百货商场商业链条中的从属地位。我之前提到的只有一个地下室美食广场的百货商场，在同城出现五楼设置餐厅的百货商场之后，也把顶层由服装改造成了这样的餐饮空间。

除了餐饮，大型百货商场还提供更多的娱乐。这座消费圣殿的形成，除了空间的装潢和修饰，更注重整体气息和氛围的营造。娱乐就是对这种气息和氛围进行铺垫、烘托、笼罩的重要环节。百货商场的娱乐项目，电影院、KTV、电玩城、儿童游乐城等往往一应俱全。其中，儿童游乐城不与上述成人化的娱乐项目同居一层，一般会与餐饮项目同在五层。儿童游乐城是百货商场提供的娱乐链条中不可缺少的一环。将游乐场从公园搬到商场内部，让商场成为孩子们的快乐天堂，不仅仅有从经济层面的考虑，还有对人伦层面的考量。儿童的快乐天堂因家长的参与或监督而变成了亲子乐园，人伦美景一遍遍上演，让这座金钱堆积起来的建筑闪耀出人伦的光芒。

一般而言，六楼是娱乐项目最为集中的地方，有电影院、咖啡厅、KTV、电玩城等。这往往是商场的最高楼层，按说其可进入性是最低的，但这个楼层常常人员最多。更高的楼层也抵挡不了人们娱乐的热情，娱乐至死的时代风一定程度上在这里可以得到验证。这些娱乐项目同餐饮结合，共同打造出身心娱乐的盛宴。

电影院是这些娱乐项目中的龙头老大。在城市依靠灯光消灭黑夜之后，电影院却提供了一种人造的黑夜。在昏暗的影厅中上演一个个光影承载的故事，就像是城市人的白日梦。弗洛伊德等精神分析学家对梦进行过深入解析，认为梦作为一种调节潜意识与意识的有效工具，对人的精神健康起着重要作用。而电影这种白日梦幻一定程度上可以调节梦与现实之间的裂隙，达到深度娱乐的功效。除此之外，电影本身也是一种时尚。在网络时代，电影院并没有被淘汰，一定程度上是因为电影的时尚化运作方式，使电影院站到了时尚的前沿。人们希望第一时间看到新上映的电影，就像人们希望第一时间赶上时装流行风潮一样。同时，电影本身还生产时尚，许多电影角色的造型和服装都能够带动流行风潮。电影的这种时尚内涵与大商场运作的时尚语法有着内在的统一性。因此，电影院作为大商场的精神调节器，有效地完善了大商场的整体人格和时尚生产运作机制。虽然 KTV 相较电影院显得肤浅，却与电影院有着相似的功能。KTV 中也有大量的光影叙事，不同的是，电影院依靠故事作用于消费者，而 KTV 主要靠音乐。音乐的娱乐效果有时并不逊色于故事。电玩城相对前两者，则有更强的刺激性。如果说前两者主要是针对成人的话，电玩城则对青少年具有更强的吸引力。游戏与娱乐本就密不可分，电玩是传统游戏的升级版，用光影声色营造的虚拟世界足以让人忘记现实世界，虽也同样会令人对现实世界的规则产生倒错感和不适感，但这对百货商场来说并没有问题。

相较于电影院和 KTV 的大众化，咖啡厅则更具小资情调。咖啡厅应归属于餐饮范畴，但咖啡又绝不仅仅是一种作用于口唇的饮料，而更作用于人的大脑，给人带来精神刺激。相对电影等工业化娱乐而言，咖啡厅提供的可以说是"植物性娱乐"。相较这种稍弱的娱乐性而言，大商场更为看重的是咖啡厅提供的情调与氛围。这种情调与氛围为商场售卖的服装等小资情调商品提供了直接的实践场所，就像是服装的另一种售后服务。

各种娱乐项目的堆积，让大型百货商场吸引了各个年龄阶段的人群，满足不同人群的不同需要，构成了全天候的娱乐场和消费体系。这些娱乐盛宴的打造，吸引了无数人光临。但吸引顾客对娱乐项目消费，却不完全是大商场的目的。娱乐是大商场商业体系的有机组成部分，从楼层设置就可以看出大商场的态度——要想抵达娱乐项目，需要经过售卖商品的楼层。这种空间设置，暗示了一种理念：要想抵达娱乐，需要经过购买。当然，经过这种整体氛围的营造，在大商场中，购物与娱乐形成了意义上的同盟。购物在这里本身就产生了娱乐性。而娱乐业如本雅明所言，"把人提升到商品的水平"①。

购物与娱乐的结合，为大商场的商业规划画出了自足的、完美的圆。在这个圆中，不用走出商场的门，就可以享用到体系完整的商业服务。从这个层面说，大型百货商场就像是一个微缩的城市，在缩小的城市版图里，又将城市的消费功能放大到了极致。只有这个城市是独立的，人们才会忘记其他城市，才会自觉接受这里的文化熏陶、浸染和改造。波德里亚在《消费社会》中说："我们的超级购物中心就是

---

① 瓦尔特·本雅明：《巴黎，19世纪的首都》，刘北成译，商务印书馆，2013年，第13页。

我们的先贤祠,我们的阎王殿。"① 波德里亚认为所有的消费之神或恶魔,都汇聚于此。它们的同时存在,是一个"城市"所不可缺少的。

同时,很多大型商场也都附设有面向大众提供更加廉价、更加日常化商品的超市。如果那些售卖昂贵服装、饰品的楼层可以比喻为富人区的话,超市则可以被比喻为这个城市里的平民部门。超市在这里被设置在负一层,也就是地下室的位置。这个位置并不雅致,所谓"负一层"只是借用数学符号来对它进行美化,可以说是一种去污名化的措施,以营造出一种整体和谐的表象。超级市场使大商场提供的商品更加丰富、完善,也让大商场与更多普通人的生活发生关系。我住所附近的这个大商场开业之时,涌入人群最多的并不是楼上那些消费较高的楼层,而是身处地下室的超市。因为超市的存在,大商场对于普通人来说不再高高在上,而是可以俯视和深入。大商场开业时需要用超市体现自己的亲民色彩。在以后,也同样需要。

以这个我熟悉的商场为蓝本,大商场的楼层分布及空间意义逐渐清晰,可以归纳如下:超市在地下一层,是整个商场的基础,也是人气的根基。一层以奢侈品体现价值取向,也起到向上引导、分流人群的目的。二、三、四层主要是服

---

① 波德里亚:《消费社会》,刘成富、全志钢译,南京大学出版社,2000年,第8页。

16　　　　　　　　　　　　　　　　　　　　　　　　解剖城市

装，是大商场售卖的主要商品，将商场变成时尚秀场，生产价格神话。五层、六层主要提供餐饮和娱乐，在这里，五层的餐饮也可以看成是舌尖上的娱乐。这是大型百货商场的上层建筑，与经济基础相关，并为经济基础服务。整个商场通过不同楼层的分割、组合、互补，最后形成了引君入瓮的消费模式，一个完整的消费链条、一个商品的"利维坦"和一个意义的共同体。而这正符合恩斯特·卡西尔对神话空间的界定：系统的完整性和结构的同一性。他对这种同一性的认识是："我们在其中总是发现同一的原初图式，同一的'构造'（articulation），借助这种构造，整体的印记烙在每一物体之上。"①

　　这种内在的系统性和同一性也可以在视觉上得到呈现，那就是在天井空间中，人们从一层天井位置往上看，就像观看大教堂高高的穹顶一样。这种引领视觉飞升的空间构造，容易让人产生宗教感。而从上往下俯视，可以看到整个空间系统和结构的同一，成为神话空间诞生的保证。与通常大教堂中容纳的基督教等宗教不同，百货商场这个空间中诞生的只能是拜物教。这样，百货大楼的立体空间不仅完成了街道的折叠，还在里面添加了"神话空间"，似乎使人的物欲与灵魂都得到了安放。这是消费圣殿诞生必不可少的空间条件。

----

　　①　恩斯特·卡西尔：《神话思维》，黄龙保、周振选译，中国社会科学出版社，1992年，第102页。

同时，大商场也像一个城市。在物理空间层面，大商场从负一层到六层，因为电梯的连接，大大缩小了高度上的落差和空间上的距离。整个商场成了一个紧密相连的整体，使一座大楼的高度只是人们目光中的高度，而上下基本不耗费体力。这样，大商场虽然是立体的，但又因为电梯在力上呈现的平面化，就像一个依靠车辆连接的平面化的城市一样。这是大型百货商场与城市的另一个相似之处。如果说大商场在气质上与哪个城市最为接近，我也许会选择那个被称为"魔都"的城市。

　　大型百货商场是景观的出色营造者。盖伊·德博认为："景观并不是形象的集合，而是由形象从中斡旋的人与人之间的社会关系。"① 我住所附近的全国连锁大型百货商场就是出色的景观营造者。在中央空调作用下，商场在炎热的夏天凉爽如秋，在冰冷的寒冬又温暖如春。这正是大商场持续不断运作的前提和方式，意在使购物摆脱季节的束缚，但似乎也盛下了人们由身体舒适而带来的心情舒适。一楼的景观中，有一棵人工装饰而成的大树，成为其中最大的景观。树当然是假的，但树下置有桌椅，有的老年人甚至会聚到下面打扑克。这棵假树成功地营造出了大树底下好乘凉的田园景象。同样的景观还有二楼的一处巨大的鸟笼，里面的确养着真的鹦鹉。虽然笼子里的绿树也是假的，但的确在繁华的商

---

　　① 　盖伊·德博：《完美化的分离》，张玫玫译，见汪民安、陈永国、马海良主编《城市文化读本》，北京大学出版社，2008年，第25页。

场中营造出了鸟鸣声声的景象。还有五楼的一个较大的水族箱。透明的玻璃箱体内，有小鱼在欢快地游动。这些景观刻意营造着自然意象，即使只是仿真的自然，也可以让大商场平添生机和趣味，营造出人与自然和谐共处的美好画面。在这些景观斡旋之下，人与人之间仿佛也都是和谐、融洽的关系。

从这个角度说，百货商场不仅通过空调悬置了季节与时间，也通过这些小小的景观悬置了真实与虚假。儿童在其中玩耍，成人仿佛也可以因此而遗忘真正的自然。而它们的真正目的是用于缓解人们对消费的警惕或紧张，是关于消费的致幻剂，就如波德里亚在《消费社会》中说百货商场"在这篇无所不包的文摘里，不可能再有什么感觉：产生的梦幻、诗意与感觉的东西"①。虚假的树和笼中的鸟并不产生真正的诗意，它只是在试图填补功利化造成的冰冷和僵硬。

玛格丽特·克劳福德在《大型购物中心里的世界》一文中，描写了国外购物中心更具视觉效果的环境营造，能够让每个人都感受到它的力量，甚至被称为一种"令人上瘾的环境毒品"②。而克劳福德笔下的购物中心促销活动，也超出了小城市百货商场的视野范围，"首先是时装展和宠物乐园，

---

① 波德里亚：《消费社会》，刘成富、全志钢译，南京大学出版社，2000年，第8页。

② 玛格丽特·克劳福德：《大型购物中心里的世界》，唐伟译，见汪民安、陈永国、马海良主编《城市文化读本》，北京大学出版社，2008年，第241页。

然后是交响音乐会"①。在那些购物中心里，回荡着更加奢华的消费之声，及其能够穿透生活每个角落的回响。这是可以在小城市购物中心仰视而见的景观。因为作为一种神话空间，它们的结构是相似的，区别更多只是规模大小。

不可否认，大型百货商场的确为一个小城市带来了很多好处。人们购买商品，尤其是一些大品牌、较高档的商品更加方便，也开拓了人们的眼界和对时尚的认识；多维度的商品和服务带动了所在区域的繁华，为人们提供了更多的休闲娱乐方式。当然，这些好处在大城市中也一样存在。但在这些好处之外，它的另一面也如影相随，构成现代城市一种典型的怪诞景观：它让更多的人沉浸在波德里亚所说的丰盛所带来的幸福感里；沉浸在本雅明所说的物的交换价值的盛宴里；也沉浸在它所营造的虚假梦幻里，在这个魔都中将消费作为一种生活方式，在这个圣殿中完成朝拜仪式，甚至完成自己身心的救赎。

---

① 玛格丽特·克劳福德：《大型购物中心里的世界》，唐伟译，见汪民安、陈永国、马海良主编《城市文化读本》，北京大学出版社，2008年，第242页。

解剖城市

超级市场：市民的购物美学

　　虽然一些露天的自由市场、跳蚤市场也可以创造很多"最"而靠近"超级"之列，但在严格意义上，它们都不能被称为超级市场。经过城市多年的规训与自身的发展进化，超级市场已经成为专有名词，而非泛指，也拥有了简化称谓：超市。已经成为专有名词的超级市场，与跳蚤市场等自由市场以及大型百货商场等有着明显的区别。

　　与自由市场相比，超级市场并不一定特别大，但不能是露天的。这是因为超级市场要竭力摆脱自然天气的影响，最大限度地融入同样要摆脱这种影响的城市。超级市场中，售卖货物的人基本上都不是那些货物的拥有者。他们都是被雇佣的，只需出售服务就可以获利，不像那些自由市场的摊主，必须依靠出售属于自己的货物来获利。与自由市场相比，超级市场的管理，也可以说权力结构，是自上而下、严密有序的。自由市场则顾名即可思义，尤其是跳蚤市场，更是"自由"的飞地。从所售商品看，超级市场的商品大都是现代工业产品，几乎都有现代商业用以识别身份的商标。自由市场，尤其是跳蚤市场出售的货物，有很多也可以打上工业化批量生产的标签，但更多的产品具有更强烈的个性特征——农业时代的手工特质。它们中的很多是手工小作坊生产的，有的甚至是由个人生产的。如果说它们有商标的话，那么口碑就是它们的商标。

自由市场中，讨价还价成为购物过程中必不可少的环节。虽然自由市场中的有些货物也有价格标签，但在这个氛围自由的市场中，价格机制更具弹性，更多成为商品本身的装饰，砍价甚至成为在此购物的乐趣之一。当价格被拦腰斩断甚至砍下更多时，购物者就像是从购物中获利一样高兴。事实上，这只是自由市场设置的价格圈套，砍价之后的成交，售卖者仍然是盈利的。但它通过价格的隐秘设置制造了一种双赢局面，在商品社会普遍的价格强势下，给了顾客一定的话语权，满足了顾客价格民主的心理需求。这种民主归根结底是虚假的民主，顾客的话语权并不能越界商品的价格底线。这种有限空间里的交流、协商、批评，并不能真正改变商品的价值属性。相反，在超级市场中，商品价格都是明码标价，没有协商、砍价的余地。看似顾客的话语权减少，实际上反而是一种价格透明的操作。与那种表面的民主相比，这种透明与公开恰恰赢得了现代购物者的信任。在这个充斥着暗箱操作的时代里，价格设置的透明性显得尤为重要。

虽然有许多自由市场的售卖者也是生产者，取消了中间环节，节省了商品流通成本，但超级市场还是通过销售许多

　　　　　　　　　　　　　　　　　　解剖城市

中低档商品，且采用小包装等方法，定出更加低廉的价格。因为成规模地进货，超市中的许多商品价格甚至比自由市场或路边摊更加便宜。经过传单、广告一系列传播学上的营销操作，超级市场商品的价格便宜已经成为大家的共识，甚至成为超级市场的一种意识形态标签。

不过，与自由市场或路边摊上可以与商品主人尤其是制造者直接对话不同，超市由于缺少专门的售卖者，往往使人直接面对物。这种人与物的直接对话，既是一种解放，同时也使超市购物具有了机械化、冷冰冰的特征。

可以列出的不同点还有很多，但上述这些，已经大致可以总结出两者的不同。如果说以跳蚤市场为代表的自由市场是自由主义的，是小农经济的，是粗糙的，是混沌的，是个性的，是即兴的，是文艺的，那么，超级市场则是秩序严明的，是工业化的，是规范的，是透明的，是大众的，是流水线式的……

虽然两者各有利弊，但城市真正需要的是超级市场，而不是跳蚤市场式的自由市场。对大部分城市人来说，没有自由市场和路边摊，不会直接影响生活；但如果离开超市，生活是进行不下去的。一定程度上可以说，超级市场供给的是城市生活必需品，却又是自由市场的升级版本。这里环境更加优雅，购物更加自由，甚至还有价格传奇：同样的商品经由地摊拿到超市之后，价格反而下降了。所以超级市场既满足了城市人矜持的虚荣，又给了他们实惠。而超级市场最重要的价值不仅仅是节约金钱，还节约了时间：人们可以在一个超市里购买到几乎所有的生活基本消费品。但另一方面，它又制造了时间的困局：大型超市独特的空间结构和海量的商品，不断吸引购物者的注意，让他们在其中迷失，而造成时间的大量浪费。这就像一枚硬币的两面，只不过超市将这种两面性发挥到了极致。

想要明白超级市场售卖方式的进步，最有效的途径就是拿它对比改革开放之前或之初的国营商店。撇去商品本身差异，两者最大的不同也许就是：在超市，商品由顾客自选；而在以前的国营商店里，商品则在柜台的里面，由售货员拿取。自选和由售货员拿取不仅仅只是购物方式的转换，更是身份的巨大转换。对前者来说，购物者的身份是一种主体身份，后者则成了客体身份。前者是可以任意挑选的，而后者则需要经过售货员的眼与手，三番五次挑选容易招致白眼；就算不招白眼，顾客也会觉得麻烦售货员而不好意思多次挑选。从另一个层面说，以前国营商店里的售货员不光有服务者的身份，还有监视者的身份：明察秋毫的眼睛，仿佛随时在监视盗窃行为的发生。那是商品经济不发达的时代，并不是所有人都能买得起现在看来再家常不过的物品，且其数量也颇有限；而且，这些商品都有一个来头很大的背景：国家。于是，这种监视就不仅仅是出于商店自身的需要，还是国家主义道德的明镜高悬，随时准备倒映出不良的行为甚至想法。选择权如此小，而且还被监视的情况下，哪个人都不

　　　　　　　　　　　　　　　解剖城市

会觉得自己是主体，也不会十分愉快地购物。现代化的超级市场里，不仅有海量选择，而且都是自选，购物者拥有挑选商品的无限自由，再也不用接受别人的监督或猜测。超市早已不用人眼的监督来防盗，而是依靠机器：如果商品不经解码带出超市，则会自动报警。机器是没有道德眼光的，也没有道德预设，不会事先预判哪个人有可能行为不轨。消费社会中，顾客的身份发生了明显转化：不仅由客体转化成了主体，而且成了"上帝"。购物环境越来越舒适，可供选择的商品愈来愈多，更加宽松自由，不会被人监视。顾客成为"上帝"之后，"购买"这个词汇也逐渐拥有了崇高之意。经过精心布置的超级市场，就像一曲关于购买的颂歌。

哲学家亨利·列斐伏尔指出："空间作为一个整体，进入了现代资本主义的生产模式：它被利用来生产剩余价值。"[1] 通过观察超级市场对空间的生产，我们可以看到空间如何隐秘地左右商品利润的生产。

与跳蚤市场空间的自由、杂乱不同，超级市场对顾客的购物行走路线是规划设计好的，购物者在这个路线上与商品的一系列奇遇、巧遇、艳遇都在超市经营者的策划中。从空间生产的角度说，超级市场几乎打造了完美的购物流水线。在这条流水线中，起点和终点经过了严格设置。消费者想要购买特定商品，需要严格按照超市规划的道路，从起点走到

---

① 亨利·列斐伏尔：《空间：社会产物与使用价值》，见包亚明主编《现代性与空间的生产》，上海教育出版社，2003年，第49页。

终点。购物者需要走过众多不想要的商品，最终才能到达自己的目标，走到结算出口。这个过程中，往往有打折、促销商品已事先在路线上打好埋伏，吸引目的性购物者的注意力，使其或偏离自己原定的轨道，或者超出自己的购物计划。目的性购物者必须经过重重商品的阻击才能买到合乎自己目的性的商品，这使得超级市场就像一个巨大的战场。不过，这个战场是没有硝烟的，那些商品的阻击也往往采取愉悦购物者的方式来埋伏、呈现。

超级市场中最重要的商品之一是食品，这是最重要的生活必需品，而且属于一次性消费，人们需要不断购买。汪民安认为："食品是商品的重心，也是购物叙事空间的中心，食品，既主宰着这里的心理学，也主宰着这里的符号学。"①超级市场往往将食品安放在市场出口附近或市场深处。人们想要抵达这些食品，需要走过长长的商品走廊。如果是两层楼的超市，食品一般会放在二层。超市经营者利用饮食这一最为基本的人类需求，在之前设置了各种各样的需求满足机制：穿戴的需求，洁净的需求，娱乐的需求，健身的需求……马斯洛将人的欲望与需求按照层次进行划分，认为人的某一级的需要得到最低限度满足后，才会追求高一级的需要。但在超级市场中，这种需求被颠倒了顺序，超市首先设置较高层次需求或欲望满足机制，将最基本的需求放在了最

---

① 汪民安：《家乐福：语法、物品及娱乐的经济学》，《花城》2002 年第 1 期，第 191 页。

后。这一需求机制的反向叙述，就像一种欲望的倒叙结构。但这一需求层次论上的倒叙，恰恰成为销售学上的正叙。因为越高层次的需求受众越少，无疑会出现顾客分流情况。运用这种倒叙手法，让较高层次需求的商品获得了较多的出场机会，可以与其他商品的销售率保持平衡。而且将较高层次需求的商品放在入口处，可以给整个购物过程提供相对整洁、高大上的开头。

超市中间部分丰富的商品种类为购物者提供了几乎无限多的计划外选择。而整个购物过程到了食品区域才真正达到高潮阶段，这是购买量最多的区域。整个购物路线的设置就像一篇结构精巧的叙事作品，符合古典文学的结构章法：凤头、猪肚、豹尾。元代文人乔梦符谈"乐府"的章法时提出"凤头""猪肚""豹尾"之喻，被奉为文学写作的经典结构章法。而超级市场也将这一章法运用到了自己购物流程的设置中，营造出独特的购物美学结构：入口相对高大上的商品是美观的"凤头"，中部丰富给人无限多选择的商品是内容丰富的"猪肚"，而结尾处需求量最大或打折的商品是最响亮的"豹尾"。我甚至在一些超市紧挨结算处的货架上看到了安全套。一般而言，这样的货架多放置打折的饮料或口香糖等物品，将安全套放在顾客结算的必经之处，甚至可以称作一种购物挑逗，试图以满足人类最重要也最隐秘的欲望，完成这个响亮的结尾。超级市场购物流程由此与传统文章的美学结构高度重合，并且强行将购物者纳入这一美学结构之中。因为超市是统一结算货款，将结算处放置在出口处，就很自然地设置了结尾。再加上超市规划的半封闭道路，入口与出口的分离，成功实现了这种单向度的叙述，为这种购物美学提供了实践并完成的可能。

这一点上，超级市场不仅与自由市场不同，也与大型百货商场有着明显的不同。大型百货商场有着更加开放式的格局，没有起点与终点的路线设置，有多个大门通向商场内部，每一个品牌柜台都是条条大路通罗马，拥有更高程度的自由。这一点与所售商品的不同有很大关系。大型百货商场销售的商品，利润往往较高，不须用半强制的方法诱导顾客连锁购买；而且百货商场中的商品往往是品牌化、成体系的，多运用品牌符号体系让消费者进行自愿的连锁购买。

而超级市场主要依靠薄利多销来获得更多利润，所以虽然相较许多市场有更多的自由度，如让顾客随意挑选商品等等，但仍然将购物者放置于自己的购物圈套之中。购物者在这里享受的仍是有限度的自由。为了更好地掩饰这种购物路线的强制性、这种相对不自由，超级市场设置了更多的叙述技巧，将这一美学结构发挥到了极致。

在超市的空间结构和美学结构中，货架之间可供购物车通行的道路无疑是一个重要的环节，如同叙事类文章中设置的线索。它确保了整个超市空间结构的畅通，使超市空间具有了时间性特征。在商品设置上，这条道路也体现出了时间性特点，正如人类不可能两次踏进同一条河流一样，这条行走路线上或两旁出现的商品是不会重复的。同一时空中出现两次的商品无法给购物者提供新鲜的刺激。为了让线索更加明确有力，这条道路上会摆上更具吸引力的商品。

与那些置于货架上的商品不同，这条道路上的商品通常用展台或货车来展示，这样不会阻挡人们的视线，而且大多是打折促销商品。这些展台上，不仅有商品的集中展示，还会有各种花哨的摆法。网上流传很多关于超市货台商品摆法的照片，被称为超市大妈的杰作。这样的摆法勾勒出的形象并不精致，仅仅是借助商品数量的叠加来完成，并没有太多商品之外的装饰因素。它们的用意并非突出商品所组成的这个形象，也不太在意其美感，而是要突出构成这个形象的那些元素，因而这种形象自身并不具有太多的美学意义。之所以被判定为大妈的杰作，是因为这些摆放即使提供了审美，也是粗糙的审美。网民通过一种性别加年龄歧视的话语，完成了对它美学价值的否定。但它们通过滑稽粗糙的美学特征吸引了人们的注意，让人们注意到这些形象的构成元素，从而让人购买组成这个形象的一个个零部件。

事实上，这些货台还具有购物的索引功能，为货架丛林提供了指示牌。台上摆放的商品往往与相邻货架上的商品属于同一类品种。台上的商品无法满足需求时，顾客很容易在相邻货架上找到同类商品。如果超市像一本商品的辞典，那么这些货台就是这本辞典的目录和索引。

从某个角度而言，超级市场也像一本辞典，单个商品就是它的词汇。语法在这里并不起太大的作用。大型百货商场是需要语法的，因为它营销的不仅仅是一个个单一的商品，而是整个商品符号体系。大型百货商场的空间是由一个个独立的品牌空间组合而成，商品设置和归类也都是按照品牌来完成。一个品牌符号下，往往有众多不同的商品作为这个品牌符号的构成者；它们在拥有一种符号化存在之后，共同组成了有机的整体。这一个个独立的商品符号体系往往表征了一种生活方式，或者代表了一种社会阶层，甚至迎合了一种消费理念。因此，需要为商品打造精神的背景与含义，每一个独立的品牌都是一段经由语法编码的文章段落。大型百货商场需要能够构成符号体系的商品，引起消费者的持续购买，也抬高商品的售价，获得更大的利润空间。而超级市场的商品设置则是按照分类法，将同一种类的商品放置在一起，或一个货架上，尽管这些商品不是同一个品牌。这使超市商品辞典的性质更加凸显：它只提供索引系统，完成商品的编码，给人提供最直接的交换价值查询与使用价值购买活动。所以，那些货台上摆放的形象无法完成超级市场整体美学的构建，只是一个索引，指向了某种具体的单个的商品本身。因为人们对同一种商品的购物需求是有限度的，一般会同时购买同一品牌中不同种类的商品，但不会同时购买同一种类不同品牌的商品。因此，同一类别的商品是相互排斥的，这种相互排斥无法构成连锁消费效应，造成了营造符号

解剖城市

体系的空间语法的缺失。

在这种语法体系缺失情况下，为了让"猪肚"部分更加丰富，超市货架上往往排满了商品，连墙壁也被货架占据，成为商品墙。购物者进入超市，就像进入了商品的大海中，商品一望无际，甚至有将购物者淹没的危险。

虽然有被商品淹没的危险，但对于大多数人来说，在这种淹没中获得的不是恐惧，而是欢欣与幸福。波德里亚在《消费社会》中指出，在消费社会中，人类经济生活不再围绕"需求—供给"，而是围绕"欲望—浪费（享乐）"展开。物的丰盛是欲望与浪费的有效前提。超级市场即是这一现象集中呈现之地，它提供了物的绝对丰盛，永远陈列满满的货架就是这种丰盛的典型画面。商品售出后，超市工作人员会及时将商品补齐，给人一种商品永远满架的观感，也是为了确保这种丰盛。

不过，这些商品大都价格便宜。正是这便宜的物价使商品堆积如山而不会让人望而却步，从而使大批量的购买成为可能。超级市场最大可能地满足了人们丰盛的幸福感。这种丰盛是可以拥有的丰盛。大型百货商场的丰盛用价格建起一道阶层的高墙，超级市场则将这面高墙推翻，让城市中大多数人都可以享受这种物的丰盛，享受物的交换价值的盛宴。

超级市场用几乎永不停息的打折活动来加强盛宴的意味。道路中央的货台上往往是打折活动最多的地方。这些货台使超市的价格体系有了丰富的层次变化。在这里，打折成为日常性活动，打折不是顾客砍价的结果，而是超市主动进行的促销活动。不用砍价就可以获得最低价格的商品，对于顾客来说，是一种得来全不费功夫的小便宜。这种打折的长期性，使超市在特定空间里不断提供购物的狂欢节。而每逢重要节假日，超市还要掀起一轮更大范围的打折活动。这些打折活动中，许多人仅仅是因为商品便宜而购买，而不太在乎其使用价值。这种打折活动掀起的是物品交换价值的狂欢。这种狂欢的实现还有一个保证，即消费者在将商品装入自己的购物车时并不需要马上付款，最终出门时才一次付清。这种延时付款制度让购物者选择商品时处在相对轻松的状态，暂时掩盖了购物是一种交换的本质。即时付款会让购物者时时面对开支，从而对自己的购物保持清醒，大大减少计划外的购物。在这种出门结算制度下，购物超支计划则时有发生。许多购物者在抵达结算出口时，才会意识到购物车里有些商品并不是自己真正需要的。

小推车是超市中的一个重要工具，也是超市欲望满足机制的重要道具。它使人们在超市里可以购买数量众多的商品，而不会身受其累。虽然名曰小推车，但其容量巨大，可以称之为欲望的容器，也是超市对消费者欲望激活机制的重要组成部分。自由的购物环境和欲望激活机制下，许多购物者购买多少商品甚至由小推车的容量决定。汪民安在关于家乐福超市的文章中这样写道："奇怪的是，购物最终不是为了满足顾客的口味，而是为了满足手推车的容量。"① 显然，这不仅适用于家乐福，也适用于大部分超市。有些消费者经过结算出口，将商品买回家后，才发现它们对于自己来说没有用，只能弃之一旁。这几乎成为打折期间甚至平时经常发生的现象，也是"欲望—浪费"主题下的典型景观。

超级市场用独特的购物体系给人们带来了方便快捷，把购物变成一种相对自由、自主的体验，但这种自由依然是有限的自由；超级市场也用独特的结构体系，将人们带进了自己的叙述圈套和购物美学之中，试图让人沉浸在欲望的盛宴里，沉浸在商品神学的怪诞教义中。但这并不能带来真正的幸福，也不能真正化解城市人的孤独。

---

① 汪民安：《家乐福：语法、物品及娱乐的经济学》，《花城》2002 年第 1 期，第 195 页。

步行街：街道的隐喻与步行的修辞

1

当农村基本实现村村通，修筑能够行驶汽车的水泥路的时候，城市却在自己的腹地修起了步行街，限制汽车，为步行划定势力范围。当然，这种街道一般都是商业街。只有在这种商业街里，象征速度的汽车才会被禁止，缓慢的步履才会获得至高无上的地位。这是一种强制让都市人慢下来的地方。这种慢与乡村作为一种生活节奏的慢不同，与在公园里欣赏风景所需要的慢也不同，更多是一种商业策略，是经过精心计算后的产物。步行，在这里不只是一种出行和移动方式，更是一种放大装置，将街道放大，让它以狭小的体量容纳数量众多的人。这些人并不只是行人，在这个特殊空间里，他们更是潜在的消费者。消费者的众多，是与这个空间的"寸土寸金"相对应的。在金钱的放大下，它甚至成为一个城市真正的中心。北京的王府井大街，上海的南京路，纽约的第五大道，巴黎的香榭丽舍大街，这些著名的步行街甚至都已成为所在城市的标志。

这些地标式的步行街显示了城市与商业之间的关系。在城市最早的语义中，"市"就是市场。宋代之前，市场与百姓的居住场所是分开的，分别称为"市"与"坊"。宋代商业的发达，废除了市与坊的隔绝，混淆了这种明显的界线，使城市建筑和布局进入崭新时代。著名的《清明上河图》勾勒的就是这样一幅热闹的城市商业图景，让汴京永载世界伟大城市的史册。虽然《清明上河图》里的街道也可以称为步行街，但与现代的步行街并不相同。图画里的"步行街"其实就是城市的主干道。而在现代都市里，城市的主干道是无法成为步行街的。如今的城市主干道上，汽车取代了图画里的骆驼、手推车，成为最主要的交通工具，也成为主干道的主体，把行人赶到了道路的两侧。而现代的步行街则成为专门的购物街道，就像历史上的"市"。"市"由集中至分散，再由分散到集中这一演变过程，展现的并不是合久必分、分久必合的简单轮回，而是经济持续发展的结果。事实上，城市商业从来没有像现在这样发达，消费从未像现在这样成为城市生活的核心。市场正以无微不至的方式渗入每一个城市人的生活，消费的方便和快捷成为城市生活优越性的标志之一。但这还不够，城市还需要提供专门用来购物和休闲的场所，才能满足人们日益增长的消费欲望；不仅要提供大型商场，还要提供专门的街道。于是，商业步行街便出现在了几乎每个城市之中。

2

　　学者张闳认为，城市空间形态有两种最重要的代码，一种是垂直代码，另一种是水平代码。这两种代码基本上可以阐释城市空间的符号形态。在人类建筑史上，垂直性空间出现较早，指向终极和超越的维度。《圣经》记载的巴别塔就是这一类空间早期的代表。巴别塔的修建，体现了人类对超越性的渴望。事实上，垂直性空间是一种单一维度的指向，与之相反的水平性空间则是一种世俗化的空间形态，具有多维度的指向，最早的代表性空间是迷宫。希腊神话中的克里特岛迷宫就是一种水平性建筑。中国历史上，由于封建政权相对的世俗性质，中国建筑的典型空间形态是水平性的。虽然中国也有像塔这样的垂直性建筑，但在日常建筑中较为少见。而且中国塔的建筑范式来源于印度，虽然后来经历了本土化，但仍主要出现于佛教建筑中。

　　现代城市中，垂直性空间以摩天大楼为代表，步行街则可以列入水平性空间的代表。如果说垂直性空间有对人自然本性的颠覆，那么水平性空间则最大程度上迁就了人的自然本性。相较于垂直空间对高血压等多种疾病患者的不友好，水平性空间给人的身心以自然的舒适感；对腿脚不便的人，水平空间基本上也是无障碍的。

如同摩天大楼不断回返垂直性空间原初超越性和权力的喻义——各地对第一高楼建设的热情，就是对于象征权力的争夺，步行街是在不断回溯水平性空间的最早代表——迷宫。诸多步行街被设计成了类似迷宫形态。"步行者在其中迷失方向"是步行街设计者希望达到的效果。因为这意味着人们在其中将逗留更长的时间，有更多消费的可能。消费，既是这个迷宫构成的主要代码，也是它唯一的破解之道。

不知从什么时候开始，"上街"成为购物的代称，而商业步行街真正还原了这一词汇的语义。之所以这个空间与购物关系密切，甚至二者能画等号，很重要的一个原因是：街道是时尚和流行信息的传播媒介。高宣扬在《流行文化社会学》中指出："人们常说，流行来自大街，来自商店，来自生活本身。所以，大街，特别是大都会的大街，商店的橱窗和都市的生活，就是传播和运载流行的信道和媒介。"① 这种情况，在商业步行街上更为集中。商业步行街将大街上的流行和时尚元素集中化地展现，也释放着传播流行的媒介功能。大街是一种异质空间，具有商业元素之外的多重元素，也是一个多种场合的汇聚之地。步行街的商业性则更加纯粹，也是一种较单一的商业场所。这样的场所里，不管是景观还是媒介，都有更鲜明的商业性特征。步行街是景观最为密集的空间之一，因为它要以一种能够带来视觉快感的景观

---

① 高宣扬：《流行文化社会学》（第 2 版），中国人民大学出版社，2015 年，第 120 页。

或影像引导人们的购物欲望。之所以需要引导，是因为这种欲望是一种虚假的欲望，是一种人为培植起来的欲望。丹尼尔·贝尔认为，后现代社会中，人们的欲望已被变得精神化。拉康也认为，人的欲望并非来自身体本能，而是一种符号化的产物。这种符号化过程，在消费社会日渐被同化为一种商品符号。

正是因为欲望的可塑或可符号化的本性，消费社会不断打造各种符号来取代人最初意识到的自我的镜像。商品符号就是消费社会最重要的镜像。居伊·德波在《景观社会》中区分了集中的景观和弥散的景观。如果说集中的景观是官僚化的，那么弥散的景观则是商业化、商品化的。步行街上那些如花瓣般散落的精致的、唯美的细节都可以称为弥散的景观。虽然相较集中的景观更为柔和，但商业性的弥散的景观，同样是拒斥对话的。因为它需要将人当作一个消费者进行控制，使主体认同自己的这一身份，并将反思者和批判者的身份遮蔽。经历了这种认同之后，人们得到的将会是快乐，而不是痛苦。但这种快乐不是巴赫金或巴塔耶意义上的快乐，因为它们具有反叛、消解的内涵和功能，而前者的这种快乐是顺从的产物。商品对人精神抚摸所产生的快感，如同天鹅绒轻轻摩挲肌肤带来的快感。这种快感是忘我的，也就是说反思主体是不在场的，所以没有对话，只有占领。不仅仅是物对肉体的占领，更是符号对精神的占领。

3

《现代性与都市文化理论》一书指出："如果说中世纪的城市空间是人的行为图式，那么现代都市空间讲述的则是汽车的故事。"[①] 在城市被越来越多的汽车占领，车成为城市空间的主角之际，步行渐渐沦为被淘汰的行为图式。人在这样的城市空间中逐渐被异化，身体的价值也被削弱。但在步行街中，"步行"这一人的行为图式，重新获得了尊严。

步行与其他移动方式都不相同，具有自身独特的意义和修辞体系。与汽车移动的目的性和自动性特征不同，步行可以是漫无目的的，可以随时停下，还可以随意地倒退、横移。汽车则不能这样，汽车进入道路之中，就要随着车流向前行驶，不可以随时停下，更难以倒退和横移。与之相较，步行无疑更加自由。

商业步行街中，当今世界最宏大和最微观的话语体制在这里得到结合和共同呈现。步行街上来自世界各国或全国各地的商品是全球化的典型代表，人的身体是当今社会最微观的话语体制，身体在这里被解放与被尊重，获得相对自由，也使得这种话语获得相对自由和丰富的内涵。而这二者有着内在联系。身体获得解放，得到尊重，是为了解放甚至生产

---

① 包亚明主编《现代性与都市文化理论》，上海社会科学院出版社，2008年，第194页。

人的购物欲望。身体从来都是各种力量争夺的场所，也同样是消费主义争夺的对象。身体在消费社会拥有至高的地位，因为身体是生活政治的主角。生活政治是一种追求美好生活的政治。消费主义不断争夺着对美好生活的定义权，在这里，美好生活正是由商品堆积而成的。按照这个逻辑，对美好生活的追逐，也就是对美好商品的追逐。

身体是发现自我最直接，甚至最本源的途径。吉登斯认为："发现自我，成了直接与现代性的反思性相关联的'项目'。"① 身体在自我的形成中起到了极其重要的作用。从拉康的镜像理论，到梅洛-庞蒂的身体现象学，都有身体对自我意识作用的阐释。

从这个空间的命名来看，步行这一身体图式在这里具有本体性的价值和意义。步行的修辞学，也在作为身体解放之地的步行街上得到不断丰富。米歇尔·德·塞都在《城中漫步》一文中，集中考察了有关步行的修辞学。他将行走行为看作人对城市语言体系做出的言语行为。将行走看作是一种言语行为，也就自然产生了关于这种言语行为修辞的考察。他指出了这一言语行为的三个特征：现时的，不连续的，交际的。他认为，行走行为使空间秩序的可能性变成了现实，但行走者又经常去改变这种可能性，"因为步行特有的横越、

---

① 安东尼·吉登斯：《现代性的后果》，田禾译，译林出版社，2011 年，第 107 页。

离开和即兴行为会转化或者抛弃空间因素"①。

　　行走者对多种空间能指的选择，制造了空间的不连续性。同时，行走者在固定的街道上行走，与人们一起完成的动作又使行走具有了交际性功能。德·塞都通过把行走作为一种言语来考察，发现了行走中为数众多的修辞性特征。正像我们所使用的语言中，每个人的日常言语中都充满了修辞一样，在德·塞都看来，转弯和绕道也是一种修辞。"过路人的步行提供的一系列转弯（巡回）和绕道可以被比喻为'话语转折'或者'体裁修辞'。"② 从比喻的角度来理解，行走的修辞丰富多彩；而在行走成为一种本体化的身体图式的步行街中，步行的修辞学在这里几乎可称为一种显学，也得到了人们最大范围内的实践，虽然这种实践对大多数人来说是无意识的。

　　而在这众多的步行修辞中，德·塞都未提及却又最不应被忽略的是行走的性别色彩。在城市中，借助车辆的空间移动，不管怎样都弱化了身体的性别色彩；而在步行中，身体的性别色彩能够得到最大程度的凸显。而这种行走的性别修辞，在女性身上最为丰富多彩：可以婀娜多姿，可以知性优雅，可以百媚千娇……这些行走方式与服饰之间有着重要联

---

　　① 米歇尔·德·塞都：《城中漫步》，苏韡译，见汪民安、陈永国、马海良主编《城市文化读本》，北京大学出版社，2008 年，第 169 页。

　　② 米歇尔·德·塞都：《城中漫步》，苏韡译，见汪民安、陈永国、马海良主编《城市文化读本》，北京大学出版社，2008 年，第 170 页。

系，它们共同构成了对身体的修辞。

针对女性的街拍是最吸引人眼球的摄影题材，在网络上往往能获得较高的点击量。而最能将街拍的这种特性发挥到极致的空间是步行街，我们经常看到关于女性的街拍作品发生在三里屯这样的步行街。在这里，街拍者不仅拍摄到了女性服饰装扮的丰富多样，而且拍到了女性丰富的姿势表情。这些女性成为步行街上移动的景观。相较于那些固定的空间型景观，这样的景观无疑更吸引人。这种景观本身对步行街的占领，超越了景观，促成了步行街作为一种性别空间的定位。

4

波德莱尔笔下的城市闲逛者是作为一种现代形象出现的，与城市的现代性审美体验密切相关。闲逛者流连的拱廊街一定程度上也可算作步行街。与一般街道不同的是，拱廊街模糊了内外空间之间的分别。拱廊街既是街道，又处在拱廊之下，具有室内空间的特征。拱廊街上空的玻璃屋顶，又使它在视觉感受上具有室外空间的特征。拱廊街中，身体的主要形态依然是步行。从这个角度说，依然可以将之归于步行街之列。在波德莱尔笔下，这个闲逛者的性别是男性。19世纪的巴黎，资产阶级妇女流连的主要是百货商店这样的封闭空间，而不是作为开放公共空间的大街。即使是对封闭空

　　　　　　　　　　　　　　　　　　解剖城市

间的占领，特定的时代也有其特定意义。批评家张念这样书写 20 世纪初中国女性对百货公司的占领所蕴含的政治含义："作为消费者而不是作为产品，出现在商业空间，这比女人赢取投票权具有更深的政治含义。"①

　　女性对公共空间的占领，有着曲折的历史过程。漫长的历史里，女性长期被束缚在家庭空间中。这种性别区隔的改变，不仅需要社会性别观念的改变，还需要社会生产发生变化。达夫妮·斯佩恩认为，曾经"'作为港湾的家'构成了妇女的单独场域，但是当更多的妇女就业时，它却变得不合时宜了"②。后工业社会中，第三产业的发展促进了大量女性就业，尤其是在服务业中。服务业所需要的劳动技能与制造业不同，安东尼·吉登斯、菲利普·萨顿将其称为"情感劳动"，并认为"这是劳动力'女性化'的一个重要原因，因为越来越多的女性开始从事带薪劳动，她们的受教育程度也越来越高"③。随着女性受教育程度的提高，更多女性可以从事与脑力劳动相关的工作。在社会层面，更多脑力劳动的工作不再以性别进行区隔，女性脑力劳动者越来越多。有了更多的劳动自由，也就有了更多的消费自由。于是现代女性不仅走进写字楼等办公空间，更走进了街道。

---

　　①　张念：《女人的理想国》，新星出版社，2014 年，第 114 页。
　　②　达夫妮·斯佩恩：《空间与地位》，雷月梅译，见汪民安、陈永国、马海良主编《城市文化读本》，北京大学出版社，2008 年，第 297 页。
　　③　安东尼·吉登斯，菲利普·萨顿：《社会学基本概念：第二版》，王修晓译，北京大学出版社，2019 年，第 76 页。

张念以形象化的比喻赋予步行街不同的性别色彩，从更开阔的视角赋予垂直性空间和水平性空间不同的性别形象。如果说摩天大楼等在形象上与男性生殖器更相似，更多代表着男权与父权的话，步行街则拥有更多的女性色彩，张念用"子宫"这一形象指代步行街。但张念并没有将这一空间划定为单纯的女性空间。作为对女性空间话语的商业色彩的超越，张念将这一空间称为"母性的空间"。她认为："这是母性的空间，她不拒绝任何人，同时还能生长出新的心情，新的社群关系，新的购物体验。"①

　　的确，相较于大型购物商场，步行街拥有更多的自由，没有那么多购物的空间压力。这里容纳了比购物商场更多的可能性。张念作为女性学者，也将"购物"与"逛街"作了区分，两者并不必然地可以画上等号。对于许多女性来说，逛街是一种休闲方式。

　　但女性在这样的商业步行街中，是否真正拥有了自己的主体性？在21世纪的今天，生活政治几乎成为最重要的政治，而日常生活又被消费主义的符码统治，步行街拥有的性别政治意味，也似乎被消费主义的轻风吹散。真正完成这种性别空间区隔的，仍然是商业力量。

　　张念在《城市空间的性别魅影》一文的最后，仍然流露出对步行街更多的期望，她说："步行街带给人们对新空间

----

① 张念：《女人的理想国》，新星出版社，2014年，第116页。

　　　　　　　　　　　　　　　　　　　解剖城市

想象的可能，步行街是可对话的、可参与的、可书写的，朝向任何人、任何可能。……她应该是自发的、即时的、没有界限、没有中心的，大家共同来书写城市，而不是被城市所塑造。"① 这不能完全理解为希望原则下的乌托邦愿景，因为步行街的确是一种有着更多可能的空间。虽然是一种在各个城市中复制的抽象空间，但步行街仍然保持了成为差异空间的可能性。它可以成为广场等公共空间的补充，甚至可以承担广场那样的公共空间的功能。街道还有一种平等精神，如汪民安所言："这是街道的平等精神，而平等正是人群得以在街道上聚集的前提。"②

　　正因为街道上的空，步行街能够超越强加在其身上的空间体制。作为一个开放性的，容纳差异性的公共空间，它朝向可能性的天空敞开。

---

　　① 张念：《女人的理想国》，新星出版社，2014 年，第 119 页。
　　② 汪民安：《街道的面孔》，见孙逊主编《都市文化研究（第一辑）》，上海三联书店，2005 年，第 85 页。

广告：商品符号与精神欲望的编码

1

广告，大概是我们日常生活中最为熟悉的事物。我曾在一首诗中戏谑性地写道："就像没有广告/我们将在这个商业时代里寸步难行。"诗句虽然有些夸张，但也道出了广告在这个时代的重要性。尤其在城市中，广告可谓无孔不入，可以成为证明城市之为城市的论据：在这个商业时代，如果哪个城市里没有广告牌，它就不能被称为城市。甚至可以说，广告让城市变得繁荣。因此，也许可以这样比喻：广告是商品时代的面膜，为人们呈现出一个时代经过物质装扮之后的繁华面孔。

人们对广告有着复杂的感情，对它的认识过程有着凹凸不平的曲线。一部广告接受史，几乎就是消费主义崛起的历史。在我的孩提时代，市场经济刚刚兴起，人们都对电视里的广告嗤之以鼻，说，产品卖不出去了，才去做广告。后来，人们通过广告认识商品，又因为广告去购买商品，广告的影响力越来越大，广告也越做越精致而富有艺术感。同时，因为广告的无处不在，也引发了很多人的反感。如人们关于究竟是电视剧插播广告还是广告插播电视剧的争论，形象地阐释了大众对电视广告的反感态度。虽然人们厌恶电视广告，却依然不得不接受它们。因为正是广告的存在，电视节目才能够免费观看。在城市的许多地方，广告也改变了它既有的价值体系。

如果说电视中的广告是对人们时间的入侵，城市之中，广告则是对人们空间的入侵。城市每个可以用来放置广告的空间，都会有广告的存在。如果城市中有这样的空间，但是没有广告的存在，无疑是这个城市商品经济欠发达的证明。但并不是所有广告都能证明城市经济发展水平。那些精心设计、精致考究的广告，不仅能显示出城市的经济发展水平，更能彰显城市的品位。事实上，在一些发达城市里，广告也具有更多的艺术性，能够在传达商品信息的同时给人更多的视觉享受。

从传统美学角度看，虽然许多广告可与艺术品相媲美，但两者还是不同的。艺术的本质是无功利的，广告却有着突出的功利性。广告的本质是消费主义的宣传画，它的最终目的是要呈现一个物质化的天堂。很多时候，我们都会看见那些城市广告牌里呈现的独特的物质伦理：一条光芒璀璨的钻石项链就可以将一对男女的爱情变得幸福甜蜜并恒久长远；

一件玩具就可以让孩子拥有幸福的童年；某种化妆品可以让爱美的女子青春长驻，衰老推迟；整容术可以给职场中处于弱势的女性带来事业成功；逢年过节时，送某种保健品就是最大的尽孝，可以让父母长辈高兴得合不拢嘴，甚至兴奋地跳起舞来。可以说，在广告中，人类几乎所有的情感都可以用某种商品来代替。这正是商品社会物质至上和消费主义滥觞的典型症状。

但广告中的美究竟是不是美？这个问题的答案在这个时代似乎已不言而喻，这也是审美无功利思想在现代社会遭到挑战的一个具体呈现。居伊·德波在《景观社会》中提出，电子时代几乎改变了广告对空间的占有方式。广告仿佛变成了气体，在城市的各个角落弥漫。广告也从具体的画面、文字或影像，变成了一种意象。这种富有审美特征的意象，正是广告审美化的结果。正是通过对审美的征用，广告有效降低了受众的抵抗心理，深度入侵了人们的意识。广告也通过意象的柔性征服而统治了社会，将美变成了日常化、生活化的事物，改变了审美无功利的历史论断。

德波对消费社会景观和意象的研究与阐释，影响了波德里亚，但波德里亚将德波的景观与意象转换成了拟像，并且建构了关于消费社会的符号体系理论。波德里亚认为，消费社会制造了一个新的物体系，在这种物体系中，物已被充分地符号化。强大的符号文化消解了仿真世界与现实世界的差别，导致"我们生活的每个地方，都已为现实的审美光晕所笼罩"①。消费社会中，"消费已经超出经济的范围，成为靠符号转换和交换而进行的文化活动，成为以符号差异化为基本机制的象征性交换活动"②。而广告就是这种符号体系最重要的编码程序。物品的差异不是在使用价值层面，甚至也不是交换价值，而是在广告对它的编码中赋予的意义上。在这个对物进行编码的过程中，广告制造了人们的欲望。

2

广告制造了人们的欲望。黑格尔在《精神现象学》中指出，欲望乃是一种欠缺和不在场。在都市人的日常生活中，提醒着人们某种对象欠缺和不在场的最大信息源，正是广告。拉康在对欲望的阐释中区分了需要、要求、欲望三个概念，指出了三者的不同：需要是生物本能，要求是人际性的，欲望不是本能的，而是社会化的，是"大他者"（the big Other）的欲望。

广告制造出诸多时尚话语，这些时尚话语生产了不同的趣味，而趣味正是现代社会区隔的主要手段。这种趣味，往往通过时尚话语有力地渗透于人们的日常生活。这种语言往

---

① 转引自迈克·费瑟斯通《消费文化与后现代主义》，刘精明译，译林出版社，2000年，第100页。

② 高宣扬：《流行文化社会学》（第2版），中国人民大学出版社，2015年，第27页。

往通过隐喻、转喻、反复、悖论、韵律等修辞手法深入到人的无意识之中。时尚话语之所以能够通过修辞而进入无意识中，是因为在拉康看来，无意识本身就与语言结构有关，欲望也是"语言和无意识的效果"①。

弗雷德里克·杰姆逊在《后现代主义与文化理论——弗·杰姆逊教授讲演录》中分析了广告与欲望之间的关系。他认为广告不是商品的临时指南，不是消费者需要某物通过看广告来决定购买，而是要使消费者在看到某个商品的广告后，就想买这个商品。这样，"广告必须作用于更深一层的欲望，甚至是无意识的需要，有些还和性欲有关"②。中国的一款椰汁广告，就具有这样的作用。它在电视和户外媒体上广为传播，身材丰满的女郎的代言形象与"从小喝到大"的双关语，构成了一种隐喻的修辞方式，使这种饮料与女性身体有了联系。它构成了一种能指的双关，指向了男性潜意识深处的欲望，也指向了女性对身体塑造的渴望，于是对这种饮料的消费便成为直接需求和深层欲望的双重满足。

波德里亚在《物体系》中也指出了肉体和性的符号的作用。它们既是一种欲望对象，也是一种审美趣味，甚至是一种崇拜对象。在这个广告中，丰满的身体就是作为一种崇拜对象存在的。除了这种以性感作为代码的身体，广告中还有

---

　① 汪民安主编《文化研究关键词》，江苏人民出版社，2007年，第461页。

　② 弗雷德里克·杰姆逊：《后现代主义与文化理论——弗·杰姆逊教授讲演录》，唐小兵译，陕西师范大学出版社，1987年，第177—178页。

解剖城市

一种重要的身体，那就是明星的身体。

明星代言是现代商业广告的重要现象。代言的明星在广告中展露美丽的容貌、美好的身材、酷炫的表情、优雅的身姿，都是在凸显身体的符号价值。经由影视或音乐而现身广告之中，大众明星的偶像之路才算是走到顶峰。因为广告最注重大众偶像的身体化，所塑造的就是一种身体崇拜。广告与明星的身体达成了一种合谋，铸造了崇高的身体美学。而商品通过明星身体的转喻，成为这种身体美学与身体崇拜的重要组成部分或环节。

这种以性感身体或明星身体为标准的身体崇拜，导致了对身体价值的单一化认知。当明星的身体成为标准之后，在这种单一化的价值标准衡量下，平凡身体的参差多样便成为"缺陷"，弥补这种缺陷的商品便有了自己的"合法化"身份，最终催生了强劲需求。这成为广告中身体美学的潜在叙事结构和意义结构。

身体成为消费社会的焦点，也具有一定的积极意义。因为在漫长的历史中，身体一直被精神性事物压制，在身体与精神或灵魂的二元对立中，身体总是这种符号秩序中弱势的一方。在另一组二元对立，即男性身体与女性身体的对立中，女性身体是更多受压抑的一方。消费社会对这种二元对立强弱身份的颠倒，只不过是另一种"东风压倒西风"，却并没有赋予身体应有的位置。在广告的推动下，身体的救赎变成了购物的冲动。女性在对身体的标准化塑造中，也同样对身体构成了一种新的折磨。

许多时候，广告中的身体与精神处在一种诡异的合谋状态，参与了精神的商业化重构。正如拉康所言，无意识的欲望并不是纯粹本能的，更是一种社会的产物，是不断被延搁的"大他者的欲望的欲望"①。弗雷德里克·杰姆逊则认为"在这种无意识的欲望中，最强烈、最古老的愿望仍然是集体性的。例如，永久的青春、自由和幸福等"②。正因为永久的青春的巨大魅力，于是我们看到了几乎永久的脑白金广告。虽然广告的内容和叙事千篇一律，但广告词中不变的"年轻"与"健康"本身就已拥有巨大的魔力，可以完成这种欲望的营造，满足这种对乌托邦的渴求。而其最著名的广告词"今年过节不收礼，收礼还收脑白金"，则以悖论式的逻辑构成了一种悖论修辞。虽然逻辑不通，但修辞完成，即已达到其塑造潜意识欲望的目的。而其广告词经年累月不更换，也是利用"反复"修辞来进一步加固其说服力，同时也加深人的无意识欲望。这种"反复"修辞正如咒语的使用步骤一样，产生了咒语一样的效果。许多人，尤其是目标人群——老年群体几乎在服用之前，就在心理上产生了年轻和健康的效果。

---

① 汪民安主编《文化研究关键词》，江苏人民出版社，2011年，第460页。

② 弗雷德里克·杰姆逊：《后现代主义与文化理论——弗·杰姆逊教授讲演录》，唐小兵译，陕西师范大学出版社，1987年，第178页。

这些欲望中，还有植根于人们内心的"改变世界的欲望"①。按照布洛赫的"希望"原则，这样的乌托邦欲望是普遍存在的。广告中充满了这样的欲望，或者说是对这种欲望的利用——最后所有的心潮澎湃、情绪激荡，都归结为一种商品。在体育类商品尤其是运动鞋的广告中，这种叙事最为常见。许多时候，它的潜在逻辑是"改变世界，从改变自己的身体状况开始"，而想要改变身体，让它变得更强壮，需要有某种商品。这种看似不通的逻辑，却堂而皇之地完成其叙事，然后潜移默化地让人接受，进而完成其潜意识的塑造，把普通的商品变成了精神性的商品。这种逻辑之所以能够被人接受，因为其所使用的是一种转喻的修辞方式，而不是一种真正的逻辑。转喻与隐喻不同，它不以二者的相似为原则，而是以邻近为原则。经典的转喻如用皇冠来指代皇权。而这里的转喻则是某种品牌的运动鞋与健康强壮的身体、出色的体育能力构成了指代关系。

　　修辞最初的意义是一种说服人的语言技巧，这种意义在亚里士多德的《修辞学》中得到了确定，成为一种古典修辞学。后来，它更多指文学中的手法和技巧。修辞在我们的语言中广泛存在，甚至我们的语言就建立在修辞之上。修辞式的思维方式并不比理性逻辑思维更低级或没有意义。维柯在

---

　　① 弗雷德里克·杰姆逊：《后现代主义与文化理论——费·杰姆逊教授讲演录》，唐小兵译，陕西师范大学出版社，1987 年，第 178 页。

《新科学》中把隐喻、换喻、提喻、反讽等作为转义手段进行了深入论述，更注重其认识论意义。他把这些转义方式称为一种诗性逻辑。卡瓦拉罗在《文化理论关键词》一书中指出："作为一种现象，修辞不单令意义生色，实际上还塑造了意义。"①

从这些广告中，我们可以看到修辞的巨大作用。历史上，修辞总是与意识形态相关，也总是极力服务于意识形态目标。广告中，我们可以看到修辞对消费主义意识形态的服务。事实上，广告是消费主义意识形态的缔造者，同时也是其霸权的推动者。

3

虽然有着明显的物质主义症状，但这些广告依然得到了城市人的喜爱。城市人不会拒绝这种对商品的媚态，就像城市不会拒绝商品经济一样。欲望推动了经济的发展和城市的进步。但欲望的过度放纵，也带来了许多负面影响，比如，大量的小广告应运而生。它们往往打着治疗身体隐秘部位疾病的大旗，藏身在街角电线杆、公厕之类的隐蔽场所。虽然它们有些自惭形秽而自觉地谦卑，但城市依然不想放过它们。因为它们不像许多经过设计的广告那样委婉地呈现让人

---

① 丹尼·卡瓦拉罗：《文化理论关键词》，张卫东、张生、赵顺宏译，江苏人民出版社，2013 年，第 28 页。

解剖城市

难以启齿的疾病，而是故意特别突出它们。许多人想要消灭这种广告，想要把它们一扫而光，但它们却难以根治。

不过，这些广告基本上只存在于城市中，而在农村较为鲜见。它们与那种对城市生活进行美化的广告不同，更像是对城市的控诉：正是城市的混乱导致了这些疾病的发生、蔓延。城市之所以想要消灭它们，正是因为它们暴露了城市的隐私，戳中了城市的痛处。而要想真正消灭它们，首先必须消灭产生那些疾病的诱因。但在现代城市里，这几乎是不可能的。商品经济让一切都可以用钱币来交换，只要这种交换仍然存在，就无法禁绝其副产品。

相较于这类广告，某种街头小广告则更为猖獗，被称为"城市的牛皮癣"。之所以得到这样的恶名，是因为它们对空间不讲原则地侵占。它们打破了城市中广告与非广告空间的既有格局，将一切都变成了广告载体。如果说那些经过城市管理部门批准出现的广告牌是似乎合理的空间入侵的话，这些小广告则是非法的占领。其被城市人厌恶，绝不仅仅是因为它们无孔不入——无孔不入本就是广告的一种特性，它的原罪在于设计过于丑陋，以及内容的不确定和负面色彩。我曾经见过诸多此类广告，它们不仅制造了大量的信息垃圾，也让人们对自己居住的城市的负面认识大为增强。

办证广告就是最为明显的一种。大城市属于陌生人社会，生活主要依赖抽象体系。吉登斯认为，这种抽象体系与熟人社会中依靠亲身经验来处理复杂关系不同，更多依靠专家系统和象征标志的合理化来运作。证件是由第三方为陌生主体之间提供的证明或者担保，是一种为信任提供的象征标记。作为一种象征标记，它的存在源自时间与空间的缺场。而时空的缺场，成为脱域也就是时空分离的现代社会的基本特征。现代社会是高风险的社会，证件作为基于正确原则和权威保证的象征标记，为惯于怀疑的现代人提供了信任的凭依。无所不在的办证广告损害了这种象征标志的可信度，也损害了人们的信任感。证件原本具有的担保真实的功能随之贬值，这让多疑的现代人在日常生活中更加多疑，这种多疑症也蔓延到一些机构和单位中。

毕业文凭作为重要的证件之一，是一个人学历的证明，是学习经历和层次的证明。有了这个证明，就算这个人的学习经历对于招聘单位来说是缺场的，也依然被认可。毕业文凭在传统语境中往往被比喻为一个学习者通向工作之路的敲门砖，甚至是这扇门本身。现代社会中，机构、个人越来越难以知道陌生人的学习生涯，学历就越来越重要，甚至超过了它所要证明的能力本身。正是由于文凭的重要性，使其成为造假的重点。这种情况下，许多单位招聘时需要应聘者出示学历验证报告。由于学历验证报告依然可以造假，使这种证明陷入了一种怪圈。这是虚拟技术鼎盛的时代，证件成了一种波德里亚所说的"类像"。在获得奥斯卡奖的韩国电影《寄生虫》中，男主人公和姐姐就是使用电脑技术制作了虚假的文凭和学历证明，然后获得了信任和工作，成为其惊心之旅的开端。但不是所有人都能拥有主人公姐姐的设计和制作能力，想要制作这样的象征标志就得求助于办假证者。这是假证广告存在的重要原因。

类似办假证广告这样的广告还有很多，如无所不在的开锁广告让人不禁担心起自家门锁的安全。最严重的莫过于贩卖迷药甚至枪支等违法物品的小广告。这些广告仿佛将整个城市的阴暗面敞露在人们面前。它们的作用，绝不仅仅是提供了贩卖罪恶的可能性，或者骗局，还制售了恐惧。

另有一些小广告产生了更奇特的效果。这样的广告首先以一个美丽女子的肖像来吸引人们（准确地说是男性）的目光。当目光被吸引过来之后，继而用金钱与性诱惑，使一些人陷入骗局。这样的小广告就是重金求子广告，首先用"重金"讲述了一个一夜暴富的神话，继而用"求子"讲述一种男权或父权伦理，这之间隐含着一夜风流的都市奇遇，成为神话叙事、传统伦理叙事与都市现代性叙事的奇妙混合。由于过于离奇，它会被具有多疑品性的城市人一眼识破，少有上当者。但它经典的"《故事会》式"的叙事模式和大团圆的喜剧结构，无疑是人们喜闻乐见的。它是用另一种方式书写的城市传奇，但无法否认它的可能性。它为人们同时提供笑料和想入非非的空间。虽然它带有太强的欺骗色彩，但在叙事手法上，和合法广告并没有本质的不同。虽然作为一个广告，它被城市人唾弃，却又的确是属于城市的故事，财富、艳遇、欺骗、遗产、合谋，具有城市传奇最基本的元素，和城市人热衷的电视剧并没有本质区别。区别只在于，一个是明确的虚构，给忙碌焦虑的城市人带来精神抚慰；一个是试图伪装成真实的虚构，是对娱乐和法律的双重僭越，因此会遭到城市人的白眼。如果说贩卖枪支的小广告还能使人产生"敬畏"，那么这种广告则因为它对娱乐化叙事的僭越而碰触了人们敏感的娱乐神经，遭到加倍的反感。

甚至这种区别最直接的原因在于媒体的使用，这类广告与那些正规广告最大的区别不在其真伪——这样一个乌托邦历险正是广告乌托邦所极力营造的——而在于它没有被常规的、正式的媒介传播。波德里亚认为，一般的广告传达给我们的信息，已无法用传统意义上的历史真实来衡量。很大程度上，因为媒介中的东西都是通过媒体从业者的导演和虚构而存在的。因此，我们没法用传统的假、伪、人造等概念对广告进行价值判断。如果这个广告通过正规媒体发布，肯定不会遭到白眼。

城市里的广告就这样将城市人带进了两种极端：一端是温柔的物质天堂，另一端是充满欺骗的罪恶地狱。这并不是广告本身的原罪，而是城市本身的双重属性的体现，广告只是放大镜，让其更显著地呈现在人们面前。许多年前，电视剧《北京人在纽约》的开篇旁白让人至今难忘："如果你爱他，就把他送到纽约去，因为那里是天堂；如果你恨他，就把他送到纽约去，因为那里是地狱。"网络作家慕容雪村的小说《天堂向左，深圳往右》，以书名隐喻性地表达了这种观点。虽然文学作品有着很多夸张，但依然揭示了城市的这种两极性。城市里的大部分广告都在这两极之间，像幽灵一样永不停歇地徘徊。

<h1 style="text-align:center">4</h1>

但事实上，除了物质天堂的营造和罪恶地狱的显现，广告的功能已超出了这种二元化的划分，拥有更加丰富的功能与力量。

广告是大都市兴起的重要力量。它制造了大众传媒的兴盛，使人们可以获得更多免费的媒介资源和文化产品。无法直接获得利润的文化产品，包括许多严肃的文化产品，通过广告获得了市场回报，这是广告隐性的文化功能。

广告也营造了景观社会中最炫目的景观。广告是"注意力经济"最前沿的战场，只有吸引眼球，才能获得效益。广告制造的景观，制造的诸多类像，模糊了真实与非真实的界线。萨特提出的"非真实化"，一开始只是在艺术层面，意味着形象对现实的抽离，而广告是依赖形象并不断创造形象的。广告中的形象会以各种形式出现在都市的各个角落，不仅占据着公共空间，而且不断蚕食着都市人的私人空间。在诸多形象与景观中，人的现实感知能力衰退。杰姆逊认为，这一切都是和色彩、摄影、电影联系在一起的。但事实上，广告早已征用了几乎所有艺术手段和传播媒介。麦克卢汉在

《理解媒介：论人的延伸》中指出"媒介即讯息"①。在征用这些媒介之后，广告也拥有了这些媒介的信息功能。比如广告早已拥有了电影的叙事功能，能为人们提供精彩的故事情节、富于冲击力的画面、美妙的音乐，也提供种种精神抚慰。与其说广告的目的是推广商品（公益广告除外），不如说它是将普通商品转化为精神商品，甚至为人们重构精神世界。

消费社会中，广告总是走在时代前沿。它既可以成为大众文化的缔造者、流行文化的推动者，又与商业、金融等密不可分地联系在一起。如果我们仅仅从文化或传媒角度阐释广告，无疑是不全面的。广告的力量远超于此。刘易斯·芒福德在《城市文化》中指出："一种新的三位一体主宰着大都市的景象：金融、保险和广告。"②芒福德在这里用"主宰"一词，形象地阐释了广告的力量。甚至可以说，广告塑造着城市。如果说新闻、公众舆论等塑造着城市的价值系统，那么，"广告成为这个新系统的'精神力量'，不论表象还是实质，带有大都市印记的著作最主要的部分就是广告，与其说广告试图确立这件或那件商品的吸引力，不如说是确

---

①　马歇尔·麦克卢汉：《理解媒介：论人的延伸（55 周年增刊本）》，何道宽译，译林出版社，2019 年，第 19 页。

②　刘易斯·芒福德：《城市文化》，宋俊岭、李翔宁、周鸣浩译，中国建筑工业出版社，2009 年，第 267 页。

立了都市通行全世界的吸引力。"①

　　如果要选择一种事物作为未来城市的象征，我们会选择什么？这是个不太容易的问题。科幻电影已经替我们做过这样的选择。电影《银翼杀手》里的城市，最具识别性的标志是摩天大楼上变幻的广告。正是这样的户外广告，能够最鲜活地传达出后人类时代的科幻感，成为未来大都市的象征。这些广告也成为影片最经典的镜头。值得一提的是，科幻小说中的城市，总是呈现出废墟化、异质化的状态。《银翼杀手》中的城市是灰暗、压抑和变异的，这与那些广告有没有必然的联系？城市在未来的发展中究竟会变成什么样？这也许是难以确切回答的。也许未来城市不是《银翼杀手》里表现的那样，但它至少为我们呈现了一种可能性。

---

① 刘易斯·芒福德：《城市文化》，宋俊岭、李翔宁、周鸣浩译，中国建筑工业出版社，2009年，第269页。

花市：治愈空间与温柔密码

1

每一座坚硬的城市都有自己柔软的部位，花卉市场无疑属于其中的一个。每一个花卉市场里都蕴藏着城市人对抗钢筋水泥森林的秘密武器。

也许只有在城市中，花朵才拥有了完全独立的审美价值。在自然界，花朵有较多属性和功能，但这些功能都是对于植物本身来说的。除了为植物传宗接代，花朵还有吞噬小昆虫，为植物提供营养等诸多功能。而在农林业中，花朵成为农业生产的一个环节，更多是为果实服务。它无法脱离这个生产环节，拥有自己的独立价值。于是，它的美丽在这个语境里就成了附属价值。我曾经亲眼见识过花朵的美沦为无用之物的下场。有一年春天，我和朋友驱车到乡下的桃园观赏桃花。我从未见过规模如此之大的桃林，无边无际的桃花让我深感震撼。但在这里，我们看到了一个奇怪的现象——

解剖城市

果农在撸桃花，撸得一根枝条上只剩下不多的花朵。这种撸花行为让我们惋惜且不解。经询问得知，果农之所以要撸花，是因为生产的需要。理论上一朵桃花就可以结一只桃子，但果农不能让一个枝条上结那么多的桃子。因为这个品种的桃子个头较大，让一根小枝条上结一只桃子已经足够。所以一根枝条上开那么多花，在他们眼中是多余的、无用的。我们之间的误解是两种价值体系的冲突。后来，我又在城市的公园里见过盛开的桃花。城市人一般不会主动去撸下桃花的花瓣，因为桃花在城市里拥有独立的审美价值，甚至只拥有审美价值。

花市是花卉审美价值集中体现之地。在花卉市场里，人们不是因为某种花朵结出的果实去购买它，而是因为它的审美价值。在这里，花朵被从自然界和农业生产中解放出来，甚至产生了比农业生产更大的价值。许多植物仅靠其花朵美丽便可身价倍增。这与人也有些许相似之处。人从自然界和农业生产中走出来之后，在城市中创造了比前二者大得多的价值。而进入城市中的花朵也和城市中的人们一样，有着贫富悬殊和差距。如同有的人拥有富可敌国的财富，有的极品花卉也可以价值数千万，可换得数量难以数清的其他花卉。如果花朵们有自我意识的话，一定会被这种人类社会的价值体系震惊。

总的来说，花朵的世界里，中产阶级还是占了大多数，极度赤贫或者天价的花卉数量都不多。最起码在我到过的花卉市场，在这个城市的花卉市场里大抵如此。这对人类来说是一种健康的社会结构，对花卉世界来说也是一种健康的价值系统。花卉市场因此而顾客盈门。人们衣食无忧之后，审美需求便显得重要起来，而花卉是一种并不奢侈，人人都可以消费得起的美。有时候，人们来到花卉市场，也许并不是为了买，而只是为了欣赏，为了"逛"。这无疑是最有逛的价值的市场之一。在花丛里走一走，即使不买，也能收获好心情。

2

我就曾把自己的许多个周末消耗在花卉市场中。这也许是因为几年前花卉市场搬迁到了我居住的小区附近，使我有了近水楼台的便利。新市场由一个工厂改建而成，面积巨大，里面主要售卖盆花，朝向外部的门面房开的则是鲜花店。由于市场庞大，门面房众多，便有了十几家鲜花店。我不知道这样一个小城市，是否需要如此多的花店，不过却大致知道，鲜花店的数量并不仅仅由人们对花朵的喜爱程度决定，更是由风俗习惯中对花的使用决定的。风俗习惯对花的使用，婚礼与葬礼是最多的。在人生重要的时刻，花朵扮演了重要角色。这种重要性是从古代的仪式演化而来的。赵毅衡在《符号学：原理与推演》中把巴塔耶的思想概括为："把物资源投入非生产性使用，在古代是仪式性的，在当今是心理性的，为了满足自我对符号意义的渴求。"①

　　与花卉市场以出售盆花为主不同，这些店铺里出售的鲜花往往是已经绽放，而且不带花盆的。就像只截取了一盆花的花朵部分一样，它同样是截取了一盆花绽放的时间段。这既是一种空间的截取，也是一种时间的截取。因为这种截取，花朵变得符号化，可以充当高度象征化与结构化的仪式的一部分。这个过程中，花朵是以自己被剪裁后的形象来担任能指的，而它的所指则无比丰富。除了玫瑰象征着爱情之外，还有为数众多的花朵分别表达着不同的象征。我们日常生活中看到的花几乎都拥有自己的花语，为数众多的花语组成了庞大的符号系统。

　　这里的花朵既是经过剪裁的自然形象，同时又是以花语所象征的符号意义出现的。这是一个符号所拥有的能指与所指。而剪裁可以看作是对其符号性质的"标出"，这种标出性是相对于植物生命的整体性而言的。植物生命的整体性是毋庸置疑的现实，是所有人印象中植物的特征。而把花朵从植物整体中剪裁出来，则会产生风格。在符号学理论中，符号的标出性是风格产生的原因，在文化活动中尤甚。如果说花卉市场中盆栽的花更多是一种自然物，那么鲜花店中的花则具有更强的符号性。玫瑰花就不只有代表爱情这一种含义，不同颜色的玫瑰花皆有其特殊含义，不同数量的玫瑰也

---

　　①　赵毅衡：《符号学：原理与推演》（修订本），南京大学出版社，2016年，第285页。

有其含义。

高宣扬在《流行文化社会学》中指出："任何文化的生产、发展、普及与提高的过程，总是经历从少数文化专业人士逐渐扩大到较多群众接受的过程。"[①] 生产花语的专业人士，并不是种植花卉的园丁，而是文化符号的编码者，也就是习惯所谓的知识者。符号体系的诞生，多源于知识者的创造。传统社会中，知识者通过建立符号体系充当社会的立法者。古代的知识者大多为神职人员，许多神话传说的创造、收集或阐释与他们有关。古希腊神话中，即有有关爱神与玫瑰的传说，为这种花朵赋予爱的寓意。中国文化也有巫史传统，但由于中国文化的重史化倾向，史官逐渐成为知识者的主流。重史文化比巫术文化具有更多的历史理性，于是中国没有诞生希腊神话、荷马史诗这样庞大的神话体系和巨制史诗。中国的传统文人多通过诗赋来赋予花卉以象征意味。屈原就在其辞作中，写入了大量的花卉，开创了"香草美人"的传统。这个传统在后世不断绵延，以知识分子对花朵的书写总有自喻的企图。如周敦颐笔下的莲花，以莲喻君子，为一种花朵赋予了道德色彩和知识分子品格。因为这种传统，知识者对花朵有偏爱的书写，无法为花卉缔造出普遍的象征体系，所以现代的花语符号系统并没有诞生在中国，而是诞生在个人主义充分发展、具有浪漫主义气质的19世纪的法兰

---

① 高宣扬：《流行文化社会学》（第2版），中国人民大学出版社，2015年，第88—89页。

解剖城市

西。在这里，在这时，花语摆脱了单纯的文人趣味，花朵拥有了普遍的象征意义；不是一种花朵，而是为数众多的花朵加入到了这个象征体系中。

某个符号象征体系的确立，并不是简单的过程。花语的兴起和流行有其阶级背景——贵族群体；有其面向的特定性别群体——女性，这与当时法国女性社会地位的上升有一定的关系；有其特定国度的文化背景——浪漫主义大为兴盛的法国；也有其专门的创作群体——由一些职业文人编撰，这是花语符号体系诞生的背景。

而在文化发展中，上流社会的趣味具有导向性，随着时间的演进，更多的大众接受了这种精英化的文化趣味，花语象征体系便在整个社会流行起来。消费社会中，经过商业意识形态的操作，这种花语文化也跨越国界，在中国内地流行起来。

花语作为一种流行符号体系，被广为接受之后，就具有了强迫性。罗兰·巴特将这种流行符号体系的强迫性概括为"法西斯性"。每个人对每种花有不同的偏爱，也会寄托不同的情感，但这种个人化的爱好和意义价值，在花店中不得不屈从于花语的符号体系。想要送花表达特定的情感，就不得不从花语体系中寻找相应的花卉，而不能纯粹根据个人对花卉的偏好。

虽然对个人偏好有所限制，但这一庞大的意义体系还是制造了情感与花卉之间的兑换机制。人作为情感动物，有丰富多样的情感表达需求。在这个兑换机制的协调下，情感表达需求变成了对花卉的需求。所以，花店特别重视花语等花卉的符号性含义。

3

花卉市场内，摊点售卖的更多是花卉的自然形态。这里的花卉是以整体的生命形态存在的，虽然也会用于馈赠，但其符号意义已大为降低。这里的花卉多不需剪裁，它们更吸引人的是自然形态：健康的姿态，舒展的枝叶，美丽的色泽……消费者购买它们，并不是短暂地占有这种状态。这是花朵最典型的符号状态，但一盆花却并不是符号，而是一个生命体。需要长期的养护，才能保证这种形态的延续。

花卉市场中，多肉植物拥有数量众多的品种和较独特的符号体系。传统的花语符号体系兴盛于19世纪，作为新近兴起的多肉植物，许多未在那时获得花语。许多多肉植物的名字，即包含有花语的象征含义。因为最受都市白领喜爱，多肉植物便拥有了"子持白莲""爱之蔓""青星美人""玉露"等充满文艺色彩的名字。对现代人来说，传统花语过于系统化、繁杂化，以名字取代花语则使花朵象征体系更加别致——不那么直接地点明其文化象征，增加了多肉植物的朦胧感，消解了其直接象征的实用色彩。从中也可以看到花卉象征体系由繁复到简洁、由明晰到朦胧的过程。这个过程并非偶然，从其主要受众的身份就可以看到这个变化的原因。从传统花语的贵族化倾向，到多肉花语（名称）的白领化倾向，可以看到社会、时代演变中美学趣味的演变。

除了独特的符号系统，多肉植物的自然形态也颇有特色。多肉植物花瓣般的叶序使观叶同样可以获得美感。它有浇水少、容易存活、防辐射等优点，且体积相对较小，占用空间较少，这是其得以风靡的主要原因。多肉植物对传统花卉的逆袭，很大程度上可以归结为空间经济学因素。除此之外，多肉植物还往往因为花盆的独特而具有很强的标出性。作为观赏植物的一种，多肉植物花盆的体积、形状、材质都非常丰富。售卖者往往选择美观多样的花盆，使多肉植物从自然状态中解放出来，获得标出性，进而获得独特的风格和意义。

从多肉植物充满文艺色彩的名字到其外在包装形态，都可以看到都市化、白领化的趣味。多肉植物后来引发的全民热潮，一定程度上可以认为是大众对这种趣味的仿效。由之可以看到流行文化中精英文化对大众文化的带动作用。正像早期大众文化研究者利维斯所认为的那样，文化始终都是少数人掌握的。

多肉植物具有出色的空间营造和建构能力。专门销售多肉植物的店铺，很多都有独特的空间感。我去过的市场中就有这样一家店：在阳光有限的情况下，这家店的多肉植物却生长得巨大壮硕。在空间摆放方面，这家店铺运用多种摆台和装饰，将这些多肉植物摆放得高低错落有致。这家店的整体空间是一般摊位的两倍，也许因为较大的多肉植物价格不菲，不会轻易卖掉，所以这家店的摆放相对稳定。虽然在这家花店中行走是在植物中间蹑手蹑脚，与悠闲的漫步不同，却有一种独特的治愈功效。时间在这里仿佛更为古老，抑或是都市生活中的加速度在这里一下慢了下来。因为这些植物中蕴含时间的丰腴，让匆忙的、形销骨立的时间获得了治愈。时间感仿佛是可以传染的，两种时间感在这一独特的空间中获得了平衡。一般来说，植物的时间以生长的时间来计量，而都市人的时间以消耗的时间来计量，两种不同时间计量方式产生的时间感是不同的。前者可以丰腴浩瀚，后者则会形销骨立。

　　因为植物可以医治都市人的时间感，所以花卉市场可以成为一种治愈空间。这里虽然也是市场，也有交易，却少了些赤裸裸的占有欲和功利感。相较于那些被剪除了根部在鲜花店里售卖的鲜花，这里的花则具有更弱的商品属性和符号色彩。购买一盆花是需要对它进行照料的，即使可以称为占有，但之后还需要进行照料，照料是它保持健康和美丽的必要条件，对花的购买和对物的占有不完全相同。相对于波德里亚所称的商品世界中的物体系，这些花卉除了是商品，可以归入物体系之外，还是生命，属于也包括人在内的生命体系。

　　但并不是说那些盆花就必然会给人带来对生命的责任感

和养育的愿望。作为花市里的常客，我知道许多花卉交易形式，比如花卉租赁。出租者往往为花选择较大的花盆，即使那些花远没有达到巨大的程度，但放进这些大花盆中，也就变成了大型花卉。花卉市场的许多摊位都有对外出租花卉的业务，这些大型花卉并不适合普通家庭，它们的客户是一些单位或机构。它们的用途，有着更强的装饰意味。需要花卉装饰的单位租赁了这些花卉后，由出租方提供照料与养护服务，还可以定期更换，以保证花朵的精神与美观，进而美化工作场所。这种租赁方式减少了使用者的照料责任，交换的意味也就更加强烈。也就是说，这些花卉在租用它们的场所只是一种视觉存在物，只在视觉的意义上存在。正是这样的租，而不是买，更加暴露了它们的商品属性。

因是花卉市场的常客，我曾得知一些机关单位和商业机构租赁盆花绿植的情况。这些租赁者并不担负养育职责，作为一种权力色彩强烈的公共空间，其所缺少的恰恰就是一些人情味。作为工具理性代表的科层制，本来就不以人为目的，韦伯甚至认为这种工具理性的囚笼是对生命的扼杀。在一些商业机构中，这种工具理性同样强势，因为科层制其实就是在现代商业机构中孕育的。权责的清晰划分，对工具理性的过分依赖，对情感和情绪的排斥，降低了人的共情能力。

与这种以工具理性为主导的空间不同，家庭空间虽然也有权力色彩，但更多的是一种情感空间和养育空间。一般情况下，这种空间会承担花卉的养育和照料责任。与对孩子的养育类似，许多花木在家庭空间中，从小一直成长到大，就像孩子的成长一样。我曾听人讲述过一些孩子与植物的故事：有个人在女儿出生时种下一棵树，伴随着女儿的长大，树也成长变高。因为这种共时的成长，女儿和他本人对这棵树的态度甚至有了家人的感觉。

归有光在《项脊轩志》中也写了一棵树。树是他的妻子手植的，在妻子去世多年之后，树已长大，一句"今已亭亭如盖矣"将对妻子的怀念写得深刻动人：只说树在生长，而不说人在思念，无言中包含了万千情感。树作为一个生命，在这里可以构成对妻子的象征，也可以象征感情本身，还可以象征人的存在困境，饱含寓意。同时它还可以构成一种意境空间，完成生命之间的意义互动，让人回味无穷。这一切，与树作为一种自然生命，人与植物在文化中的深层关系密切相关。

4

花卉市场的吸引力之所以大，还在于它不只售卖花朵，还售卖与赏花的心情相契合的一切，"花鸟鱼虫"这个词语中的后三者都不可或缺地出现在这里。此外，这里还有优美的瓷器和书画，有奇石玉器，有实木家具、工艺摆件……正如"物以类聚"这个成语一样，它们以广泛的都市休闲文化契合点，聚集到了一起。花卉市场能够容纳下这么多事物，说明花卉符号凝聚能力的强大。"花鸟鱼虫"这个象征休闲文化生活的词语，以花为首，就表明了花卉的地位。

人类的休闲审美历程应该首先是从自然物开始的，然后再过渡到人工之物；自然之物里，也首先从最易养殖的植物开始；养殖技术提高后，逐步过渡到动物。这应该是一个基本的人类休闲审美对象史。花卉市场中有这一历程的共时呈现，就像列维-斯特劳斯在菊石化石那里发现的共时状况一样。这些事物的关系是共时的，同时也是兼容并包，相互启迪并融会贯通的。

古玩城："神话"空间与赝品焦虑症

不是所有的商业场所都可以称为"城"，即使商场巨大得像一个迷宫。但我所见的几乎所有集中售卖古玩的场所都被称为城，即使这个所谓的城只是由简易板房搭建的。它们之所以能够拥有这种称谓，也许是因为古玩往往价格较高，有的甚至一件都能价值连城。也许这正是"古玩"和"城"始终不离不弃的价值背景，它们的连缀更构成了一种价值暗示。

阿莱达·阿斯曼认为："收藏的行为是和历史意识以及对变迁和断裂的经验紧密相连的。"① 这种变迁和断裂的经验对于当代国人而言是深刻的。改革开放尤其是 20 世纪 90 年代以来，市场经济全面和高速的发展，制造了传统经验与现代经验的断裂，一种变迁的经验普遍地存在于国人头脑中。但这样的经验并不一定造就真正的历史意识。许多时候，人们都停留在本雅明所谓的震惊状态，无法把这种震惊转换成

① 阿莱达·阿斯曼：《回忆空间：文化记忆的形式和变迁》，潘璐译，北京大学出版社，2016 年，第 50—51 页。

解剖城市

真正的历史意识。但人又是意义的动物，必须为自己所经历的现实寻找解释机制，与历史思维具有同等阐释能力的便有神话思维。这也是人们所熟悉的一种思维方式，不过在这个时代里，人们所寻找的是前现代神话的替代品。事实上，这种替代品为数众多。神话所能提供的认知和认同功能是如此重要，扬·阿斯曼认为："说到历史性的过去，神话为'热'社会的自我认知提供基础，这个社会已将自己的历史演变进行了内化。"①

如果从接受者的角度来论述这种神话生产，也可以这样说：同时处于平凡与震惊状态的现代人，对于神话如此渴求，以至于神话会被源源不断地制造出来。在众多的当代神话中，财富神话无疑是最闪亮的神话代用品。与普通神话相比，财富神话有着一种巨大的乌托邦性。对现代人来说，它也是一种最重要的塑造意义的叙事类型。古玩神话也是其中之一：最近二三十年间，古玩的增值幅度超过房地产，利润甚至超过毒品，又不会像股市一样暴跌，成为最具投资价值的行业之一。在这一财富神话的鞭策下，大量的民间资本涌入古玩行业，助推了古玩藏品的飞速升值，更制造出一些天价藏品。十数年前或数十年前以几十或几百元买下的某个毫不起眼的小物件，当下竟然能价值百万甚至千万。这样的故事不断涌现，并被人传诵，一个个财富神话不断被古玩行业

---

① 扬·阿斯曼：《文化记忆：早期高级文化中的文字、回忆和政治身份》，金寿福、黄晓晨译，北京大学出版社，2015 年，第 75 页。

成功缔造。

　　这种财富神话的缔造往往有大众媒体的推波助澜，其中尤以电视媒体最甚。古玩因为具有文化和商业双重价值，故而成为电视媒体的重要节目资源。在第一个鉴宝节目成功吸引受众的眼球之后，鉴宝类节目迅速火遍荧屏。它们见证，也进一步助推了全民收藏热潮。这些节目收视率的攀升，不仅仅是因为那些古器物的文化内涵，更是因为其价格神话。这类节目的编排，有着独特的叙事学：古玩字画的价格往往被设置为节目的悬念，揭晓价格环节成为节目的高潮，整个节目的叙事要点都集中在藏品的市场价值上。每一期节目中，可能会有不值钱的赝品，但绝对不会只有不怎么值钱的真品，即使它们一样具有特殊的历史文化价值。古玩的历史文化价值往往属于专业研究人员，大众真正关心的是其价格。所以每一期这样的节目里，都一定会有价格超越普通人一生工资许多倍的重器出现，给普通大众以强烈刺激。看到一件小玩意儿的价格比自己一生所能挣到的工资都多的时候，人们的神经会被重重撞击。经过这样的撞击，人们往往会产生两种倾向，一种是彻底远离这个行当，不再看这样的节目；另一种是成为这个行当的爱好者，身体力行地参与其中。前一种情况，无疑会造成鉴宝类节目观众的流失。但节目组自有办法挽回一部分观众，那就是在节目中加入这样的桥段：一个人以几百甚至几十元就买到了价值数万乃至数十万的器物，这在收藏界叫捡漏。这样的故事往往最能够击中人性的弱点，能够最大可能地挽回那些试图离去的眼睛。鉴宝类节目对电视荧屏的长期霸占，证明了这种财富叙事学的成功。

古玩市场正是在这种追逐财富神话的全民收藏热中，一座座拔地而起，成为"神话"栖居之所。而这样的古玩城一般都有自己的空间体制，或者说是用体系化的空间与建筑元素完成神话空间的建构。这些建筑元素一般都是传统文化元素，用其对建筑空间进行密集修饰以构成符号系统。这样的象征符号是密集而完整的，可以构成"城"的象征体系。其中，象征性的雕塑是不可或缺的。在这样的空间中，一般是放大某个本地知名文物，将其制作为雕塑，完成对象征空间的塑造。于是这些古老的、传统的、国学的元素构成了完整的统一体，完成了对古玩城外部神话空间的塑造。每家店铺内部，又有更进一步的空间塑造，这也是一种更加精细化的空间形塑。这种塑造不仅表现在其空间装饰中，同样表现在诸多方面：古琴音乐等完成听觉系统的设置，沉香香熏等完成嗅觉系统的设置，茶台上各种茶叶完成味觉系统的设置。这种系统化、符号化的设置，可以构成一种历史文化氛围，继而构成完整的统一体，进而构成神话空间。恩斯特·卡西尔认为神话空间的两个基本特征是"彻底的限定性和特殊性，以及它仍然追求着的系统性"①，而这两者是相辅相成

---

① 恩斯特·卡西尔：《神话思维》，黄龙保、周振选译，中国社会科学出版社，1992年，第105页。

的。正是靠那些特殊性的事物，组成了这一空间整体上的系统性。

这种系统性，还表现在文玩藏品的摆放设置上。古玩店中一般都有古玩真品作为镇店之宝存在。罗兰·巴特认为，"神话是一种交流体系，它是一种信息"①，这些镇店之宝许多时候都有其相应的故事，店主为其营造不俗的身世和信息，传播其神话品格。如果不好编造，参加电视鉴宝节目则是营造其传奇身世的一个现代手法，因为电视鉴宝节目是一种广泛的交流体系。镇店之宝的摆放，一般处在古玩店的中心位置，高于其余藏品，以构成完整有序的藏品体系。而其价格也往往不菲，成为店中藏品价格系统的最高峰值。在镇店之宝的光芒照耀下，其余古玩藏品也会附带上一层光晕，凭借这层光晕而价格水涨船高；即使一些并不一定真正古老的器物，仿佛也可以在这个古器物系统内随着镇店之宝"一人得道，鸡犬升天"。这是国人熟悉的一种典型的神话叙事，不光存在于书本之上，也存在于古玩城的古玩店铺之中。依靠空间设置，它构成了一种空间叙事的一个环节或步骤。于是，神话和叙事都变得空间化了，这是神话与空间的合谋。

从符号学角度说，这样的空间叙事是一种转喻式的修辞叙事。卡瓦拉罗在《文化理论关键词》一书中指出："作为

---

① 罗兰·巴特：《神话修辞术：批评与真实》，屠友祥、温晋仪译，上海人民出版社，2009 年，第 169 页。

　　　　　　　　　　　　　　　　　　　　解剖城市

一种现象，修辞不单令意义生色，实际上还塑造了意义。"①
修辞与意识形态关系密切，而这里的意识形态就是消费主义
意识形态。这里的空间叙事和话语叙事，其意识形态目标都
是为了将物品以高昂的价格卖出。这样的价格不是靠物品的
使用价值来定，因为作为古玩，它们一般都丧失了实际的使
用价值。因为透明价格机制的缺失，越来越多的因素可以参
与、影响其定价机制，古玩商人的重要工作就是制造这样的
因素。即使只是一段音乐，因为可以构成一种系统的、整体
的空间，就有了它的意义和价值。马尔库塞曾反对过在商场
中播放古典音乐，认为这种对文化的背景化，剥夺了文化的
否定性力量。在古玩城播放中式古典音乐，同样是对古典音
乐文化否定性力量的剥夺和收编。所谓"收编"，即是指用
它来完成对系统性的神话空间的营造。而神话空间正是文玩
作为神话的栖居之所。

由于古玩财富神话叙事的过分成功，在全民收藏热中，
甚至不需要刻意营造神话空间，就能打造出一个个古玩城，
即使只是一些简易房屋，即使只是最简陋的建筑，一旦被冠
以古玩城的称谓，这样的商业场所便能轻易将商铺租出。全
民收藏热的兴起，直接造就了大量的古玩商人，也催生出更

① 丹尼·卡瓦拉罗：《文化理论关键词》，张卫东、张生、赵顺宏译，
江苏人民出版社，2013年，第28页。

多的古玩商品。其中一些古玩是随着近些年城乡大规模建设而出土的，另一些则是现代人的制造。顾客、商品、售卖者的潮涌促进了古玩行业的大发展，有些大城市拥有不止一座古玩城；一些新兴城市里，古玩城也被市场催生。崭新的古玩城建起之后，古玩商品便从全国各地涌入，琳琅满目。但因为古玩这种商品的特殊性，决定了它们不可能像现代工业产品一样可以源源不断地生产。如果一件商品可以分为生产环节、流通环节、销售环节、使用环节的话，古玩的生产环节是无法在现代完成的。如果能够在现代完成，那它就不能称为古玩，顶多只能称为工艺品，如果当作古玩来卖，就是赝品。由于生产环节的时间魔咒，使古玩无法像其他商品一样可以根据市场需求扩大再生产。面对市场对古玩真品的大量需求，只能由工艺品或者赝品来填补这个缺口。与其他商品对现代性的追求不同，现代性恰恰构成了古玩这种商品的原罪。现代生产工艺即使能够缩短器物的生产时间，扩大产量，甚至做得更加精美，也必然会被古玩行业审判。

事实上，这不光是一种时间审判、真伪审判，更是一种价格审判。古玩的价格不菲，一个重要原因是因为它的稀缺性。有时古玩价格甚至与工艺价值无关，纯粹由其稀缺性来决定。它们与工业大生产恰恰构成了相反的逻辑。后者靠压低单价，以量大的优势来获取利润；前者却依靠削减数量而抬高单价，从而获得高额利润。我在电影里看过这样的故事：一个古玩商人手里有五块相同的商周玉佩，因为数量太多，这种玉佩卖不了太贵，无法达到商人的期望值。于是这位古玩商人就用一种特殊手段，来抬高这种玉佩的价值：他将其中四块玉佩摔碎，这个世界就只剩下一块这样的玉佩，由此，这块玉佩价格飙升，超过了原来五块玉佩价格的总和。

这个故事曾让我感到强烈的震惊，不仅震惊于这种价格模式，更震惊于商业利益对文化的摧毁。那些商周时期的玉佩，不仅有商品属性，更拥有重要的文化价值。恰恰是其商品属性将其自身摧毁，也同时摧毁了它的文化价值。这就像一个关于古玩业的现代寓言。古玩市场的商业性摧毁了古玩的文化价值，甚至中国古典文化的价值。所以我们一方面可以看到古玩市场的蓬勃兴盛，另一方面却是传统文化的衰落。也许有人会对某些古器物最不为人知的细节了如指掌，但可能他对这些古器物背后的历史和文化内涵一无所知，更不要提一些传统文化的经典书籍。从符号学角度看，一件艺术品是实用表意功能与艺术表意功能的合一。而对古玩市场价值的单一强调，使其只剩下了实用表意功能。赵毅衡认为："古董的市场价值，是它的实用表意功能，而不是艺术表意功能。艺术性本身无法标价，因此艺术无真伪，也没有原作与赝品之分。"[1]

由于古玩几乎是以稀有和原真为唯一价值尺度，所以，其背后制作工艺的价值反倒无足轻重。因为即使是和某件文

---

① 赵毅衡：《符号学：原理与推演》（修订本），南京大学出版社，2016年，第300页。

物以同样的工艺制作的物品，只要不是原物，其价值也会丧失，而且会获得"赝品"这样的贬义头衔。因此，在这里，物的价值远超过其生产过程和工艺的价值。刘易斯·芒福德在《城市文化》中写道："有时赝品制造者干得非常完美甚至骗过了鉴定专家，不过它们的价值不在于它们的美学价值而是在于它们的原真性，一旦这种原真性被推翻，它们就变得毫无价值。获得物品但不会对生产过程有一丝一毫的关心和热情，这是都市成功的标志。"① 古玩将这种都市成功推向了极致：重要的是拥有物品，而不是拥有其生产过程、工艺和文化内涵。古玩热催生了大量的收藏者，但他们中的大部分，却都是对其技艺和内涵不关心的人。

那个损毁玉佩的古玩商人虽然不能代表所有古玩商，但颇具典型性。我所接触的古玩商人，有的是文化人，更多的是纯粹的商人，有的带有投机倒把的性质。他们大都没有太高的文化素养，而是善于营造神秘、讲述故事、制造传奇，然后将赝品当成真品卖，将次品当成优品卖。这种售卖方式产生的利润大大超过了古玩行业的利润神话，成为另一种大鱼吃小鱼。因为鉴定不易等原因，古玩行业成为最容易浑水摸鱼的行业之一。虽然有监管不严等因素，但也可以说，正是大量素质参差不齐、满脑子想着发财的业余买家，造就了数量众多的这样的古玩商人。高额的利润诱惑，让他们从商

---

① 刘易斯·芒福德：《城市文化》，宋俊岭、李翔宁、周鸣浩译，中国建筑工业出版社，2009 年，第 304 页。

　　　　　　　　　　　　　　　　　　解剖城市

人演变为"优秀的表演艺术家"。这样的文玩从业者大量存在，不仅不会促进传统经典文化的发展，反而会造成对传统道德体系的巨大破坏。过分逐利的古玩行业，让社会整体文化价值也受到了伤害。

古玩城与其他商品交易场所的不同之处，还在于这里并不是许多古玩最终完成交易的场所——许多交易会在更加私密的场所进行，比如古玩商人的家中。许多等待出售的古玩并不摆在店铺中，而是放在家里。在古玩商人口中，它们因为比较尊贵，所以不轻易示人；有的则是古玩商人的私人收藏。古玩的特殊性就在于收藏品向商品的转换可随时完成，而这样的古玩售价往往要比店铺中所摆的高很多倍。"家"并不是常规意义上售卖商品的场所，但在这种交易中，家的含义被奇妙地转换，成为某种特定商品最尊贵的殿堂，古玩城此时就成了古玩交易的接头地点或中转站。但这并不表明家中所售卖古玩的价值、可信度真的就高，也有许多假货，还有一些则是来路不明或不正当的古器物。这类古器物的买卖因为触犯相关法律，无法正常交易，只有在家这个私密性的环境中完成。一些私下交易的文物几经转手，有时又光明正大地出现在了古玩城中。因此，某些时候，古玩城就像是地下文物交易的障眼法，文物黑市的洗白机构。

古玩市场中还有一个经典场景让我难忘。我所在城市的古玩市场赌石店铺开张，立马成为人气最高的商铺之一——商铺中堆满了翡翠或玉石的原石，顾客买下原石之后，店主对原石进行切割，如果石头里有成色较好的翡翠或玉，顾客则会赚钱，甚至会赚到高于原石价格数十倍、上百倍的钱，这有点儿像古玩市场中的捡大漏。但如果里面的翡翠或玉成色不好，甚至没有翡翠或玉，购买者则会赔钱，甚至彻底赔光。一般情况下，经验再丰富的购买者也无法凭肉眼断定石皮中是否会有成色较好的翠玉，所以很多时候这种购买就是碰运气，这就是赌石业中"赌"字的来历。赌石店铺在古玩市场的兴盛并非偶然，因为古玩购买者很多都有赌徒心理。对于并不专业的人士而言，鉴定古玩的真假，并不比透过石皮看见石头内部的蕴藏更容易。正是这种赌徒的普遍存在，赌石才会兴盛繁荣，而赌石店铺恰似对古玩市场的一个隐喻。正如文化批评家朱大可所言："古器物市场正在转型为超级赌场，成为资本赌徒冒险的乐园。"①

　　虽然几乎每个古玩城里都不可避免地有赝品、谎言、欺骗、赌博，但从另一个方面讲，它终究还是文化汇聚之地。古器物在这里陈设、堆积，营造出浓厚的文化气息。古玩城里除了古玩，往往还聚集着一批周边产业，如现代工艺品、旧书、奇石、现代书画、茶叶等。随着发烧式的古玩热渐渐降温，人们的收藏消费渐趋理性，这些周边产品会越来越受欢迎。虽然不能营造财富神话，但它们能将古玩城变得更加透明，就像是一片混浊水域渐渐融入的一支清流。

---

　　① 朱大可：《时光》，东方出版社，2013年，第201—202页。

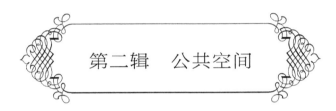

第二辑　公共空间

广场：平面的乌托邦

　　没有比广场再简单的空间形态了，城市中的一片空地就足以担当这个称谓；但又没有哪类建筑有比广场更大的向心力，可以汇聚、容纳城市里最多的人。从经济角度说，广场好像是与密集的城市建筑空间语法格格不入的，但又不可想象一座没有广场的城市。虽然越来越精致奢华的商业和住宅建筑在城市中大量涌现，广场仍然以最为简单或简陋的形式现身；虽然互联网的快速发展，给人们开拓了更多的电子化生存空间，但广场在现代城市中仍然担当着重要的功能。有学者对这种功能进行了如下归纳：供市民散步休憩、为市民提供进行集会的地方，或供举行政治和宗教的仪式及活动、进行示威的场地；甚至举行演唱会、开设跳蚤市场等活动。

　　众多功能中，公共空间的意义应该排在首位。这正是城市发展史上广场产生的重要原因。不管是过去还是现在，广场有时好像是空无一物，却是城市最重要的空间，承载了诸多公共事务。这样一块平地，因为缺乏建筑特征，很容易使人们把它当作一种自然物，把它的存在当作一种常识。即使它们的名字出现变更，仿佛也是一个充满变化的时代的常识。事实上，广场名字的改变关涉记忆的改造和身份认同的重构。阿莱达·阿斯曼指出："身份认同的重构总是意味着记忆的改造——如我们所知，这对于集体和个人来说都同等重要，对于集体来说，记忆的改造表现在重写历史教科书、推翻纪念碑、重新命名公共建筑和广场。"①

　　因为在空间形态上只是一块平地，我们很容易遗忘广场也有历史，是一种建构之物。事实上，这种建构很容易留下痕迹：这块平地旁边的建筑物同样参与了对这块平地意义的建构。相当多的城市广场，都与公共建筑毗邻，最多的是政府大楼、宫殿、礼堂等政治建筑；在西方，还有教堂等宗教建筑。一片水平的空地与高大宏伟的建筑相毗邻，其本身就是城市两种空间代码的集合：水平式代码和垂直式代码。如果水平式代码象征着世俗、大众、播散和流动，垂直代码则象征着神圣、超越、中心和层级。两种代码基本上就可以代表城市空间，而这两种代码或者两种空间向度在历史中有各自不同的作用。乔治·巴塔耶认为："教堂和宫殿的功能就在于此，教会建造教堂、国家修筑宫殿，借此安抚公众、威慑公众。显然，宏伟的建筑能让大众安分守己，甚至能让他

---

　　① 阿莱达·阿斯曼：《回忆空间：文化记忆的形式和变迁》，潘璐译，北京大学出版社，2016 年，第 62 页。

解剖城市

们感到震撼与恐惧。"① 历史上，这是形成宏伟建筑毗邻广场这种空间结构的一个重要原因。

随着历史发展，公共空间逐渐成为市民社会形成和城市文化发展水平的标志，而广场仍然是这一公共空间的代表。世界近现代历史上，广场作为公共空间起到了很大的作用。冯雷在《理解空间》中认为："象征空间的首要作用是'认同'，即建立起符号与所指的联系。"② 广场上一般都会树立纪念性的建筑或雕塑，如方尖碑、人物塑像等。这使广场这个看似空无一物的空间蕴含着巨大的象征色彩和内涵，使其成为一种象征空间。在许多地方，某个广场往往可以成为一个城市的象征，有的广场甚至可以成为国家的象征。从中可以看到广场作为象征空间在凝聚认同上所起的巨大作用。

这样重要的公共空间，自然会是市民最重要的聚集地。欧阳江河在《傍晚穿过广场》一诗中写道："我不知道一个过去年代的广场/从何而始，从何而终。/有的人用一小时穿过广场，/有的人用一生——/早晨是孩子，傍晚已是垂暮之人。"③ 该诗提供了与广场相关的两种人生，隐喻的是人与公共空间的关系：一种是对公共空间的冷漠，仅仅把它当作路

① 乔治·巴塔耶：《建筑和方尖碑》，何磊译，见汪民安、郭晓彦主编《建筑、空间与哲学》，江苏人民出版社，2019年，第43页。
② 冯雷：《理解空间：20世纪空间观念的激变》，中央编译出版社，2017年，第137页。
③ 欧阳江河：《黄山谷的豹》，辽宁人民出版社，2013年，第30页。

过的场所；另一种是把公共空间当作一生的价值实现之所在，过分地投入和参与，使自己的人生成为公共化的人生。这是人与广场关系的两个极端，这两种极端都是时代的症候。而在当代中国，后者戏剧性地成了前者的一个原因。

欧阳江河在《傍晚穿过广场》的结尾书写了广场政治性公共空间的一面，也以这一方面来定义广场，但这并不是广场的全部。随着市场经济的发展，人们与广场的关系越来越多样化。广场衍生出更多经济上的意义，在广场上进行的商业活动越来越丰富。我早年印象最深刻的记忆，是彩票抽奖。在体彩等国家统一管理、印制、发行，彩票站成为城市有机组成部分之前，大型的彩票抽奖活动往往在中小城市的广场上举行。一定程度上，20 世纪 90 年代初期的彩票抽奖活动，完成了人们对于物质生活极大丰富的想象，尤其是在县城、乡镇。这种彩票抽奖活动的奖项一般不是现金，而是物品，从电视机到洗衣机等家用电器，从当时堪称昂贵的汽车到便宜的饮料等，各种价格和用途的物品几乎一应俱全。汽车因为价格昂贵，往往是一等奖的奖品。有时一等奖还不是单个奖品，而是奖品的组合。我印象最深的是一种被称为"八大件"的组合——由八种家用电器组成。相比汽车这样的奖品，"八大件"与人们的日常生活有更亲密的关系。这些奖品都可以在相应的商场购得，但当时对于小城市，尤其是县城居民来说，它们仍然有奢侈品的含义，且象征着电气化的现代生活。

90

这些彩票的奖品有一个重要特点，即大都摆放在广场上，而不是存放在仓库中，它们营造了一种视觉的丰盛景观。这种视觉景观对人们构成了强烈的刺激，有效遮掩了奖品很难得到的真相。但这种难以得到相对于到商场购买而言，倒像显得更加容易。商场中的平等交换需要付出大量的金钱，金钱背后是大量的劳动时间。而在抽奖活动中，少量甚至极少的金钱付出就有可能得到这些物品。这极少金钱的背后是极少的劳动时间。人们不需要付出太多，就有得到这些物品的可能。这似乎是对市场经济平等交换原则的颠覆，成为一种占有的捷径。但这种颠覆只是一种表象。对于抽奖活动举办方来说，他们最终获得的利润远远超过商场中的"平等交换"。这种利用爱占便宜的人性弱点举行的活动，在公共性最强的广场之上进行得如火如荼，成为对广场公共意义的反讽与消解。因公共总是与公开、公正、公平等词相联系，甚至可谓同源。如火如荼的广场彩票抽奖，在进入新世纪之后逐渐落下帷幕，有多种原因：重复多次后，人们用现实经验证明了这种捷径是一种更难抵达的路径，那些近在眼前的物品，基本上沦为了一种物质的幻象；规范化的国家彩票似乎更具公正性，而且最高奖项的金额超出那些奖品太多倍，具有更大的吸引力；随着经济社会发展，人们经济能力的提高，那些以前具有奢侈品意味的奖品成了城镇居民的日常用品。但对于许多人来说，这种电气化的现代生活，是靠广场彩票抽奖活动启蒙的。人们对这些物品的占有欲，在广场上比在商场中要强烈许多倍。

这种广场抽奖活动，运用的是一种节日叙事，营造出节日般的氛围。节日逻辑本就是对于日常生活逻辑的颠覆。人们在抽奖的时段里，也的确拥有了节日般的兴奋。只是，这节日是物质的节日。与春节等拥有精神内涵的节日相比，抽奖结束之后，人们得到的不是纵情之后的满足，而是放纵之后的空虚。真正得到满足的只是极少数人。

广场大抽奖活动式微之后，广场上依然在上演着丰富多彩的商业活动。这样的商业活动似乎更具商业理性，如房博会、车博会、瓷器展销、玉器展销等。这些商业活动中，商品种类比大抽奖所展示的物品更加琳琅满目，也不用再偷袭人的性格弱点，基本上是公平交换。但与专业商场相比，广场上的商业活动常常提供较大折扣，以吸引更多的人群。对于人性弱点的利用虽在继续，但已节制得多。

随着经济的繁荣发展，各种商业活动把广场的商业功能推到极致。但近年来，广场最为引人瞩目的功能却是娱乐健身。之所以这么说，是因为争议巨大的广场舞。这一舞蹈的命名并不与其他类型的舞蹈一样，而是用跳舞的特定地点和空间来命名。可以说，有了广场，才有广场舞。广场也赋予了这些舞蹈独特的内涵。街舞也是以特定空间来命名的舞蹈，但与广场舞有着完全不同的形式内容与内在含义。街舞作为一种在青年中流行的舞蹈，有着更多眩目的花样，也有着更加严格的技术要求。作为一种青年亚文化，它的反叛意味也更强。这与街道空间的相对开放与自由有关。作家棉棉称自己小说中那些叛逆的主人公为街上长大的孩子，以与教室等刻板环境中长大的乖孩子相对比。

如果单纯从空间含义而言，广场拥有的自由与开放应该比街道更大。但这以广场命名的舞蹈，却几乎与街舞完全不同——这与舞者的年龄因素有很大关系，更与当下中国的独特语境有关。广场舞相对街舞，缺少技术含量，而以人数众多、动作相对整齐划一为特征。广场舞爱好者以中老年为主，这个群体大都经历过那个独特年代。在这一点上，它就像是一种独特时期政治风景的遗存与延续，但精神动力却不再是政治狂热，而是娱乐健身需求。从中可以看到一种价值转向，娱乐健身成为这个群体新的政治。不仅在形式上有相似之处，在态度上也有相似之处。新闻报道的广场舞者与年轻人争夺篮球场，并爆发肢体冲突，可以管窥出这种态度的坚决与凌厉。这方面的例子还有很多。将占据广场舞空间的汽车抬走，同样是一种让人"惊厉"的举动。

相对于这些直接暴力，广场舞带来的更多是间接暴力。这种间接暴力主要体现为噪声扰民。由于跳舞人数众多，场地也较为空旷，广场舞伴奏音乐的音量一般较大，对广场周边住户的生活便产生了影响。由于广场在每个城市的普及，广场舞也有相当的普及程度，这大概是这个时代广场上最为显著的风景。每逢入夜，许多市民汇聚到广场，打开音乐，跳起舞蹈。而网络上有关广场舞争端的新闻也此起彼伏：某个小区的居民集资购买 26 万元的音响，用来驱散广场舞；有人试图用气枪驱赶广场舞者。娱乐健身权与休息权的争夺，构成了另一种意义上的对公共空间话语权的争夺。这样的新闻层出不穷，也许是对这个"娱乐至死"时代最好的注脚。

但这还不是广场舞作为一种舞蹈的原罪。对于一种舞蹈来说，广场舞最大的特点，也许就是它的不美。如果说舞蹈应当带给人美感的话——即使街舞等现代舞，呈现的也是现代感的美——那么不美便是广场舞作为舞蹈的"原罪"。与噪声污染相比，其视觉污染同样显著。即使动作不那么美的现代舞，也是讲求个性和艺术内涵的，与动作整齐划一的广场舞有着天壤之别。现代舞追求的是身体的解放与自由，广场舞则追求身体的放松。而这放松，是为了第二天能继续更好地投入劳动。广场舞的节奏和标准化动作，其实与体力劳动和标准化脑力劳动有着相似的特征。广场因为这种广场舞，而成为亨利·列斐伏尔所说的"生产关系再生产的场所"①，广场舞的丑中包含有现代劳动秩序对人的异化元素。但广场舞的普及程度已远远超过其他更具美感的舞蹈，这是现代生产制度霸权的证明。

从跳广场舞人群中为数不少的是老年人，还可以看到一个问题，那就是老龄化社会的降临。对广场较大空间的占领，实际上彰显了这一庞大群体较为逼仄的娱乐和健身空

---

① 亨利·列斐伏尔：《空间》，李春译，见薛毅主编《西方都市文化研究读本（第三卷）》，广西师范大学出版社，2008 年，第 46 页。

间。从象征意义的层面看，那些噪声像是这个群体的抗议之声，对老龄化社会到来准备不足的抗议，同时还有对于时间的抗议。时间可以带走每个人的美好时光，是每个人的敌人，只不过这个群体先走到了对抗的前线。噪声具有先天的抗议属性，老年群体对于广场舞噪声的热爱，也许就像年轻人对于摇滚乐噪声的热爱。甚至也许可以说，广场舞音乐就是中老年人的摇滚乐。

虽然广场的功能存在着很多争议，但一般来说，广场仍是一个城市的中心。每个城市都会有自己代表性的广场，我所居住城市的代表性广场之一是东方红广场。我在这个广场上见识过丰富多彩的市民夜生活：太极拳演练，广场舞，露天卡拉 OK，露天电影，焰火表演，跳蚤市场……我在这里最近距离地观看过炫目的焰火表演，也曾经在这里摆地摊卖过书。我一度相信，进入夜晚之后，它才是整个城市活力的中心。另一个代表性的广场是人民广场，这是政府大楼搬迁之后新修建的广场。单从命名，就可以看出时代的意识形态变迁。除此之外，新老广场还有许多空间上的不同，这在许多城市的新老广场对比中都可以看到。新广场较老广场面积往往更大，但这面积相对巨大的广场，却不再是统一的平面，往往被切分成许多小块，老式广场那种一望无际的平坦不复存在。这种切分，多采用园林手段，通过植物、雕塑等将广场打造成小公园的形式。一方面，这增加了广场的美感，另一方面，也是对广场公共空间功能的一种切割。这几乎成为广场空间营造的一种时尚。

　　事实上，不需进行刻意的空间规训，广场就已经沦为娱乐场。我在许多城市见到过热闹非凡的广场夜生活，欧阳江河对它进行过注解："对幽闭的普遍恐惧，／使人们从各自的栖居云集广场，／把一生中的孤独时刻变成热烈的节日。"①这也许是对那些热闹景观最冷漠却又最为深刻的剖析。现代城市让人们变得隔绝、冷漠、孤独，娱乐时代热闹的广场想要治疗这种城市病，显然高估了自己。

---

　　①　欧阳江河：《黄山谷的豹》，辽宁人民出版社，2013 年，第 33 页。

　　　　　　　　　　　　　　　　　　　　　　　　　解剖城市

车站：世界的起点与终点

1

　　以前在《小说界》上看过一篇小说，写的是在县城居住的女主人公经常去上海，为了获得抵达感，她通常选择乘坐火车。因为，上海不仅仅是一个有形的城市，更是一个象征性的符号。女主人公认为只有乘坐火车，才能既在空间上抵达上海，又感觉在意义上抵达上海。而汽车站的狭小和随意让上海变得普通、平凡，与其他城市没有太大区别。我自己也有过这样的体会。在我不算太多的对城市抵达和离开的经验里，火车站大都是旅程的终点或者起点。尤其是长途旅行所对应的陌生城市，火车站往往成为我对这个城市的第一印象。虽然高速公路的崛起让长途汽车旅行也变得普及，但在我的印象里，乘坐火车抵达一座城市才显得正式、隆重，甚至富有仪式感。相反，乘汽车抵达一个城市，就好像越过仪式环节而直接进入了那个城市琐碎的日常生活，这样的旅行甚至有一种凑合的意味。

　　火车站给旅行者带来的仪式感，不仅是在抵达时，更体现在旅行的出发环节。搭乘火车的整个过程，都有强烈的仪式感。从候车到排队检票到进站到登上火车，就像一套规范化的仪式。从候车说起，人们总是愿意提前赶赴火车站，等候列车；汽车站却不会有那么多候车的人，也许是因为车次够多，人们错过一辆可以等待下一辆，到站后还可以直接上车等候。所以候车对于乘坐汽车来说似乎不是一个必备的程序。在汽车站，没有一个时间点被从时间的平面上提出来赋予重要意义，像火车的发车时间一样被旅客铭记。而在火车站，这样的时间点具有重要的意义，也具有正式和庄重的感觉。因为这种正式感，人们用等候作为面对它的礼仪。这个单独的时间点也因为等待而拥有了更多的势力范围。就像山顶拥有自己的山坡一样。因此在火车站里，时间的形态就像是峰峦起伏的群山；而在汽车站中，时间的形态则更像是流水线。

　　如果说候车是对火车的等待，那么检票则像是正戏开场前的序幕，是对登车的一次彩排。这不是正式地登上火车，但乘客须将登车的凭证——车票拿出来，由检票员一一检验打孔。乘客在正式登上火车时，乘务员往往还要再检验一次车票；这时即使车票没有被打孔，也可以登上列车。所以这提前的检票就真的像是一种关于登车的彩排。在我们平常的印象中，只有盛大的活动、庄严的场合，才会有彩排。而这检票的彩排，让乘车显得就像一场隆重的仪式。通常情况下，检票需要排队。排队是一种有次序的等待，让等待和抵达都变得富于节奏感。检票之后，人们还需要经过天桥或者地下通道抵达应到的站台。站台是独属于列车交通系统的，在汽车和飞机的交通系统中都不存在。因为这种独特，也因为火车曾经特殊的地位，站台成为拥有复杂含义的地理空间。曾经专门有名为《站台》的歌曲，在 20 世纪八九十年代流行一时，也许是因为它最能引起那个时代里人们的共鸣。贾樟柯的电影《站台》，并不全是与火车有关的故事，而是一个年代里人们的生活。但以"站台"命名，让人觉得再合适不过，这大概与站台的怀旧气息是密切相关的。火车站台可以代表那个逝去的年代。

　　进入站台之后，人们还要再等待，火车才会抵达。这时的等待虽然很短暂，但和候车的等待、检票排队的等待一起构成了乘火车仪式的三次停顿。这种节奏就像是成语"一咏三叹"的字面意思。最后火车抵达，人们经过再度的验票而登上火车，登车过程才真正完成。这种"一咏三叹"，让乘火车显得仪式感十足，或者它本身就是一种关于旅行的仪式。

　　记得自己第一次乘火车，是去北京。那时，我在读中学，还没有去过太远的地方，北京这个目的地笼罩着独特的光环，让火车这个交通工具也仿佛拥有了奇特的光芒。虽然是在一个叫月山的小站乘车，但搭乘火车的每一道程序，都让我产生了强烈的仪式感，每一个细节也都让我铭记在心。因为这是我第一次乘坐火车，是我对火车的想象和现实相逢碰撞的时刻。那些车站候车室里黄色的木制座椅，检票那一刻的拥挤，火车进站的声音，车轮与轨道之间的摩擦，站台被灯光照亮的一角，都留在了我的记忆深处。

长大之后，我去过很多地方，相较汽车，我更喜欢乘坐火车，许多火车站也都在我的记忆中印象深刻。当然，有些时候乘坐火车是被动之举，印象深刻也属负面效应。比如在重要的时间节点，如春运时，火车站的人满为患，火车上的人满为患。我的一个朋友对我说，他在火车站见到了数量最多的人。诗人肖开愚在一首描写火车站的诗中写道："我感到我是一群人。/在老北站的天桥上，我身体里/有人开始争吵议论，七嘴八舌。"这是对上述说法的诗意描绘。但这里的诗意，带有强烈的现代色彩。诗中出现的迷惘、混乱、焦虑，都是这诗意的一部分。就像在火车站的嘈杂里，人们永远不会找到田园的诗意；而它的流动性寓意，又永远不会成为人们精神的归宿。

2

尤尔根·哈贝马斯写 19 世纪工业革命给城市规划带来的新面貌时指出："交通革命将火车提升为一种进步与活力的象征，并且还赋予人们熟悉的交通设施（桥梁、隧道等）新

　　　　　　　　　　　　　解剖城市

的意义。建造铁路车站就是一项新的任务。车站是一个极具特色的地方，形形色色的人聚集在这里，彼此互不相识，擦肩而过——这种过于刺激却又贫乏的交往，恰恰就是在大城市生活的别样感觉。高速公路、机场、电视发射塔等也都说明，交通和通讯系统的发展一直在为种种革新提供动力。"①

哈贝马斯笔下的火车可以象征进步与活力的时代过去之后，火车站迎来了一阵没落。如果说20世纪的中国，火车将人们旅行时间的缩短象征了进步与活力，那么在20世纪末或21世纪，火车的这个角色逐渐没落。首先取代这个角色的是串联起高速公路网的汽车和在天空中飞行的飞机。火车作用的减弱，使火车站的建筑显得陈旧，与机场相比尤甚。

建筑的陈旧感，仅在建筑材质的使用上就能感受得到。机场建筑的新颖，与玻璃材质的大量使用密切相关。玻璃不仅便于清洁，还可以营造出透明感，对于空间像是不构成分隔，而是构成了连接。这种既分隔又连接的特征使人们虽在室内，又像在室外，打破了传统空间构成的观念和感觉。反抗和颠覆传统正是现代性的使命，于是可以说机场的空间比火车站的空间更具现代感。尤其是在候机大厅中，这种玻璃墙壁像是连接起了天空。这种连接构成人无限的遐想，也颇具戏剧性。电影中经常出现机场候机大厅的场景，给人的感觉是高级、整洁、阔大、有序，普通火车站候车厅中则没有

---

① 尤尔根·哈贝马斯：《现代与后现代建筑》，邸蓓译，见汪民安、郭晓彦主编《建筑、空间与哲学》，江苏人民出版社，2019年，第23页。

这样的效果。

　　玻璃材质具有的现代感和高级感在都市建筑中有着更充分的体现。新修建的摩天大楼一般都用玻璃将钢筋水泥包裹起来，而不是将之裸露在外。这种玻璃材质的摩天大楼重新定义了现代和高级之意，也仿佛重新定义了建筑的存在方式。它既可以通过以玻璃反射天空的方式让自己隐身或者显得轻盈，又可以在夜晚变成仿佛有内在生命的发光体。这让直接暴露了钢筋水泥材质的大楼，显得凝滞、沉重、笨拙。曾经广泛流行，使建筑拥有统一外表与色泽的瓷砖，在玻璃面前，也拥有了这种负面的语义。

　　老式火车站即是这种瓷砖建筑的代表。即使拥有较大的形体，它给人带来的感觉也由巨大的崇高感而贬值为笨重。这样的建筑外表，即使有玻璃材质，也有明显的装饰性，而不是一体化或本体化的。作为现代主义建筑的代表，这样的火车站一般都不会有太多装饰。西式古典主义建筑中繁复的装饰在这里消失不见，而后现代建筑奇特的造型则尚未涌现。查尔斯·詹克斯界定后现代建筑的一个特征就是形式和功能的分离，而现代主义建筑恰恰讲究形式对功能的服从，或者追求功能与形式的合一。在这种功能与形式的合一中，火车站建筑往往庞大、空旷，具有机械感和单调感。这与火车尤其是绿皮火车的工业主义形象相契合。戴维·哈维指出："福特主义现代化方案的特色是合理性、功能性和效率。"① 福特主义虽然是在汽车生产中确立的，但已成为工业主义的代名词。中国大部分火车站建筑能明显地感觉到是合理性、功能性和效率的结晶。在工业时代，这些概念是先进性的象征，这种"先进性"体现得比较典型的一个例子是津浦铁路济南站。

津浦铁路济南站始建于 1910 年，是由德国建筑大师赫尔曼·菲舍尔设计的。这是一座德式车站，主体建筑与钟楼高低错落，优美、典雅、厚重，具有哥特式和折中主义风格，钟楼的设计则吸收了古罗马风格。这座火车站与胶济铁路火车站相距很近，构成了一组独具风格的德式建筑群。这个曾经的亚洲最大火车站，虽然在规模上已被远远甩在身后，但其西式古典建筑美学却是后来的火车站无法超越的。主体建筑屋檐下众多的小天窗，既是增加室内光度的手段，更是为了增加线条之美。光线通过三角形、半圆形、梯形、长方形等诸多优美的形状透入室内，也在墙壁和屋檐留下复杂的线条，像是这位德国建筑大师为旅行撰写的诗篇。

但这种优美、典雅、厚重，在合理性、功能性和效率面前完败。1992 年，这座老火车站被拆除。新火车站被设计成了一个方盒子，以瓷砖和玻璃装饰出统一的立面。这样的建

---

① 戴维·哈维：《贯穿于城市化过程中的弹性积累：对美国城市中"后现代主义"的反思》，胡大平译，见薛毅主编《西方都市文化研究读本（第三卷）》，广西师范大学出版社，第 304 页。

筑风格如今仍然在漫延，是福特主义现代化的成果，是功能和效率对诗与美的完胜。

3

戴维·哈维认为时空压缩是现代社会的一个重要特点，而铁路网曾是时空压缩的重要方法。他认为："为了通过时间来消灭空间，它必须生产一种特殊的空间关系（如铁路网）。"① 他在《空间和时间的社会建构》一文中描绘了铁路给 19 世纪的西方世界带来的巨大影响："铁路的来临改变了全部规则。季节性差异、日夜差异以及天气的易变性彻底地改变了，与相当精确的时间表相伴的那种联系规律性使商人们处在一个非常不同的运营环境中。"②

铁路的到来，之所以深刻地改变了人们的时空感，是因为那个时代正是传统社会向现代社会转型的时代，尤其对于农村地区而言，火车带来的是现代性的冲击力。安东尼·吉登斯曾用"时—空分离"表述现代性对人们时空感的改变，用火车运行时刻表来例举这种"时—空分离"的价值："一

---

① 戴维·哈维：《空间和时间的社会建构》，胡大平译，见薛毅主编《西方都市文化研究读本（第三卷）》，广西师范大学出版社，2008 年，第130 页。

② 戴维·哈维：《空间和时间的社会建构》，胡大平译，见薛毅主编《西方都市文化研究读本（第三卷）》，广西师范大学出版社，2008 年，第132 页。

张火车运行时刻表，初看起来似乎仅仅是一张临时图表。但实际上它是一个对时—空秩序的规划，它表明火车在什么时间到达什么地点。正因为如此，它才许可火车、乘客和货物之间的复合调整穿越广袤的时空轨道。"①

　　而齐格蒙特·鲍曼认为："是时间的惯例化常规化（routinization），使得整个空间变得紧凑起来，并服从于相同的逻辑。"② 正是列车运行时刻表上被规划的时间，带来了空间的紧凑。惯例化常规化的列车运行时刻表，甚至把全国范围的空间地理紧缩到了这个网络之中。这种规划，其实就是吉登斯所谓的"时—空秩序"的规划。那看似普通的图表，以时间之经、空间之纬编织起了巨大的世界，一个现代性的世界。

　　火车带来的时空秩序的规划，带来了传统时空的分离，而时空分离正是现代性的重要动力之一，也为现代性中更重要的脱域机制提供了前提条件。正是脱域机制，把空间与地点、空间和场所相互分离。这种分离，给人类世界带来了巨大改变，产生了巨大影响。安东尼·吉登斯认为，脱域机制对构建现代社会的作用是巨大的。它既为现代性提供动力，又是现代人的生活体验，也构成了现代人的生存状态。

　　虽然戴维·哈维的"时空压缩"和安东尼·吉登斯的表

① 安东尼·吉登斯：《现代性的后果》，田禾译，译林出版社，2011 年，第 17 页。
② 齐格蒙特·鲍曼：《流动的现代性》，欧阳景根译，上海三联书店，2002 年，第 180 页。

述不同，两者产生的作用却有相似之处。戴维·哈维引用了海涅的一段话，显示它给人们的情感带来的冲击："我们看待事物的方式、我们的观点现在会发生多么大的变化！甚至基本的时空概念都变得摇摆不定。铁路杀死了空间。我觉得好像全部的山林都在向巴黎逼近。即使此刻，我也能闻到德国欧椴树的气息；北海的拍岸海浪就在我的门前翻滚。"①

　　戴维·哈维将海涅对火车的感觉称为不祥的预感，而将布林格的时空变化感称为崩溃之感。这种从传统静态时空向时空压缩转变的阶段是由火车带来的。但进入21世纪，普通火车已经无法带来这种变化的感觉。普通火车正在被这个不断要求"更快"的时代淘汰。能给这个加速社会带来速度惊异感的是普通火车的升级版本——高铁。高铁速度是普通火车速度的数倍，远远超过高速公路对汽车限定的最高时速。这种速度将汽车这个几乎淘汰了普通火车的交通工具赶下了速度的神坛，甚至也踢下了便捷的王位。汽车受制于城市公路交通网络，从大型城市到周边城市，乘坐高铁所需的时间远远少于自驾汽车或乘坐公共汽车。因为耗时过长，看起来便捷的汽车其实已不再便捷。尤其是汽车被堵在路上时，便捷一词中所含的时间汁液会被煎熬的情绪榨干。"路怒"一

---

　　① 戴维·哈维：《空间和时间的社会建构》，胡大平译，见薛毅主编《西方都市文化研究读本（第三卷）》，2008年，广西师范大学出版社，第131页。

词的诞生，便有公路交通网络拥堵的物质背景。

　　从风险角度说，远途旅行中自驾的风险性也远远高过高铁。虽然飞机的速度仍是高铁不能超越的，但习惯于在大地上生活的人们仍然会对在地上奔跑的高铁有较大的信任。安东尼·吉登斯认为现代社会是高风险的社会，规避风险会成为一种本能而非理性的计算和审视。于是飞机较低失事率的数字化呈现与飞机一旦失事带来的惨状相比，人们印象中更深的往往是后者，飞机失事的惨痛更能引起人的震惊。本雅明用"震惊"描述现代都市中人们的体验，飞机失事带来的震惊感是一种现代性的震惊感，因为数十上百人一起罹难的信息远远超出了人们的日常经验，直接刺入人们的无意识，引起震惊的体验。这种现代性的震惊，其实正由于其无法经验化，而被有些人用排除法排除在思想和认知之外。这种排除法也有效排除了乘坐飞机的正面信息，即它对于时空距离缩短的绝对性。

　　人们对高铁低风险的认知，不主要来源于相关数据。如果和飞机相较，这种认知来源于高铁属于大地上的事物；和汽车相较，高铁属于运行在轨道上的交通工具，而轨道隐喻着坚实的基础和稳定的秩序。于是高铁不管在隐喻的意义上还是在现实的意义上，都成了首选的交通工具。高铁的迅速崛起，带来了高铁站兴建热潮，同时也给似乎垂垂老矣的火车站带来了复兴的契机。虽然几乎每个大城市都有高铁站，但许多火车站亦有高铁的停靠与运行。这使火车站成了复合化的事物，这种复合化有效提升了它的地位。

4

现代社会，人们都熟知富兰克林的名言"时间就是金钱"。这一对时间进行价值化的说法已获得现代人的认可，似乎这是现代性冲击必然带来的价值观。但与时间相较，空间其实在现代社会中具有更高的价值，甚至可以说是超越时间的。在现代性的空间观念中，空间价值具有本体化倾向。与空间相较，时间有时只是空间征服或空间生产的手段。鲍曼认为，在现代性早期，笛卡尔就将存在等同于一种空间性；而在随后的时代里，现代性快速发展的典型代表则是领土征服。

空间的扩展在现代社会是带来财富和价值的重要手段。而在晚期现代社会中，空间的生产本身也日渐成为经济生产中的重要范畴。这也是现代化与城市化始终伴随的重要原因，是城市成为现代性象征的重要原因。

空间的征服，也是空间生产的重要手段和价值体现。而现在，这一价值和手段都集中体现在高铁这个运行更快的机械上。中国高铁发展史上，多次出现不同地域争夺高铁线路和车站的事件，希望高铁通过自己的城市。这个诉求使同一城市互不相识的人站在一起，或走上街头请愿。因为人们已经对空间价值有了根本的认知。处在高铁线路上的城市，能够得到更好的发展。事实上，这种追求是一种被动的追求，是渴望自己所在的城市成为被征服的空间，终极愿景是成为被资本和财富征服的空间。这种被动性说明了不同地域空间之间的不平等性，其愿景正是一种脱域化的追求，希望将这个城市的空间从地点上脱离出来，加入到能够抹平很多东西的现代化的大潮之中，高铁是这种脱域最好的方式或手段。

正是这种高铁提供的脱域机制，我在很多城市看到的高铁站几乎都有相似的容貌。这是一种典型的无地方性空间。钢铁和玻璃是它们最常见的，也是暴露出来的建筑材料。相较而言，高铁站内的空间更加阔大，火车站内的空间显得非常逼仄。而在空间征服史上，空间的大即意味着进步和发展。齐格蒙特·鲍曼指出："更大即是意味着更高的效率。在现代性的沉重性的表现中，进步即意味着规模的增大和空间的扩张。"①

高大、闪亮的高铁站基本都独立于传统火车站之外，虽然远离市中心，但又在开创新的城市中心。这就像火车站曾经做到的那样。这种中心模式使城市空间就像漩涡一样，流动性越强的部分越具有成为中心的可能。城市空间在这个中心外围，像涟漪一样一圈圈扩散开来。后现代城市理论是反中心化的。以汽车为代表的交通工具使反中心化的后现代城市成为可能。其实早在汽车兴起的 20 世纪，郊区就已经成为

---

① 齐格蒙特·鲍曼：《流动的现代性》，欧阳景根译，上海三联书店，2002 年，第 180 页。

富人阶层定居的选择。城市的中心与反中心化是如此密切地与交通工具联系在一起。如果说火车的发展为一个城市锚定了中心——火车站一般都位于城市的中心地位，这一点在作为铁路交通枢纽的郑州最为显著——那么汽车的兴起和火车的逐渐衰落，促进了反中心化的城市的发展。21 世纪城市的扩张，与汽车的发展和公路网的兴建密不可分。但这种反中心化发展并不是必然，高铁的发展，就是在促进城市的又一轮中心化。现代城市，在这种中心化和反中心化的角力中不断发展。

5

也许是因为火车站先入为主的存在，人们在很多时候，遗忘了汽车站对城市交通的重要性。这是因为火车在很长时间里被当作长途运输的主要交通工具，而且确实比汽车票价便宜，也更舒适，还因为火车站在很长时间里被当作一个城市对外的窗口，而汽车站暂时还无法做到。火车对远方的那种象征意义，也是汽车所无法达到的。途经我居住的这个小城市的火车中，最北端大概是到达长春，最南端抵达昆明，我还没有想过乘坐长途客车抵达这两个地方。相较于火车对于远方的象征，汽车拥有更多的灵活性，它几乎能够抵达近处的任何地方。相较于火车拥有的仪式感，汽车更显日常化一些。汽车的这些特质，构成了汽车站的特质，即：更加灵活，更加快捷，更加日常。汽车站很少有火车站那样大的候车厅，因为乘坐汽车几乎不需要长时间的等候。汽车车次多也是火车无法相比的：远的地方几个小时一趟车，近的地方甚至十几分钟一趟车。汽车的主要发车时间在白天，因此汽车站不会出现火车站那样灯火通明、通宵达旦的景象。也许就是因为这些，我对汽车站的印象相对较淡，因为每次抵达基本上都是行色匆匆，来不及仔细观察。许多次，我买过票后就直接进站上车，而没有在候车室等候。汽车站里，也只是一片平地，停放了许多辆车，没有铁轨，没有地下通道。这让它显得过于日常，不会给人太深的印象。

高铁时代到来之前，汽车站曾经在城市中有着相对重要的地位。高速公路的快速发展，提升了汽车站在城市中的地位，也提升了它在旅客心中的地位。当长途旅行越来越多地依靠汽车来完成，汽车站就越来越多地呈现在远道而来的客人眼中，也就越来越可以代表这个城市。崭新的汽车站延伸了城市可以到达的远方，更延伸了城市的边界，许多修建在新区的汽车站让新区变得更加繁荣。它的这种作用，象征了汽车交通对于城市的巨大作用。汽车站一度比火车站更能代表一个城市的未来，但高铁时代的到来改变了汽车站的命运。许多人长途旅行选择高铁，而不会选择长时间乘坐不舒适的汽车。对一些中短途旅行，高铁同样成为首选。毕竟，速度是决定交通工具价值首要也是最重要的因素。于是，高铁站或通行高铁的火车站的风头重又压过了汽车站。

汽车站在旅客脑海中印象不深的原因还有很多。虽然汽车拥有高速公路的翅膀，也更加灵活，有更多的可能性，但汽车站并不是汽车唯一出发或经过的地方。从事运输的客车只占汽车很小的比例，更多的汽车是私家车，或者货车。它们都不需要从汽车站出发或经过汽车站。而且，私家车的保有量越来越多。私家车的增加削减了人们对客车的运输需求。而火车出发、经过或到达的只能是火车站，因此汽车站似乎永远无法与火车站相提并论。

　　汽车站的许多细节却是独特的。这里的人流量也许要大于火车站，最起码我所在的城市出现过这样的情况。因为长途、短途等主要运输功能不同，这里的汽车站分为两个车站，这是火车站不会做的。长途、短途的运输功能不是区分火车站的重要原因，最长或最短距离运输需求都可以在同一火车站实现。

　　在我印象中，两者最大的区别，是一个小小的细节：我在汽车站外比在火车站外看到了更多的寻人启事。这是一个让人伤心的细节。许多次，我在汽车站外仔细地看一会儿寻人启事，然后才进站。也许这个细节的出现是因为汽车站的人流量更多，也许是因为汽车通向的地方更多，比火车拥有更多的不确定性和可能性。许多次，我都是在看过寻人启事后进站乘坐汽车。它们让我心中呈现出了比在火车站更多的漂浮、无常和不确定感。

公园：园艺空间与社会盆景

1

虽然一些城市的公园拥有较为悠久的历史，但"城市公园"作为一个概念，其历史并不太久。那些城市公园历史悠久的前身，往往是私家、官家甚至皇家花园。现代城市诞生以前，花园主要为权势和富商阶层所垄断，属于生存之上的奢侈品。在经历大的社会变动，以往固定的社会阶层被时代的杠杆撬动，发生剧烈变化之后，一些皇家或官家、私家花园向社会公众开放，才能称得上是公园。这种情况首先发生在因工业革命而带来剧烈社会变革的欧洲，英国、法国爆发的资产阶级革命不光解放了一个阶层，也同样解放了许多皇家宫苑和贵族花园。法国资产阶级革命家在自由、博爱、平等的旗帜下，将大大小小的宫苑和私园向公众开放，统一命名为"公园"。1843 年，英国利物浦用税收建设了免费向公众开放的伯肯海德公园，成为第一个"原创"的城市公园。

这个公园之所以能够成为第一，有两个重要因素：一是用税收修建，二是免费向公众开放。取之于民而用之于民，才是真正意义上的"公"。

因此，公园的历史绝不仅仅包括园艺发展史，更包括社会制度变迁史。城市公园的进化历程，有着强烈的政治意味。陈蕴茜在《作为现代性象征的中山公园》① 一文中，考察了中山公园在中国现代史上作为一种现代性空间的意义和价值。"中山公园"这个当时在全国多达数百个的公共空间类型，以相似的空间结构和象征系统，成为国家、民族的重要象征空间，可以说是中国现代史上最具现代性意义的公共空间。

公园的独特之处还在于，政治化完成之后，它又成为去政治化的场所，这也许是因为其园林化的空间语法就是一种去中心化的空间语法。这种去中心化，完成了对传统政治模式的疏离甚至解构。公园营造的自然化的空间环境，给人回归自然之感，也对人的社会身份构成了一种遮蔽。

植物是公园必不可少的构成元素，因为公园的前身通常就是花园。人们通过塑造花园而完成了人造的自然，通过亲密接触花园中有生命的植物，体会到自然的生机，象征性地完成人对自然的回归。公园的自然语法与花园是一样的，这种在城市里完成的回归自然，虽然并不彻底，但一定程度上

---

① 见陶东风、周宪主编《文化研究（第 10 辑）》，社会科学文献出版社，2010 年，第 140—162 页。

仍然足够给人以自然的信息、生态的感染、美的熏陶。

　　城市里，大自然的信息被高楼大厦、钢筋水泥屏蔽。但人作为生命体，仍然需要感知自然信息。自然信息是一种生命信息，也是一种生态信息。千百年来，人们靠对自然观察而建立的物候学进行农业生产，工业化时代的到来改变了这种状况。在工业社会，人们不需要依靠自然条件进行生产，自然物候以及生态被放到了次要位置。但人类作为生命体而不是机器，也是自然生态的一部分，人类对良好生态环境的需求就像植物的生长需要水源一样。公园最起码提供了一种与钢筋水泥丛林不同的差异空间，将人们从高楼大厦中解放，让人们能够重返地面，用脚步感受泥土的质感和花草的芳香。

2

　　与其说城市公园是自然空间，不如说是一种园艺空间。这里的自然都是经过编码的，与未被人踏足的纯粹自然空间并不相同。城市是高度符号化的世界，这种符号化在不断重复、抽象的过程中，逐渐有了脱离符号所指化与功用化，凝结于自身能指的诗化倾向。都市符号的诗化倾向，在公园中有集中体现：花草树木从功能性的符号，逐渐变得自我能指化与审美化、艺术化。这与自然，尤其是植物在乡村文化中的符号编码是不同的。植物与自然在乡村中的编码有两极化倾向，即从功能角度划分，一极是有用，另一极是无用。"无用"如果妨碍了"有用的扩大化"，就会遭到改造甚至毁灭的危险。在乡村，没有农作物身份的植物都有沦为杂草的可能，一旦威胁农作物的生长，就会被拔除。乡村中不能进行农作物生产或与之产生关系的自然空间多被叫作荒地，开荒运动就是以有用的自然征服无用的自然的过程。而所谓的荒地，可能是一片草地或长满各种植物的山坡，在城市人看来具有审美价值的自然空间往往沦为被改造的对象。经过改造之后，占据这片空间的虽然仍是植物，但农作物井井有条的排列方式，使其审美价值打了折扣。这种井井有条是服从其功能目的的，使其方便播种、管理、收割。这样，改造运动就成为功能对形式的压抑。

而在城市中，尤其在城市公园中，自然或植物形式的重要性压倒了其功能性，因为植物或自然的形式是服从于公园主代码的。这种主代码就是园艺，或者说是园林艺术。虽然说公园有对自然或植物的功能性利用，但更多的是对其形式进行艺术化的编码和呈现。

可以拿公园的道路来说明功能性空间和艺术性空间的区别。较大的公园一般都有一条主道路，我常去的龙源湖公园的主道路环湖而修，被修建成等宽的柏油路，长达3.3公里。市民们在这里跑步、行走、健身；夜晚，暴走队也在上面行走，可以称其是功能性道路。公园中还有另一种道路，即各种纵横交错的小路。这样的小路并不像那条大道一样可以一览无余，而是建构了公园中更具艺术性的叙事空间。如果说那条柏油大道也具有叙事性，或许可以称之为是新闻通稿式的叙事，而那些小路所具有的叙事性可以称作是艺术性的小说或散文叙事。有些小路在树林间穿行，和旁边平行的草地一起轻轻起伏；有些小路更崎岖，要经过大大的土坡、曲折的拐弯，碰到不一样的树与岔路口。每一个岔路口都能提供不同的景观，也就是一条路拥有多种叙事的可能性。有些是从中间停下，以直角式的转弯来到湖边；有些要通往更高的陡坡，其终点被树木遮挡，初行者不会知道通向哪里。这就像一篇小说，读者在阅读过程中不会提前知道结局。这样的空间体验，甚至可以让人联想起博尔赫斯的短篇小说《小径分岔的花园》。

正是这样的空间体验，生产出了公园的场所精神。《文化建筑的空间尺度与叙事性》一文指出："从现象学意义上说，强调空间体验成为建筑设计最为本质的东西，只有体验才能产生场所精神。"[1] 而这里的空间叙事体验和场所精神，有其传承的渊源，那就是中国古典园林中曲径通幽的空间美学。

江南私家园林美学是中国古典园林美学的代表。江南私家园林因其空间有限甚至狭小，崇尚利用曲径、回廊增加空间的长度，用水面倒映增加空间的深度，用假山等遮挡物增加空间的悬念，用幽洞增加空间的复杂性，等等。经过这种

---

① 艾侠：《文化建筑的空间尺度与叙事性》，《城市建筑》2009 年第 9 期，第 14 页。

叙事性空间的构造，江南私家园林在其相对较小的空间中营造出具有多层次、多视角、多维度的景观和更加复杂而独特的空间体验。所谓"一步一景""移步换景"等，都是这种空间叙事的环节和效果。

现代城市公园往往会模仿和借鉴这种园林美学。在这种模仿、借鉴以及因地制宜的开拓中，城市公园形成了自己独特的叙事空间，也使人产生了独特的空间体验。虽然有些较大的公园，对山、湖等自然空间的布置更受北方皇家园林的影响，但在一些普通公园或大公园的局部，江南园林的空间叙事语法起到了决定作用。这种艺术化的空间营造，使人的行走不仅拥有了独特的体验，也赋予了其独特的意义。拉普卜特在《建成环境的意义——非言语表达方法》中认为，人的移动及其知觉经验可以赋予环境空间更多的意义。这种路与人之间的巧妙互动，把公园的环境空间变成了艺术化的叙事空间。这种艺术化的空间是城市公园能够带给人独特审美愉悦的重要原因，也是吸引城市人在空闲时间走进去的原因。

3

我居住城市中的公园虽然无法达到上述公园那样的程度，但我仍然在每一个公园里流连忘返。我对自然信息的获取，大都通过这些公园，比如冬天蜡梅花开，春天海棠绽放，夏天荷叶连天，秋天梧桐叶落，等等。公园对我来说，像是城市对大自然信号的接收装置。

这里的每个公园我都在诗歌和散文里书写过，歌颂过。它们虽然无法让我真正回归自然，却像打开了一扇通往自然的窗户，让我时时能够看到生活的另一种可能。我在诗中写道："城市在它的周围旋转／汹涌澎湃／它却在一树树花香里停下／在一片片草地上坐了下来"，然后"那些现实坚硬的法则／在它面前纷纷触礁"。这首诗的最后，我写道：

> 许多次
> 我以为我已经融入了它
> 或者它已经融进了我
> 然而事实上
> 我只是一遍遍地路过它
> 犹如它只是
> 一遍遍地路过这个城市一样

这个结尾并没有延续之前的赞美，而是点明了一种困境：想在公园中摆脱坚硬的城市法则和现实规则并不可能，因为它也是城市的一部分。

从场域角度说，公园这个场域始终都在城市的场域之内，在其中占据一个位置，受城市场域结构的支配和影响。如植物在公园中也不全是接受园艺学的编码，等待它们的还有诸多其他编码程序，如政治学和社会学。比如，某种花朵可能因为其市花的身份而被大量种植，拥有比其他花朵更显赫的位置，因为它担任了地理或共同体认同的象征身份。有些花卉可以单株陈列，有些花卉则要组成某种图案，接受城市政治经济学的编码，以产生象征意义。公园中，有些植物拥有自身的节日，更多的则只能接受其他类型的节日，如城市庆典性节日、国家庆典性节日等，接受这些节日的编码，成为节日的陪衬。这种编码，甚至可以称之为一种规训。因为这种规训，植物在公园中拥有了与自然状态时截然不同的身份甚至阶层，有时拥有主体身份，更多的时候则只能充当客体。

列斐伏尔在对空间进行划分的时候，重点提到抽象空间在当代社会中的统治地位。从政治经济学对公园空间及植物的编码来看，公园也是一个抽象空间。但这个抽象空间又不是绝对的，其中蕴含了诸多差异。总体来说，可以将公园称为一种差异空间。在这个空间中，可以生产诸多的场所、景观、事件、情绪。

城市公园有一个重要的功能，那就是生产爱情。大部分城市人在约会时，首选地点往往是公园。我也曾是如此。公园能够容纳甚至生产城市里的爱情，一个重要原因是自然环境能够孕育浪漫的感受。浪漫是爱情关系中最重要的精神元素之一。在浪漫主义思想中，自然的地位被抬高，成为重要的对象。虽然爱情中的浪漫与浪漫主义并不完全相同，但也可以看作是人与自然在精神中的越界。

公园爱情的身体激进行为中，可以看到私人空间对公共空间的侵占。但公园这样的公共空间与广场那样的公共空间还不相同，休闲特质决定其是一种休闲性的公共空间。爱情作为一种人际关系事件，需要人的自然身份、社会身份甚至精神身份的多重在场。公园为这种综合身份提供了包容和展示的空间，其中，又以对社会身份的抑制、对自然与精神身份的张扬为特征。对后两者的张扬决定了爱情中肉身和精神的双重在场，对社会身份的抑制有时会导致公共意识的缺席，以至于恋人们会在这个公共空间中出现身体接触的私密举动。对于恋人们来说，这种身体接触不仅是肉体化的，也是精神化的。在爱情这个场所中，身体与精神的元素是彼此越界的。

城市公园中的越界行为不止于此。阅读白先勇的长篇小说《孽子》时，我发现，公园是小说主人公们聚集、会面、认识、交流的场所。在这里，公园中的爱情不仅跨越公共空间与私人空间的边界，而且跨越性别的边界。而夜深之后，城市公园又有着与白天不同的性质，那被当作风景的丛丛绿荫和条条曲径在深夜却可能成为犯罪行为的庇护场所。在大学读书时，我向外教提起自己一次在夜深逛公园的惊心经历。那位外教说，在他们国家，人们夜深之后从来不会去逛公园，那里往往成为瘾君子、抢劫犯的天下。我也曾听说过自己白天经常逛的公园在夜晚发生命案的事儿。还有一次，我陪一个人逛公园，在湖边小亭欣赏湖水风光时，她告诉我一个故事：一天晚上，一个女孩在这个小亭中坐了一夜，第二天人们发现她的尸体漂在湖上。她是跳湖自杀的。这些故事改变了我对公园单一的肤浅的认识。在这样一个空间中，不同时段具有几乎完全不同的属性和功能。这种多重属性和功能在这个空间中的并置，使公园具有了一种异托邦的属性。福柯指出："异托邦有权力将几个相互间不能并存的空间和场地并置为一个真实的地方。"① 公园将这种似乎并不相容的场所并置为一个真实的地方，自然和精神的边界，公共与私人的边界，爱情和性别的边界，秩序与犯罪的边界，甚至生与死的边界，都在这里被跨越。

4

公园空间中蕴含的众多差异性，并置的诸多似乎不相容的场所，使其成为一种矛盾空间。它的矛盾不止上面提到的那些，还表现在公园的主要功能上：公园既是一种让人感受自然、休闲娱乐的场所，同时也是社会生产关系再生产的场所。亨利·列斐伏尔在《空间》一文中指出："整个空间变成了生产关系再生产的场所。"② 公园虽然和生产场所进行了

---

① 福柯：《另类空间》，王喆译，《世界哲学》2006年第6期，第55页。
② 亨利·列斐伏尔：《空间》，李春译，见薛毅主编《西方都市文化研究读本（第三卷）》，广西师范大学出版社，2008年，第46页。

解剖城市

区隔，成为一种休闲和娱乐空间，但并没有完全割断与生产的关系。亨利·列斐伏尔这样论述用来娱乐的空间："正如人们在其中忘记了生产性的劳动一样，这些被分隔出来的生产空间，是恢复（récupération）的场所。人们在这些场所里力求表现出一种自由和喜庆的气氛。人们用很多符号来填充它们，而这些场所不是在生产所指，不是在为了得到所指而工作。准确地说，这些场所是和生产性的劳动紧密联系在一起的。"①

公园是城市劳动者恢复身心的场所，但它仍然无法彻底摆脱生产。公园中往往有较大的聚集性空间，可以称之为广场。傍晚之后，这里通常成为广场舞的地盘，诸多的人聚集于此跳广场舞。这种舞蹈具有较强的节奏和整齐划一的动作，动作难度相对较低，对于普通人来说，有较强的可参与性。从这种舞蹈动作里，可以看到劳动节奏和规则的延伸。广场舞不像艺术性舞蹈或现代舞蹈那样是对规则的打破和超越，是对身体的彻底解放，而是让身体遵守这些规则。广场舞规则的简单又给了身体以诱惑，人们不用长年累月地进行专业化学习和练习即可掌握广场舞的技巧和规则。这是一种体力劳动的隐喻，甚至也是对一些不用特别深入的脑力劳动的隐喻。我认识的一些办公室工作人员就喜欢在业余时间去跳广场舞，这样的办公室工作，所需要的更多是对相对不那

———————
① 亨利·列斐伏尔：《空间》，李春译，见薛毅主编《西方都市文化研究读本（第三卷）》，广西师范大学出版社，2008年，第44页。

么复杂的规则的遵守和对上级的服从。这样的服从，让他们进入一种代理状态。鲍曼认为，人在代理状态中不需要积极调动切身的感受和智慧，甚至是道德能力，需要更多的是工具理性。这与广场舞美学价值的缺失有相似之处：只需要服从那些简单的规则，就可以将其跳好，而不需要特别的美学感悟力和深入钻研的意志力。

从对劳动调节的角度说，广场舞只有与劳动相似的形式，而没有劳动的内容。前者给了普通劳动者以可进入性，后者则使这些舞蹈者忘记了劳动和工作本身。这种忘却具有一定程度的虚假性。真实情况是，舞蹈者带着工作与劳动的惯性投入舞蹈中，通过练习舞蹈继续塑造劳动和工作的身体；真正休息与放松的是大脑，不用想象与之相关的事情，也就不用对其进行反思，更不用投入到另一种对世界的创造性思考之中。这是广场舞受众颇多的一个真相。

与之相似的还有公园中的暴走队，这是城市公园中与前者相似的一种存在。这种运动方式比前者还要简单，那就是走路。仅仅是人人都会的走路，为何要结成队伍？对于这个疑问的解答，或许可以将之概括为"走路的集体主义"。这是集体主义思想在日常生活或休闲中的延伸。暴走队也有自身的规则，即紧跟队伍，步调和动作一致，甚至着装一致。这里可以明显看到工作或劳动规则的延伸——集体主义至上的劳动或工作规则。暴走队里没有个体化的痕迹，一个极具个体性意味的事件在这里被诉诸集体化，并获得了诸多人的支持和跟随，是因为社会生产劳动规训力量的强大。即使从锻炼身体的角度考虑，这种锻炼方式也深植于对自我的不信任，认为自己不能走得快且圈数多。这种对自我的不信任，同样可见于一种社会生产中的意识形态。因为现代工作建立在专门化和合作化的基础之上，一个人无法完成整个生产过程。以机器生产为例，单独的个体往往只负责生产某个零件而不是整部机器，以保证其熟练程度。但这种福特主义的生产方式造成了劳动者与产品之间的分离，也造成了劳动者的异化。

暴走队中通常有专门播放音乐者，我所见到的是有人背着大音箱，行走在队伍前列，播放的往往是节奏感强烈的流行歌曲。这种音乐为行走提供了一种强烈的节奏，因为这种节奏才可以将这种走定义为"暴"，歌曲内容则为这种行走的集体主义提供了向心力。那些歌词充满正能量的歌曲，不仅是为行走者的身体注入能量，更是为其思想和心灵注入能量。这种思想能量中很重要的一部分是对集体的认同感，首先是对暴走队的认同感，其次可能是对更大共同体的认同。其歌词有时会流露出赤裸裸的劝诱：锻炼好身体，为一个更大的共同体服务或做出贡献。如果这种音乐可以称之为对主体的塑造，如同孟悦在《人·历史·家园：文化批评三调》中分析的那样，其所塑造的是被资本或民族或国家体系所客体化的主体。不同的是，孟悦在历史与经典文学中找到了这样的主体，而在当代众多城市的公园中或广场上，在最日常的活动里，也几乎都存在这样的主体。

从这些在公园之中最为流行的娱乐或健身方法上，可以看到公园作为生产关系再生产场所的属性。而公园，也就不仅是休闲娱乐空间，更是一种生产关系再生产的场所。

公交车与地下铁：移动的公共空间

1

一定程度上可以说，是公共交通工具拓展了城市的边界。只要是公交车能通到的地方，城市就把自己的疆界驻扎在那里。从这个意义上说，城市的边界从来都不是确定的，车辆的流动性给这个边界带来了流动性和无限的可能。因此，当城市在不断地吞并乡村和农田的时候，公交车也是"帮凶"之一，给城市不断划定新的势力范围。

城镇化带来了各种利与弊，但总的来说，城市仍然是人类文明的集大成者。城市在带走了"稻花香里说丰年，听取蛙声一片"的景象之后，带来了更多的方便快捷，更多的公共资源，公交车就属于其中重要的一项。这是公交车自身的悖论。虽然私家车早已不是稀罕物，但在很多城市公交车仍是市民出行的重要交通工具，廉价与便捷应该是最为重要的原因。就像在人们惯常的观念中，市民阶层是精于算计的阶层。在许多意识形态色彩明显的影视剧中，"小市民"是带有贬义的称谓。但事实上，现代化，尤其是市场经济最重要的一个表征就是，每个人都是一个经济体。作为一个经济体，必须要学会种种成本核算和价值换算。在市场经济条件下，这是每个人都应该具备的生存技能。于是在对出租车和公交车的计费进行比较之后，市民们一般会选择公交车作为出行工具。在未开通地铁的城市中，不管怎么算，乘公交车出行都是最划算的。公交车由此成为市民阶层最重要的出行工具。

除此之外，公交车还有另一个重要标签——环保。虽然公交车一样排放尾气，但相对于自驾私家车来说，在城市里乘坐公交车就是环保的。城市将许多逻辑和标准从绝对变成了相对。这种相对性可以一直排列下去，如：和乘坐公交车相比，骑自行车上下班当然更环保。现代化的发展，为人们提供了丰富的可能性。价值和标准的多元，就建立在这物质极大丰富的基础之上。但城市的发展，同时又在限制这种丰富性。如在上班这件事上，如果城市较大，住所离上班地太远，骑自行车上下班无疑不具普遍的可操作性。于是以公交车为代表的公共交通，将形而上的环保与形而下的省钱统一了起来。

虽然公交车有如上优势，但在冯小刚的电影《甲方乙方》中，葛优扮演的姚远对公交车大肆夸赞，并且拿轿车和它对比，且让轿车败下阵来，就有点儿小市民的自欺欺人了。多数观众只是把这当作一个笑料，没有人会当真。就算坐轿车的人无法在车里站立，轿车最起码提供了相对私密的空间。而在公交车里，彼此没有关系的人被集中在一个狭窄的空间里，人们在陌生的目光中正襟危坐，或无奈地站立，或目光不断搜寻可能出现的空座，最后抵达自己的目的地。我在一首名为《雨中的战争》的诗中写道：

> 雨水像一场战争
> 旷日持久
> 人们纷纷双手举起伞表示投降
> 而上下班时的公交车
> 拥挤得像拉着一车车战俘

当大雨将走路和骑车的人赶进公交车，战俘的比喻可以形象地说明人们在爆满的公交车上的狼狈。钱钟书在《围城》中描写过更严酷条件下人们挤车的感受：像罐头里直立的沙丁鱼。能够唤起我这个感受的是在郑州乘坐公交车的经历。那次我从郑州的南端抵达北端，在人群拥挤的公交车上站立了将近两个钟头。自此，我对郑州这个城市产生了畏惧心理。但郑州的状况与许多一线城市，尤其是超级大都市相比，只是小巫见大巫。超级大都市在空间上的扩张战争，让生活在其中的市民拥有了一个几成悖论的身份：他们既是这场战争的胜利者，同时也是这场战争的战俘。他们既占有了巨大的空间，又被拘束在狭小的空间里。

因为城市的扩张，人们不得不耗费越来越多的时间在交通工具上。作为城市主流交通工具的公交车，承载着最为密集的时间。一般情况下，人们会怎样在公交车上消耗或打发自己的时间？

向窗外眺望或者张望是一个方法。隔着车窗张望城市是一种独特的视觉体验，罗兰·巴尔特说："如果我坐在车里透过窗户眺望车外的美景，我可以随意地或观赏景色或凝视车窗。在那一瞬间，我意识到玻璃的存在和风景的距离；在另一瞬间，相反地，意识到玻璃的透明和风景的深度；然而下面这种交替变换的结果对我来说是不间断的：玻璃一度对我而言在场而空洞，风景虽不真实却丰盈。"① 而保罗·维利里奥则将玻璃窗上看到的风景当作电影："从严格意义上讲，挡风玻璃上流动的就是电影。"②

罗兰·巴尔特和保罗·维利里奥车窗里的凝视并未限定具体的车辆，而是泛指意义上的汽车，更偏向于私家车。对于线路固定的公交车而言，车窗外的风景因日复一日的磨损而渐渐失去丰盈的意味，也会丧失其电影的魅力。城市居民往往会乘坐固定线路的公交车，这种固定的线路使他们对车

---

① 转引自 Michael J. Dear《后现代都市状况》，李小科等译，上海教育出版社，2004 年，第 312 页。
② 转引自 Michael J. Dear《后现代都市状况》，李小科等译，上海教育出版社，2004 年，第 312 页。

解剖城市

窗外的风景无比熟悉，不会再将其当作电影来观看，更多是当作城市移动戏剧的布景。在公交车上，这种移动的戏剧因其过分明确的开头—中间—结尾而没有丝毫的悬念和高潮，使这部戏剧显得平庸和乏味。仅仅从风景的角度看，公交车因其处于移动之中，观看无法聚焦于细节，车窗外的风景仿佛颗粒粗大的数码照片。其提供的更多是大致轮廓而无法提供对细节的聚焦。这样的景观对于许多人来说是没有意义的，正如在手机或者相机像素不断提高的时代背景下，人们无法容忍颗粒粗大的数码照片。于是数量众多的人在乘坐公交车时，忽略窗外颗粒粗大的风景而打开手机，观看像素更高的手机上的风景。有些人则担心坐过站而不看手机，或者选择发呆，或者望向车里。公交车上，由于陌生人被强制坐在一起，有的人会将望向窗外作为掩饰沉默的尴尬的办法。这种望，可以说是无物之看。虽然他的目光朝向外部，却并没有真正看到东西。窗外移动的景观在他的目光中是失焦的，这种失焦导致了看的失效。

　　只有对于初到者或旅行者，公交车提供的移动视窗才可能是了解城市的好方法。虽然无法细览，但这也是一种获得对城市大致印象的方法。正像印象派画家注重光影和色块，追求印象的旅行者也只是从一个个移动的瞬间画面中把握一座城市的整体。这种浮光掠影的印象是容易被遗忘的，所以一个外来者想真正了解一个城市，需要走下车，以步行深入风景，以停留进行静观与凝视。我在旅行中也曾靠乘坐公交车获取对城市的大概印象，然后再步行或骑行来深入了解。而在自己居住的小城，乘坐公交车上下班的路上，我会选择做其他事。有很长一段时间，我都选择在早上乘坐公交车上班时打盹补觉。而在下班或去其他地方时，我会在公交车上阅读。因为车辆移动造成的不稳定，不管是看书或看手机里的电子书，眼睛都不舒服。这是一种打发时间的方法，我好多次因为阅读而坐过站。有时候不得已只得坐返程车返回。这样的经历，不能划入美好记忆的范畴。

　　我听一个人说过，他最喜欢听公交车上人们的聊天来打发时间。这些聊天就像打开了一扇通往陌生人房间的窗户。的确，有时候这样的聊天会暴露许多隐私。我就在公交车上听到过大量的私密话语。有些是两个人聊天，有些是在别人打电话时听到的。如果在其他场合，这种偷听会很快被识破。但在公交车上，正襟危坐与侧耳偷听可以同时完成。公交车自身构成了最好的偷听掩体。从传播学角度说，偷听是促成流言或谣言的首要环节，流言在传播过程中由量变到质变而发展成为谣言。公交车这样狭窄封闭的空间为流言或谣言提供了温床，但城市巨大而发散的空间又把这流言或谣言消解，因为城市制造了陌生人。与乡村中的熟人社会相比，城市更多是陌生人社会。被公交车缩小的人们之间的空间距离，并不能缩短人们之间的心理距离。传统乡土社会空间里人们因熟悉而构成的伦理纽带，在城市很容易被消解。对陌生人来说，传播流言或谣言并不会带来道德审判，也不能带来道德快感。在城市，也无法找到一个道德伦理共同体，来完成这种审判。一个陌生人的真实故事和想法对于另一个人的生活来说，几乎可以当成虚构的小说，不会对这个聆听者的生活产生实质影响。所以一个人在讲述自己刻骨铭心的经历时，对另一个人来说有可能只是像在读一本小说。这个主人公在讲完之后很可能就会彻底消失，就像人们读完一本小说，合上书本后，主人公在阅读者的生活中消失一样。

2

地铁时代到来后，地铁成为拓展城市的主要工具。作为一种更加快捷有效的工具，地铁带来了公交车不具备的副效应：带领城市房价攀升。地铁所经之处，周边房价都会随之攀升。这会导致打工者或城市游牧族对地铁的既爱又恨：爱的是它提高了通勤速度，他们可以选择居住在地铁可以抵达的偏远之地，这意味着更低的房租。甚至因为这种方便，有的人会选择在更远的地区购置房产。但另一方面，因为地铁的抵达，往往会提高这一地区的房价，使有些人的买房计划泡汤。随着房价的提升，房屋租金价格也会进一步提升。这种情况下，"便捷"与"便宜"的关系成了鱼与熊掌的关系，二者不可得兼。正是地铁，将他们放置在这一矛盾情景中，致使其对地铁本身的情感变得矛盾起来。但以两害相较取其轻的原则，很多人仍对地铁有所偏爱。

公交车也可以放在这种两害框架中，与地铁形成一组二元对立。我曾有在北京这样的超级大都市和郑州这样的大都市乘坐公交车赶往某一地点的行为。乘坐公交车超过一个小时，对于常人来说就会引发种种不适：焦虑、烦躁与心慌。我在郑州乘坐将近两个小时公交车的经历中，大部分时间还是站着的。在那个本应宜人的初夏时节，公交车因为太过拥挤而产生的闷热几乎让我窒息。也许因为这次坐车的经历印象太为深刻，作为一个在小城市生活惯了的人，我始终对郑州有种发自心底的排斥与恐惧感。后来郑州开通了地铁，这种排斥与恐惧似乎一下消失了。虽然地铁一样拥挤，但拥有异常快的速度。以往乘坐公交车一个小时抵达的地方，乘坐地铁通常只需要十几分钟。这正符合戴维·哈维对现代性"时空压缩"，他认为："为了通过时间来消灭空间，它必须生产一种特殊的空间关系（如铁路网）。"①

虽然戴维·哈维论述的空间关系是更大范围的铁路网，但对于地铁网络同样适用。如果说现代性早期需要用火车连通乡村与城市，那么随着城市的无限发展，变得巨无霸化，城市自身也需要铁路网的连接。但城市表面的道路是汽车的天下，私家车的发展一度提高了人在城市中移动的速度。它们有比公交车更小的体量、更方便的移动、更快的速度，但

---

① 戴维·哈维：《空间和时间的社会建构》，胡大平译，见薛毅主编《西方都市文化研究读本（第三卷）》，广西师范大学出版社，2008年，第130页。

这一切又因为私家车保有量的增加变得相对化，堵车逐渐成为城市无法治愈的顽疾。治愈这个顽疾的对策之一是拓宽或增加城市道路，但需要花费较多金钱，付出相当大的代价，另一个方法则是大力发展公共交通。地铁作为高效的公共交通工具，是许多大型城市的选择。这仍是一种铁路网，只不过是将其网络放置于地下，不占或少占地面空间。

由于铁路轨道的专门化，列车行驶的高速度，并且身处地下，地铁有效缓解了城市的交通压力，通过对空间的压缩方便了城市人的出行。

而对空间进行压缩只是地铁这种工具的一面，另一面则是对空间的征服。因为这种征服，城市得以继续扩大。城市的扩张是现代社会一个具有代表性的现象，但城市并不能无限扩张，它需要有内部的支持机制，交通是其中最重要的部分，公共交通又是最重要的一环。以前城市公共交通主要依靠公交车来实现，随着城市的扩大，公交车显得力不可支。虽然有的城市开通了 BRT 等快速公交专线，但对于太大的城市仍有力不从心之感。齐格蒙特·鲍曼指出，自现代社会以来，"'空间的征服'，开始指运行更快的机械。加速运动意味着更为广大的空间，而且加快这一运动是扩大空间的唯一方式"①。

城市里，这个运行更快的机械就是地铁。城市通过地

---

① 齐格蒙特·鲍曼：《流动的现代性》，欧阳景根译，上海三联书店，2002 年，第 176 页。

铁，延续了自己的空间征服，拥有地铁的城市往往拥有巨大的体量。虽然许多城市是因为过于庞大才修建地铁，但这种因果关系其实是可以颠倒的：因为有了地铁，城市才变得更加庞大。

因为高速与便捷，地铁受到了城市人的喜爱和欢迎。许多年前，导演张一白拍摄了电影《开往春天的地铁》。作为曾经的广告导演，张一白深谙影像的精致与时尚之道，电影《开往春天的地铁》就拥有精致与时尚的影像风格，但画面有点过分干净，故事情节也精致或者说过分精致了些。由于身处城市的地下，地铁空间往往比公交车拥有更多异质性元素，虽然城市规划者并不这样考虑。加里·布里奇、索菲·沃森认为："视公共为开放但非个人空间的观念占据了西方和殖民城市的实际设计和规划。在很多西方城市中，公共空间（公园、浴场、图书馆）的建设和连通是市政革命的伟大成就之一。但它同时也灌输了一种思想：空间必须是有序的和理性的，在某种意义上空间本身是中性的，是康德所指的活动的容器。"① 这种规划思想中，公共领域应该成为"一种与他人交往中的慎重的非个人化、无倾向性和理性的空间"②。

---

① 加里·布里奇、索菲·沃森：《城市公众空间综览》，见汪民安、陈永国、马海良主编《城市文化读本》，北京大学出版社，2008 年，第 330 页。
② 加里·布里奇、索菲·沃森：《城市公众空间综览》，见汪民安、陈永国、马海良主编《城市文化读本》，北京大学出版社，2008 年，第 330 页。

　　　　　　　　　　　　　　　　　　　解剖城市

许多公共空间都会有这种特征，如公交车，但地铁更具异质化倾向。如果从精神分析学角度论述城市空间，这个城市地下空间就像是城市的潜意识，而潜意识中总是会有理性无法控制的事物产生、出现。我多次碰到过在地铁车厢内乞讨的人，也碰到过许多请求扫码的创业者，还在地铁站见到过弹奏乐器的卖艺者。地铁中更容易见到奇装异服者，地上的公交车中却显得相对稀少。这不能排除他们可能是专门穿上奇装异服来乘坐地铁，用风格化的、对理性的反叛彰显个性。但这种反叛有时又会落入一种文化或意识形态的窠臼中，风格化的奇装异服正表明了个体归于某种文化群体，这种文化群体大多属于亚文化范畴。地铁的地下空间中，的确是亚文化的生长土壤。国外曾有人在地铁中搞"无裤运动"，就是不穿外裤乘坐地铁。这也是一种风格化的对理性的反抗，虽然并没有彰显出个性，但反映了一种亚文化的反抗态度。

地铁中亚文化的兴盛与亚文化的空间处境似乎有着隐喻性的相似，也与地铁这一交通工具的封闭性乘坐感受有关。虽然地铁并不真是封闭性的，相反，它有着比普通列车更大的玻璃窗户。但由于地铁是在地下运行，大部分时间要穿行在黑暗中，也就不可能像公交车一样成为一种移动的视窗，可以用来观看城市。地铁中的目光是向内的，让·波德里亚尔对车有一个比喻："车现在成了一个太空舱，其仪表、大脑、周围的景观像电视屏幕一样打开。"①

这个比喻虽然是关于汽车的，也很贴切，但"太空舱"的喻体似乎更适合地铁。地铁内部的屏幕和外部的广告，以及其穿越的茫茫黑暗都更符合太空舱的意境。事实上，地铁也是科幻小说书写的重要对象。科幻作家韩松的小说《地铁》，对地铁的地下空间做了更具异托邦性质的空间想象。小说中的人物发现地铁空间被奇怪矮人控制，人们被装进瓶子中运走，而地铁的真正终点成为太空；或者人们在这里发生各种变异，或者人类最终完全在地下生活……这种"异托邦"性与福柯所说的异托邦还不相同，而独属于科幻文化。科幻小说中的异托邦空间，可能是完全日常的、普通的空间，但在这样的空间中也会发生异于寻常甚至骇人听闻的事件。虽然这种异托邦并不强调空间的特殊性，但《地铁》这样的科幻小说的思想立足点，仍然基于这一空间的独特性：地下深处，并且带有一定的封闭性。

而在一些影视作品中，地铁空间与人们的潜意识空间更加接近。在获得多项大奖的电影《小丑》中，小丑第一次杀人是在地铁之中。这样的杀人情节应该只有地铁中才会真正上演，公交车中是不可能的。空间有自己的体制，相较于青天白日、阳光照耀的地上空间，地下空间似乎会给犯罪以天然的庇护。当然这很大程度上只是一种错觉。事实上，许多

---

① 转引自 Michael J. Dear《后现代都市状况》，李小科等译，上海教育出版社，2004 年，第 313 页。

解剖城市

国家和地区地铁站等地下空间的安保措施更加严格，这里的犯罪率并不高于地面之上。不过这并不能阻止文学与电影的虚构。因为文学的空间想象中，许多是基于潜意识，而非理性或实证性。

　　文学艺术作品具有互文的特征，在克里斯蒂娃等后结构主义文论家看来，互文性是文学文本最重要的特性。从这个观点看，书写地铁的文学作品有相互之间的影响，早先的作品对后来作品的影响是不可忽略的。大概最早使地铁的文学意象和意境深入人心的，应该是意象派诗人庞德的代表作《在地铁站》。杜运燮将这首诗翻译为：

　　　　人群中这些面孔幽灵般显现；
　　　　湿漉漉的黑枝条上朵朵花瓣。

　　这首原有几十行，后被庞德删至两行的诗作，可谓世界现代诗歌史上的名篇。其内涵具有意象派朦胧模糊的特征，但传达出的感受和思想还是能够理解的。以幽灵来比喻那些面孔，正符合那些面孔的偶然性、随机性、易逝性等特征。这是一种典型的现代性特征。但诗并未完全流入阴暗的调子中，诗人以花瓣比喻这些面孔，表明了诗人对这些面孔生命性特征的赞美甚至倾倒。而地铁，在诗中以湿漉漉的黑树枝的形象出现，表明了诗人对它的负面印象。这种负面印象是具有传染性的，也许正是这湿漉漉的黑树枝的意象成为后来文学作品对地铁进行书写时的一个文化背景。我也写过关于地铁的诗。现实生活中，我对地铁有着颇多好感，正是地铁带来了方便、快捷的城市生活。在同济大学读研时，我乘坐地铁跑遍了上海，地铁给我提供了最方便快捷的游览或抵达某一地点的方式。毕业一年时，我看到下一届同学制作的毕业视频，第一个画面就是地铁。当熟悉的"同济大学地铁站到了"这个声音出现的时候，我差点儿忍不住哭起来。这个声音给过我无限的美好，更给了我足够的安心和温暖之感。但我在一首诗中写到地铁时，仍然有将它妖魔化的倾向：

> 地铁则带我洞穿了上海的胃
> 它吞下了那么多人
> 又吐在大街上

也许作为一种文学意象，地铁更多的时候只能蒙受这种由对地下空间的偏见而带来的不白之冤。

医院：疾病的集中营

1

城市没有医院是不可想象的。在城市的公共空间中，它既坚硬又柔软。坚硬是因为现代科学体系为它注入了理性与客观的内涵，它是秩序化的城市卫生体系的核心；柔软是因为它时刻要面对、包容、治疗、抚慰人柔软的身体。对病痛中的人而言，医院是唯一能让他的身体得到抚慰的地方，即使这抚慰中有规训，柔软中有锐利。

疾病改变了身体的感觉——视觉、听觉、嗅觉、触觉，等等。如果把疾病比喻为身体的炼狱，那么医院就可以依此类比为炼狱中的天堂。在未患病者看来，医院则呈现出另一种风景，它不是柔软的天堂，更像是疾病的集中营。医院的空间秩序是井然的，它提供一种与日常生活不同的感官体验。医院空间似乎试图首先通过调整病人的视觉、嗅觉、听觉等感官来矫正疾病对这些感官的改变，进而对病人进行医治。

医院中，所见最多的颜色是白色。这里是白色的王国，一定程度上，白色已经成为医院与卫生体系的象征。这种颜色在其他语境中还可以象征纯洁、无瑕，但也不可避免地会有单调之感。因为这是一种排斥意味很强的颜色，掺上一点点其他颜色，就会改变它的性质。我们很多时候会以为，白色是其他颜色诞生之前的原色，事实上它由其他颜色混合调制而成。真正的三原色为红、黄、蓝，这三种颜色混合在一起可以调制出白色。但在特殊语境中，白色占据了统治地位，成为诸色中的权威。事实上，不光是医生护士的职业装，我看到几乎大部分科学类实验室的工作人员在工作状态下都会穿上白大褂。在这样的语境里，白色象征着理性、严谨、认真。白色对其他颜色的排斥，就像近现代科学理性对于非理性的排斥。白色衣服作为一种表意符号，也就象征着专业化、一丝不苟的理性态度。任何其他颜色都会因为与非理性情绪挂钩，使工作或实验染上非理性色彩，科学对于非理性是严格排斥的。通过这种颜色的排除和视觉的纯化，医院似乎保证了理性的在场，并且占统治地位。

在味觉上，医院通过消毒水去除了其他味道，使医院中仿佛没有异味。城市一直在同异味做斗争，以使味道进入理性规划的秩序中。然而在医院中，这种对气味的规划、对异味的去除才真正得以完成。医院的空气中只有消毒水的味道，而这种味道似乎是清洁与卫生的象征，是一种人们可以信任的味道。

齐奥尔格·西美尔认为："尽管嗅觉独特的模糊性与未发展状况总会使我们认为它是无足轻重的，但事实并非如此。可以肯定的是，每个人都散发出独特的气味。而这对其后形成的感官印象是无比重要的。"[1] 他还指出嗅觉的分离特性，即嗅觉形成的排斥性情绪远比吸引性情绪要多，其在社会区隔中占据着重要的位置。鲍曼也指出现代性与气味的关系："现代性向气味宣战。气味在现代性建立的拥有完美秩序的闪亮神殿中没有立足之地。"[2] 秩序之所以对气味进行如此区隔，是因为"嗅觉不会像听觉和视觉一样独立地形成客体，它始终在人的主观性中兜圈子"[3]。因此，在秩序与理性占统治地位的医院中，对气味的掌控就非常重要。医院中唯一的气味——消毒水味就意味着一种秩序。同时，它也是一种理性与客观的象征：这种味道并不存在于自然界，而是现代医学的产物，是理性的产物；它并不偏袒任何病菌，似乎也确保了它的客观性。

除了视觉与嗅觉之外，医院还对听觉进行规训，那就是：禁止大声喧哗。对噪声的屏蔽，似乎能使人保持平静的

---

① 齐奥尔格·西美尔：《时尚的哲学》，费勇等译，花城出版社，2017年，第16页。

② 转引自汪民安、陈永国、马海良主编《城市文化读本》，北京大学出版社，2008年，第162页。

③ 齐奥尔格·西美尔：《时尚的哲学》，费勇等译，花城出版社，2017年，第16页。

状态，这种状态确保了理性的在场。但这还不够，医院一般也是禁止音乐的。对音乐的驱除，似乎有效杜绝了心理的起伏。即使是积极的起伏，似乎也不被认可，因为美好的情绪和感受过后，可能会引起失落感。

2

　　经过这一系列对感官的规训，医院似乎时刻确保了理性、冷静、客观的在场。但在医院极力营造理性秩序和话语以使自己显得科学化、专业化的同时，却仍有诸多非理性因素存在。人们在这里遭遇与感受到的情绪往往会挣脱理性的束缚：亲人的去世或病情的较大起伏，都会引发家属心理起伏和强烈的情绪反应；病人在病痛折磨下，也会引发种种非理性情绪。

　　与这种非理性情绪相对应的，是诸多修辞性思维方式与话语的存在。这从人们对疾病名字的理解上就已经开始了。

　　因为疾病本身并没有明确的实体，其名称的由来更多是抽象的结果。面对这种抽象性，人们总要找寻一个实体让它们符合自己感性的思维特征——形象化。苏珊·桑塔格在《疾病的隐喻》中考察了疾病的修辞化认知，书写了人们因为将疾病作为隐喻而附加在疾病之上的种种额外的意义。抽象的疾病在社会生活、文学艺术，甚至意识形态中频频被形象化，被附加上了隐喻对象的种种特征。对于疾病的修辞，不仅有隐喻，还有转喻。当病人把非理性情绪加诸医生身上时，使用的就是一种转喻，即把和某物接近或邻近的东西视为某物本身。而医生，就因为与疾病的接近，成为患者及家属转喻疾病的主要对象。

不管是隐喻，还是转喻，都源于人们共同的冲动——将疾病具象化或形象化的冲动。前者主要在认识功能方面，后者则主要是对象化的冲动。因为有了对象，疾病带给人的痛苦才有了具体发泄之处。

一般而言，疾病本身并没有实体，如果非要寻找，细菌、病毒等只是疾病产生的原因。只有它们跟患病主体相结合，才能引起某种疾病。因此，疾病带有某种浓重的抽象色彩。这种抽象色彩的获得与西医的诊疗方式和对疾病的命名划分有重要关系。不同于中医的整体身体观，科学化后的西医注重的是分析与分类。经过分析之后，疾病往往被具体化，具体到某个器官或某个部位，然后得到单独命名的机会。这种命名大多时候跟传统医学是不同的。这几乎是两种完全不同的方法和知识体系，没有太多的接合。于是一些崭新的名字产生了，这样的名字往往是人们不熟悉的。这是现代医学和传统医学，或者说西医与中医体系的断裂所造成的后果。因为现代医学的科学化与抽象化，这种名称很大程度上也具有抽象特点。对于中国患者来说，有许多还经过了翻译，以及借用。如"癌"就取自日语，是之前的汉语所没有的。经过了这样的操作后，病人无法对疾病产生具体的概念或形象。

这种不熟悉，使病人对疾病产生了神秘化的印象。理性阙如之处恰恰是感性潜滋暗长的地方。病人对自己感性经验的调动，如不解、困惑、恐惧等，最终会导向对疾病本身的神秘化。这本不是现代医学作为一门科学的本意，但专业而庞大的现代医学体系往往超出病人的理解范畴，疾病的抽象特征也往往超出病人日常生活经验的范围。

对于疾病，一个人无法相信自己的判断，无法像道德判断一样可以自我完成。一部人类发展史，几乎也是疾病的发展史。随着人们生活水平的不断提高，医学科技手段的不断发展，疾病也层出不穷，不停地对人的健康构成新的威胁。医疗科技与疾病的关系就像是一场不断升级的战争，战争双方不断变得更加强大、多样、丰富，超出了一般人的理解范畴。种种先进的高科技医疗设施和诊疗手段就像是对这些疾病的注释，由对这注释的难以理解，加深了人们对疾病本身难以理解的认知；那些医疗设施和诊疗手段也像是疾病的镜像，病人在这些镜像中照见了自己的无力，不仅仅是肉体的无力，而且是心灵的无力。这里的心灵首先是在认知层面的。如果说那些医疗设施可以称为机器的认知的话，普通人的认知能力是相形见绌的。医院里总是有这些大型认知机器，甚至机器的多少与医院层级的高低直接挂钩。医生在这类机器面前反倒像退居在了幕后。这使得医生在病人的感性认识中，不是被进一步神化，而是有被巫师化的倾向。

解剖城市

从符号学角度说，巫师就是掌握神秘咒符的人。而那些专业化的医疗术语，对应于疾病的神秘性，在病人来看，就具有神秘的咒符性质。人们对巫师的信任，与对神灵的信任是不同的。神话叙事中，巫师往往是一种中介者，本身并不具有特别强的神力。对病人来说，那些神秘的检查仪器及医疗器械，和同样无法弄懂的药物，就是巫师作为中介所指引的方向和解药。那些器械并不是医生设计的，那些药物也同样不是医生生产的，医生在整个治疗过程中，很大程度上充当了中介和指引者的角色。问题的最终解决，还是要依靠药物或器械。医疗器械与药物在人们这种对疾病的不解与恐惧中，才具有真正的神格。

在神话中，巫师并不是神，而是神的指示者和中介。而在现代西医体制中，许多医生承担了神话体系里中介和指引者的角色。诊断疾病很大程度上要依靠那些医学仪器，治疗疾病则是依靠药物。现代医学并没有把医生的地位完全提高，反倒在很多时候有所下降。

神话是人类文化的重要母本，也是荣格所谓集体潜意识中世代相传的原型。人们在理性和日常经验失效之时，有时会将理解方式追溯到神话，按照神话原型来理解事物。在神话中，人们对巫师的态度是两极分化的。如果巫师的指引是错误的，人们就会对巫师失去信任，甚至会变本加厉来对待巫师。这是人们对之前向巫师膜拜的追回。列维-斯特劳斯在《结构人类学》中记载了给人治病的一些萨满巫师的遭遇。在一些医患矛盾冲突事件中，人们对医生的态度，隐约可以看到列维-斯特劳斯记载的萨满巫师遭遇的影子。

3

　　现代社会是一个高风险的社会，人们应对风险时不得不依赖于抽象体系。吉登斯认为构成这个抽象体系的有两个重要因素：象征符号与专家系统。现代性的一个重要特征是抽象体系在人们生活中扮演了重要角色，专家系统又在这个抽象体系中占据重要地位。正是依靠这种抽象体系，现代人的风险感大为降低。但人们对医生的期待，又与普通专家不同。

　　医护人员群体，是现代社会专家系统中较为特殊的类别。与教师一样，医生这个专家类别被赋予了较多的道德色彩。医院是个充满隐喻的空间，传统中医生救死扶伤的形象和护士的白衣天使比喻，都具有较强的道德光环。中国古代有"不为良相，便为良医"的说法，把"医"与"相"并列，大大抬升了医的地位。这种对医生的神化，使医生群体背负了过多的压力。他们谨慎地协调着自己的角色，却无法完全消除诸多矛盾。

　　作为一种科学门类，医学内部通行的是工具理性或者说是形式理性，追求的是形式合理性，与注重目的合理性的价值理性没有直接关联。"而现代性的特征，在韦伯看来，就是合理性这两种形态的矛盾冲突。"① 戴维·英格利斯在《文化与日常生活》一书中指出："医生的角色包含着潜在矛盾的一系列不同期望——既是冷静的疾病观察者，又是一名真诚地致力于为病人健康服务的看护负责人员。每一名医生，以及其他如同他们一样的专业人员，必须努力调控这种情境，罗伯特·默顿称这种情境为'角色混淆'（role ambivalence）的情境，其表现特征为这种专业角色更为'超然的'（detached）方面和更为'私人的'（personal）方面之间的矛盾。"②

并不是每个人都能恰当处理这种矛盾，找到最佳的平衡点。当医生想要以冷静、理性的态度来使自己像一个专业化人士，在病人那里，有可能会被理解为冷漠、不近人情，因为人们对医生还有更多专业化人士之外的道德期许。

这一定程度上可以认为是一种现代性的矛盾。韦伯认为，现代性导致各个领域的独立与自主，康德三大批判的结果即是科学、道德和美三个领域的独立。现代医学的诞生，是不同领域独立和自主的结果，科学以自己的一套规则划分了学科的边界，与道德和美学相分离。这种分离也造成了一些问题，安东尼·吉登斯、菲利普·萨顿指出："生物医学

---

① 包亚明主编《现代性与都市文化理论》，上海社会科学院出版社，2008 年，第 54 页。

② 戴维·英格利斯：《文化与日常生活》，张秋月、周雷亚译，中央编译出版社，2010 年，第 54 页。

认为，人类的躯体和精神是可以分开的，因此当患者来求诊时，专科医师基本上将病人视为'生病的躯体'，而不是一个完整的个体。"①

同时，由于现代医学建立在客观的知识之上，医生以此为判断疾病和医治疾病的基础，有时不需要倾听病人的感受和经验，病人却会因此感觉自己不够被重视，甚至可以上升到不被尊重的程度。因此现代医学建立了一种不平等机制，医生和病患之间的不平等。这种不平等机制在诸多现代知识制度或社会制度中都存在。福柯认为，知识总是与权力相伴随。他用话语考察的方式对知识与权力的关系进行考察，试图击破知识与权力之网。但这种现代网络并不容易被击破，已经辖域化的权力关系也不会轻易撤离，因为这正是它存在的理由。

但这种网络仍然遭遇了更多挑战。

现代社会中，亚健康逐渐成为许多都市人的日常状态，慢性病逐渐比突发性疾病更多地困扰着都市人。对于这些亚健康人群或慢性病患者，以往那些界限严格的医疗话语也需要慢慢松动自己的边界，与心理学、社会学等学科来共同面对。不同学科的介入，改变了医生面对病人的话语方式。如心理学要求尊重病人的感受和经验，在一种对话机制中完成疾病的诊断甚至治疗。系统功能语言学认为，文本除了具有

---

① 安东尼·吉登斯、菲利普·萨顿：《社会学基本概念：第二版》，王修晓译，北京大学出版社，2019年，第217页。

　　　　　　　　　　　　　　　　　　　　　解剖城市

表征功能和行动功能，还有身份功能。生物医学的界限松动之后，医生和病人的身份识别和认同也会有变化。病人不再只是一个躯体甚至是身体零件，而是一个完整的个体；某个专科医生不再是疾病的主宰者，而是共同对付疾病的合作者。对亚健康来说，他需要合作的是病人本身；对一些慢性病来说，他需要与其他医生，甚至其他学科的专业人士合作，才能真正完成全面的治疗。因为每一个对象都是完整的个体，这种改变会缓解医患之间的紧张关系。

4

对普通人来说，医院是一个伤心之地。如果说在前现代社会，人的死亡总是在家中发生，那么在现代社会中，人的死亡地点大部分情况下是医院。与亲人的死亡相关联的情感，总是痛苦沉重的。对于许多人来说，医院中的记忆是不堪回首的。

但人们又总是在生病时求助于医院。在这个风险社会，健康风险是人们遭遇的最大风险之一。从理论上说，几乎每个人都会遭遇健康风险，这时人们不得不求助于作为社会抽象体系的专家系统。遭遇疾病，去医院几乎是必然的选项。

医院就是这样一种充满二元对立的空间：虽然它极力确保理性一元的统治秩序，使自己成为理性空间和秩序空间，但对许多人来说，它又是人们产生强烈情感的体验空间，拥有难忘记忆的记忆空间。这两种空间在医院中的交融，使其产生了强烈的异质色彩。这个空间中蕴含的诸多的二元对立，使其也成为文学影视作品重要的表现对象。

有关医院的电影，我印象最深的是《飞跃疯人院》。影片中，精神病院对病人的隔离导致了医生对病人的特殊权力，判断一个人是否患精神疾病的单一标准又造成了对个性的压抑甚至摧毁。列维-斯特劳斯认为，人们有两种对待他者的方法：隔离与同化。而医院是这两种方法并用的公共空间，面对传染性疾病和精神疾病时，隔离的方法尤为常用，而最终的目的是同化：将这些患病的人同化为标准范围内的正常人。但这个标准是否唯一、准确与不变？

不光是男主人公，影片中许多人物日常性的行为也被转化为一种医疗事件。事实上，这也是"过度医疗化"造成的结果。而过度医疗化的原因，正是权力将医疗作为社会控制的手段。在福柯的研究中，精神疾病被人为区分，知识与权力在这种区分中发生了结合。在福柯对现代医学体制的研究和论述中，"'生命'，或者说是个体生命的权利，在政治权力和医学的共同作用下成为一种公共性的政治客体。从这个意义上讲，福柯眼中的现代医学体制并非仅是一种对'生命'的呵护，它更加是对'生命'权力的政治掠夺。"① 《飞跃疯人院》的故事和人物设定，与福柯的学说有诸多契合之

---

① 张凯：《福柯论现代医学体制的诞生》，《中国图书评论》2010 年第10 期，第 51 页。

处，电影成功地以医院隐喻了一个更大的世界——社会。

鲍曼指出现代性的一种典型思维方式是园艺式思维，以对秩序进行剪刀式的强调。从另一个角度，我们也可以将之理解为一种医院式思维，对身体或生命设定标准进行管理，以形成一种生命政治。这种思维在福柯和阿甘本的研究中，都作为现代社会重要的特征而呈现。而将世界理解为一个医院，在中国当代科幻文学作品中也出现过。

韩松的长篇小说《医院》就是社会医院化的一次狂想。小说中，整个城市成为一座医院，人们处在一个药时代，医生应有的理性、客观呈现为一种冷漠。事实上，许多时候我们可能会无法搞清究竟是社会被医院化，还是医院被社会化。现实生活中，我们可以想到医院成为现代性的激进试验场，这个空间被现代理性统辖，医学被现代科学制度统辖。过度医疗化，是医疗制度秩序化和高度发展之后的产物。但很多时候，我们无法完全分清二者。对之进行反思的文学或影视作品往往不只是针对医院，而是对于现代性本身的一种反思。

第三辑　文化空间

博物馆：回忆空间与文化记忆

1

从某个角度可以说，没有博物馆的城市是肤浅的。无边无际的高楼大厦虽能展示城市的繁华，但其展示的只是平面化、共时性的城市。只有城市的历史，才能为它的历时性深度提供指标和参数。而在城市中，能够作为历史参照物的除了古老建筑等遗迹，最重要的就是博物馆了。虽然无法像古老的建筑那样提供原生态的历史空间，博物馆却能通过对历史节点的精确定位，最大可能地还原历史细节。那些物质形态的展览品，就像是展现时间花哨刀功的历史切片。

虽然博物馆的花样繁多，但一座城市的博物馆往往与这座城市的历史有关。如果我们问一座城市如何存放自己的历史，也许会得到以下几个答复：一是以文字的形式存放在书本上，这是比较容易做到的；二是将整个城市以古老的形态保存下来，这是比较难做到的；三是将所有与历史有关的物品陈列在专门的地方，这个地方一般都是博物馆。在这三种保存和陈列历史的方式中，博物馆既能还原历史的真实，又具有较强的可行性，所以被绝大多数城市接受。而像平遥那样全城保护的做法，大部分地方都不可能做到。博物馆就像城市的历史缩写装置，放置于城市一角。因为博物馆的存在，现代城市规划者的历史焦虑大大缓解：他们在城市建设中，往往把博物馆打造成城市历史的收容所。因为这个收容所的存在，城市的历史空间反而大大地缩小了。

　　与那些将老建筑拆毁后又新建的仿古街相比，甚至与那些记录在纸上的城市历史相比，博物馆提供了更真实的历史切片。因为受种种条件限制，文字记载的历史会存在谬误，也会因为记述人的意识形态出现不同程度的偏颇。到了现代社会，海登·怀特甚至指出了历史叙述的虚构性。因此，文字里的历史与真实的历史之间，必然存在一定的距离，如果比喻的话，它们可以说是二手的历史。按照文字记载修建起来的仿古街区也许可以归到"三手历史"的行列。相比之下，博物馆里陈列的文物则像是"一手历史"。它们是历史的直接证据，最能够被思想的法庭采信，虽然真正的"一手历史"是人们难以抵达的。

　　因此，要想了解一座城市的历史，如果不走进它的博物馆，就有点儿像纸上谈兵。近几十年，经济的高速发展促成了城市拆迁和建设的双重火热。"旧城改造"就像是城市整容的另一种叫法。这种城市整容的结果，与韩国女性热衷的面部整容一样，塑造的是一张张相似的城市面孔。我在许多城市都有过这样的感觉：如果不是事先知道这个城市的名字，让我通过一些城市场景去猜出这座城市的名字，并不是一件容易的事。因此，为了真正了解这个城市，也确认自己的在场感，我往往会在游览一个城市时，去参观它的博物馆。每一座城市都有自己独特的历史，因为时间并不受人类控制。在当代中国的语境下，历史也许是城市之间最大的差异之一。

博物馆就是演示这种独特历史的舞台，拥有奇妙的历史戏剧功能。踏进博物馆，对历史你就拥有了一种在场感，因为那些馆藏文物一般是真品。但它们又都不在自己真正的历史空间里，这种历史空间的位移让它们有了表演的性质。博物馆就像一座舞台，让这些文物悉数登场，表演奇妙的历史戏剧。博物馆对藏品往往按照年代顺序安排展出顺序，参观者走在博物馆空间里，就像在穿越时间。因此，博物馆提供了一条科幻小说般的时光隧道。很多时候，人们因参观博物馆而受到震撼，是因为体验到了眼见为实的悠久时间，这些时间大大超过了个体人的时间经验。历史时间无法在个体人的经验中找到对应物，只能以种族或人类这样抽象的概念来与之对应。这种让个体人超出自身局限体会到的感觉，也许是让其拥有真正的历史感的开始。刘易斯·芒福德在《城市文化》中写道："在避免把我们的活动局限于过去所创造的模式中的同时，博物馆给我们提供了一种面对过去的方式，与别的时代和其他模式的生活形成意义隽远的交流。"①

2

　　但博物馆又不仅仅是历史的收容所和展示场，作为一种回忆空间，它储存的是重要的文化记忆。

　　一般博物馆都有两个基本的展示方式，一种是馆藏陈列，另一种是临时展览。馆藏陈列一般是历史文物，临时展览的主题则宽泛许多，可能是本地区文物的专题展，也可能是文物主题之外的展览；可能是其他地区或者国家的文物交流展出。相较而言，馆藏陈列无疑是主要的，占据重要位置和较大空间。

　　福柯有一种关于知识与权力的可见性理论，"他认为'被看见'这一现象既不是自动的也不是自然的过程，而是与权力/知识诱导人们去看的东西相关的——它取决于人们'被规定去看见'这一点"②。在我去过的博物馆，尤其是省级博物馆中，主要的或首要的馆藏陈列一般都是本地区的发展通史。这并不是简单的客观历史，因为它不仅注重断裂与差异，同时更注重连续和相似。博物馆试图通过展示那些历

---

　　① 刘易斯·芒福德：《城市文化》，中国建筑工业出版社，2009 年，第 477 页。

　　② 亨利埃塔·利奇：《他种文化展览中的诗学和政治学》，见斯图尔特·霍尔编《表征——文化表征与意指实践》，徐亮、陆兴华译，商务印书馆，2013 年，第 285 页。

解剖城市

史实物，让参观者产生文化认同，成为参观者的文化记忆。文化记忆作为一种集体记忆，与认同密切相关。

虽然博物馆的参观者中有诸多外地游客，多为文博和历史爱好者，但还有一个重要的群体，那就是本地的参观者，包括学生等群体参观者。组织他们参观的目的之一就是重构其集体记忆，塑造其身份认同。

所以，一个地方的博物馆不仅是向外界展示其历史与文明，同时还要参与塑造本地群体的文化认同和身份认同。扬·阿斯曼将记忆的外部维度分为了四个部分：模仿性记忆、对物的记忆、交往记忆、文化记忆。其中，"对物的记忆"主要指的是日常生活中的物、具有私人意义的物。博物馆中的物则指向文化记忆。扬·阿斯曼认为："除了以批判性的目光、以客观中立的态度对回忆范围以外的'历史'存档之外，人们还怀抱一种强烈的兴趣，那就是以一切可能的手段对势必会逐渐淡去的过去进行定型和保存。"① 这种兴趣与文化记忆、身份认同相关，不单纯是历史态度。

扬·阿斯曼认为："文化记忆与交往记忆不同，它与机构化的记忆术密切相关。"② 而这种记忆术，首先就是空间化。博物馆不仅仅是"物"的存储空间，更是展示的空间。

---

① 扬·阿斯曼：《文化记忆：早期高级文化中的文字、回忆和政治身份》，金寿福、黄晓晨译，北京大学出版社，2015 年，第 60 页。
② 扬·阿斯曼：《文化记忆：早期高级文化中的文字、回忆和政治身份》，金寿福、黄晓晨译，北京大学出版社，2015 年，第 46 页。

物在精心布置的空间背景中展示自己。这种空间化的展示，不仅有其美学意义，同时还有文化意义，甚至政治意义。因为认同就是一种政治。在博物馆中，我们可以清晰地看到空间对文化记忆的生产。

通过博物馆的空间化展示，物首先拥有了与生活中不同的仪式感。日常生活中举行仪式，往往在一个较大的空间中举行，最为典型的就是广场。而博物馆通常有着较大的空间，不仅前厅高大壮观，展室也宽阔而高大。从空间角度说，博物馆就像是一种室内广场，在巨大的空间中展出那些展品。这样的展品，一般而言都是文物。这些文物就是仪式的主角，不论是玻璃罩的保护，还是灯光的照亮，这些文物都像是尊贵的仪式表演者。

常规仪式虽然有一些互动环节，但归根结底仍是表演性质的。物的展出同样是一种表演，始终占据参观者目光的中心。仪式上的表演是动态的，博物馆展陈的那些物虽然是静止的，却不妨碍仪式感的生成。常规仪式以表演占据观看者目光的中心，物的展出也像表演一样，始终占据参观者目光的中心。只不过在这里，参观者的移动代替了表演者的移动。物理学判断移动与否需要参照物，当参观者与表演者互为参照物，参观者的动就变成了表演者的动；在这种移动中，器物多维度的特征和美感就展现了出来。

从另一个角度说，虽然一般的仪式总是动态的，但本质上是一种重复。仪式和节日的结盟，造成了仪式的周期重复性。仪式内容的规范性、典仪性也是造成这种重复性的原因。仪式靠重复传达、巩固认同的知识，而重复本身也构成了对这种知识的巩固，从而塑造一种稳定的文化记忆。器物虽然是静态的，但从另一个角度解读，也是一种重复，一种静态的重复。它不断重复自己的形象，形成了稳定的，文化记忆附着的客观外化物。物与物的联系也造成了一种动态效应。展览往往不会单一地呈现物，而是按照年代或种类将其分类与排列，构成一个整体。这个静止的整体依靠空间的排列完成了一种叙事。依靠这种空间顺序，勾勒出了物背后的时间。阿莱达·阿斯曼认为："博物馆的绘画展厅看起来就像节日游行的队伍，形象地为观众的眼睛展示了对规定性的过去的一些总体的想象。"①

这种靠空间完成的历史叙事，依照了一种文化或历史规定性，主要是呈现历史与文化的兴盛、发达，而不是展现其凋敝或衰败。由于不同的物在不同的时代有其自身的发展轨迹，这种物的叙事就不是严格按照时间线索。与常规叙事意义总在结尾时产生不同，这种物的空间叙事将其意义安排在情节的高潮处，也就是物本身历史价值、文化价值、美学价值甚至经济价值的最大值之处。这种情节的高潮体现在空间设置上，要么以最大的空间承载它，要么将之放在整个物群的中心。通过这种设置，空间叙事的情节结构与意义结构达

①　阿莱达·阿斯曼：《回忆空间：文化记忆的形式和变迁》，潘璐译，北京大学出版社，2016 年，第 43—44 页。

到了同一，物发展的高潮阶段即是物发展的意义所在。如陕西历史博物馆的空间叙事高潮在兵马俑，河南博物院的叙事高潮则是那些器型硕大的青铜器。

依靠这种独特的空间叙事，博物馆组织了一场关于物的仪式，也以这种物的仪式完成了对历史或过去的总体想象。如阿莱达·阿斯曼所说："在空间上相邻和相连的排列应该使观察者产生一种漫步历史的感觉，使他们能够全景式地俯瞰历史各个时期，并把它们当作统一的历史。"①

文化记忆具有神圣的因素。仪式和节日带有神圣的性质，而这些器物的表演同样具有神圣感。历史文物一般都有玻璃罩的隔绝，这首先是为了保护文物，同时也将它们与普通器物在空间上区隔开来，提示时间对它们的增值。展厅中较暗的环境与灯光对它们的勾勒与照亮，塑造了物的仪式感，也造成了视觉上的神话效应。

博物馆就是通过灯光的勾勒，赋予物以神圣性的。因为光与神有着直接的联系。《圣经》载，上帝创造世界时，第一个创造的就是光，说明了光的重要性。这个制造过程是：上帝说要有光，于是便有了光。因为光是上帝创造的，所以在人们转喻式的理解中，光代表着上帝。《圣经》中，光还用来比喻生命与真理之源。光明与黑暗的二元对立，可以衍生出无限的对立，其中就有神与魔的对立。而在巫术的交感

---

① 阿莱达·阿斯曼：《回忆空间：文化记忆的形式和变迁》，潘璐译，北京大学出版社，2016年，第44页。

解剖城市

原则中，光以接触和照耀赋予物以神圣的能力。在这种多重的意义框架内，光与物的神圣性就有了重要关联。

文物本体的独一无二性，也是构成其神圣性的重要原因。本雅明认为，机械复制使物失去了灵晕。而文物的独特价值，正在于其不可复制性。由于贵重与跨越了特定时间长度所产生的易毁性，文物拥有不可触摸的禁令，从而与观者之间产生了绝对的距离。这种距离还有一层玻璃罩作为保护。这种独一无二性，这种玻璃罩阻挡的绝对距离，使物产生了本雅明所说的灵晕。对这种充满灵晕的物的参观，本身就具有仪式的意味。对有些人来说，这种独一无二性和绝对的距离使文物具有了某种神格。因为这两个特征正是神所具有的特征。于是对许多人来说，这种参观甚至可以被称作朝拜。虽然没有真正朝拜仪式那众多的肢体动作构成的礼节，仪式感却涌动在心头。

扬·阿斯曼认为："仪式属于文化记忆的范畴，是因为它展示的是对一个文化意义的传承和现时化形式。这一点对那些既指向某个目的，同时也指向某个意义的物同样适用。"① 这种物的仪式，是社会存储文化记忆的方式，也是人获取文化记忆的有效方式，同样是文化记忆的一部分。

而对另一些人来说，这种物的神圣性是由价格赋予的。文物进入市场之后就变身成为古玩，这是其在不同场域拥有

---

① 扬·阿斯曼：《文化记忆：早期高级文化中的文字、回忆和政治身份》，金寿福、黄晓晨译，北京大学出版社，2015年，第12页。

的两个身份。但这两个身份并不相互排斥，而是相互促成。在许多城市，古玩城往往立身博物馆周围，有些博物馆周边则存在很多古玩摊点，可见这两种身份的亲密无间。消费社会中，古玩昂贵的价格是文物拥有超级价值的象征，也制造了其神话品格。也许可以说，正是古玩不菲的经济价值塑造了其神话效应。在同类物品的天价估值面前，文物甚至直接具有了神圣性。因为文物的价格机制超越了普通商品的价格逻辑，人们无法由价格逻辑找到文物价格的合理性。如果说普通商品的价格逻辑与日常生活息息相关，甚至是日常生活的重要构成因素、日常认知的基本框架，文物价格则脱离了日常生活，也脱离了这种现代的认知框架，而成为现实之外的东西。现实之外的事物，就是神话。这种价格机制造成了文物价值的悖论：它靠价格来彰显其价值，而不是像普通事物那样以价值来决定价格。虽然说交换价值和使用价值并不相同，但一般来说，交换价值是围绕使用价值在市场中浮动的。但物品变成文物之后，就脱离了这一逻辑。一定程度上可以说，文物的日常使用价值是缺失的，这一使用价值的或缺，使交换价值直接成为其价值本身。所以，普通人面对文物，就是面对一种可以称为"天价"的价格。这种价格，与人们的日常生活和日常认知相脱节，因而也就是一种神话式的存在。

博物馆虽然不会明确标出文物价格，但会以其占据空间的方位、大小进行暗示。这种暗示不具有明显的功利色彩，因为其价格机制不在场，也就在这个空间范围内剥离了其功利价值。这种价值的操作，也是其表演性的证明。因为离开这个表演空间之后，其功利价值自然会浮现在消费社会中，浮现在消费社会的主体——经济人的计算中。

博物馆因为其公共文化空间的性质，不会以商业逻辑为主导，但公共性并不标志其没有任何价值诉求。相反，博物馆有着更重大的价值诉求，即为一个群体建构集体记忆、塑造文化记忆。因此，博物馆并不是单纯的历史展示之所，更是塑造文化记忆的回忆空间，文化记忆被其物的仪式和空间叙事所建构，进而通过塑造文化记忆，对集体或共同体产生认同。

虽然博物馆并不全是历史文物的展示，但各地主要的博物馆中，馆藏陈列和主要的展览就是这类历史文物。附带的其他展览，只是其主展览的补充。因为用文化记忆来塑造人们身份认同的重要性，要大于对某些专业知识普及的重要性。而诸多集体认同，又会通过不同的博物馆升华为更高一级的共同体认同。

3

大型博物馆之外，还有诸多专业化的小型博物馆。很多小型的专业博物馆，没有像大型博物馆那样筑造宏大的内部空间，以营造出物的广场来展示仪式。它们中有些栖身于古旧建筑中，改变原有建筑的用途，在原本可能用于栖居或办公的建筑空间内展示图像、文字与实物。我见过许多民国时期甚至更早的建筑充当的博物馆，它们成为都市空间重构的一部分。

这种空间，首先象征着历史和一种曾经的生活。人们要参观的，不仅是那些物，还有空间本身。经过改造用途，改变了这个建筑物的社会空间层面，但精神空间层面却留存了下来。它由生活场所变为展示场所，但空间中的精神因素留存下来，具有索亚所谓的第三空间的特征。博物馆空间原本是背景化的，这样的博物馆空间却往往会从背景中凸显出来，其意义甚至会超越那些位于其中的展示物；从博物馆的角度，对物的展示决定它要成为一种客观的空间，但这个空间中留下的人生活的痕迹，一些服务于生活的功能化的形式，又把它们不断变为主观的空间；不同年代的美学风格，与当下生活风格不断相遇……在这些二元空间特征中，二元彼此的冲突，并没有削减二者，而是在二者的边界奇妙地产生了第三种空间。它们是不同空间的相遇，也是场所的叠加。因为这种相遇和叠加，它们具有了独特的魅力。

如果这种古旧建筑与展品相互契合，则能够彼此补充、烘托与增色，如同建在作家故居中的作家纪念馆，建在老式火车站里的火车博物馆等，是博物馆藏品与博物馆空间相互契合的代表。但有些博物馆仅是对古旧建筑的征用，所展藏品与建筑没有亲密联系，这时，建筑空间与博物馆展品就会构成一种异质性关系。福柯将这种空间的异质性构成，称为"异托邦"。即使上面提到的主题与空间契合的博物馆，依然具有异质性。如我在济南参观的火车博物馆。火车作为一种现代性事物，与博物馆所在的西式古典建筑之间也有一种异质性；由于博物馆是在现役火车站的旁边，因此火车站与博物馆也构成了一种异质关系。因为异托邦本身就是多样性和差异性的表征空间，"异托邦揭示社会秩序的过程只是一个过程而不是一个物"①。这证明了空间中的时间性元素，而时间是一个不断生成的过程。空间的稳定性，甚至看起来的永久性，都遭遇了这种时间性元素的挑战，也遭到了时间的挑战。这种异托邦，也挑战了城市空间中的乌托邦规划。与这种小型博物馆相比，那些大型博物馆就是一种乌托邦式建筑。它们呈现了空间对时间的控制，甚至是对历史和变化的统治。正是这种异托邦式的博物馆，向我们展示了时空和社会的真相。

---

① 转引自大卫·哈维《希望的空间》，胡大平译，南京大学出版社，2006年，第179页。

美术馆：视觉艺术中的未来感城市

1

严格说，美术馆可以算作博物馆的一种。美术馆的特殊不只是藏品种类的特殊，现代美术馆诞生之前，就有专门收藏美术作品的博物馆。更大的不同，是时间层面的。博物馆主要收藏古代美术作品，现代美术馆则主要收藏、展出现当代视觉艺术作品。这个意义上的现代美术馆，诞生于 20 世纪。1929 年，纽约现代美术馆专门展出印象主义之后的作品，成为现代美术馆的代表。此后，现代美术馆在世界各大城市中陆续建立。现代美术馆的藏品不局限于绘画、雕塑等传统美术作品，还有摄影、影像、装置等现代视觉艺术作品。

视觉艺术有着强烈的时间感和断代感。视觉艺术在现代的兴盛，成为现代美术馆获得独立地位的重要原因。不管是居伊·德波的"景观社会"，还是波德里亚的"拟像时代"，都表明视觉文化在当代社会发挥的越来越重要的作用，这也是视觉艺术兴盛的文化背景。

早在西美尔的感官社会学中，就对视觉在感官中的统治性地位进行了深刻阐释。而视觉在美术馆中几乎具有了本体意味。如果没有视觉，美术馆中的艺术品就无法感知，美术馆、艺术品就不会存在。日常生活中的物品在视觉缺失的情况下，可以用触觉、嗅觉、听觉甚至味觉来感知、辨认，获知其存在。但对一幅画、一幅摄影作品来说，触觉、嗅觉、听觉等其他感官无法捕捉其存在的形式、价值和意义。

视觉在人的感官知觉系统中向来具有优势。这种优势从东方到西方，从古至今一直绵延。从"非礼勿视"开始，就发展出了一套感官伦理学。从词源学角度探讨，真相中的"相"字与视觉有直接联系，甚至可以说是视觉使用的结果。从中可以看到传统认识中视觉与真实之间的联系，看到意识形态赋予视觉对真理的特权。不过，这种特权不具有绝对性。古希腊时，说服别人最重要的方式是语言，是辩论。当时的修辞学成为一门显学，说明了言语与论辩的重要性。中世纪哲学家托马斯·阿奎那认为视觉是不可信的。而到了现代，尤其是当下的网络时代，"无图无真相"的流行语宣称说服别人最重要的手段不是语言与文字，而是视觉图像。谚语中有"眼睛是心灵的窗户"，通过比喻确定其与内在灵魂的联系，赋予这一感官以超越性。现代传媒技术的发达，更进一步增加了图像的霸权，这背后就是视觉的霸权。波德里亚甚至宣称，如果没有电视的转播，海湾战争就没有发生过。这是对图像霸权的反讽。

事实上，图像的存在也具有建构性特征。观看角度、观看方法、观看范围、观看距离等都会影响图像的真实性。图像也只能像文字一样，成为对现实的一种表征和再现，而没有真理和真实的自明性。在电脑技术越来越发达的时代，图像、影像拥有越来越多的虚拟性。通过电脑、手机等电子设备，可以毫无痕迹地修改甚至制作图像与影像，虚拟和现实越来越难以区分。图像技术的发达，一定程度上使这个曾经被认为客观的事物，变得非常主观化。视觉媒体技术赋予主体的这种主观能动性，使视觉媒介也具有越来越多的艺术性，因为艺术本就关注人的情感和欲望。从早期美术作品注重模仿和再现，到19世纪"表现"成为艺术的关键词，再到由"抽象"而产生的立体主义等绘画流派，越来越多的视觉媒介不断开拓其艺术价值，越来越多的艺术流派诞生，使视觉艺术呈现出繁荣景象。

与日常生活中的视觉状态不同的是，美术馆中的观看是正式化，甚至结构化的。人们面对画作或摄影等艺术品，更多的观看方式是凝视，而不是像日常生活中那样的瞥、瞟或瞪。凝视是一种试图对美术作品索取意义或赋予意义的看。这种与意义相关联的看，需要主体调动自己的经验与记忆，投入自己的理想和想象，是一种正式的看。这种看也可以理解为一种阅读，参观者带着前理解结构和期待视野，来理解被某种代码控制的符号群，以获得意义的分配。

这种看也可以解读为一种交谈，画作本身可以算作一个主体，以自己的形象发言；参观者作为一个主体，对这一发言进行反应，对画作的意义展开讨论，构成意义的循环，然后把这种观看变成一个社会化的事件。因此美术馆中的观看具有正式性、结构性甚至仪式性等特征，这是美术馆中通行的观看之道。

这种观看在美术馆中不断遇到挑战，因为当代文化中的泛艺术化趋势使艺术的定义越来越宽泛。杜尚将小便器送入美术馆中，小便器就成了一件艺术品。许多对当代艺术不了解的人，觉得这件事不可理解，它其实是当代艺术概念日益开放的结果。艺术哲学家丹图在20世纪60年代提出"艺术世界"的理论，认为一件作品是否是艺术，决定于作为职业体系的"艺术世界"对它的公认。20世纪80年代，他又提出艺术史语境对艺术品阐释的决定作用，形成了艺术概念的"历史—体制论"。但这个概念仍有不足之处。20世纪末，艺术哲学对艺术的定义逐渐趋向于"开放概念"，靠定义艺术不是什么来定义艺术。丹图很重视艺术意图，指出艺术品的成功与否取决于其预期意义是否被体现。赵毅衡在《符号学：原理与推演》中，根据布洛克的观点总结道："必须看到，艺术展示，而不是创作，才是决定艺术意图的定位：艺术家的意图，不能保证艺术品的出现。"① 这说明了艺术展示的重要性。正是艺术展示，邀请观众将展示物当作艺术品来观看。这样，展示物才能与艺术体制相连接，成为艺术品。所以"艺术展示是一种伴随文本，它启动了社会文化的体制，把作品置于艺术世界的意义网络之中"②。而美术馆作为视觉艺术展示的主要场所，有其独特的价值和意义。

2

画家陈丹青曾经痛心疾首过美术馆以及美术馆文化在中国的缺失。虽然不能排除陈丹青画家身份对美术影响力的夸大，但他的话仍然有一定道理。没有美术馆的城市，不管商业如何发达，文化空间都会显得逼仄而缺少亮色；而没有美术馆文化的美术馆，则可能仅仅是一个陈列馆。

陈丹青之所以如此强调美术对文化的影响，是因为美术在各种艺术门类中拥有较为重要的地位，也屡屡扮演先锋角色。文字诞生之前，岩画就已出现，成为人类最早的美术作品。欧洲文艺复兴时期，达·芬奇、米开朗琪罗、拉斐尔的美术作品以神的名义高高树立起了人的形象，印象派画家则

---

① 赵毅衡：《符号学：原理与推演》（修订本），南京大学出版社，2016年，第298页。

② 赵毅衡：《符号学：原理与推演》（修订本），南京大学出版社，2016年，第298页。

以对色彩的忠实向对形体轮廓忠实的古典主义绘画发起了挑战，打破了人类对空间认知的程式。音乐家德彪西受莫奈等印象派美术的启发，创作出《大海》等一系列印象派音乐作品，形成一个崭新的音乐流派，对后世产生了巨大影响。而印象派接着又让位于塞尚，塞尚对色块的符号化运用推翻了印象派对光影的执着。立体主义、超现实主义又超越了塞尚，毕加索、达利等推动了现代艺术潮流，改变了人类艺术的整体面貌。杜尚随后则掀起后现代主义的潮流……

在艺术发展与流变史上，美术总是走在各种艺术门类的前列。即使有其他艺术门类在艺术思潮的发展上先于美术，也会被美术在这种艺术流变中占尽风头，也许这与视觉在诸感官中的霸权地位密不可分。即使是能够对时代环境和人类情感结构的变化先知先觉，又擅长深入表现的文学，也无法像美术那样带来直接的冲击，也许这与视觉的直观性密不可分。虽然文字和图像都是作用于视觉，但图像提供了感官的直观性，文字作为一种符号则受制于其能指和所指之间的距离，弥补这个距离的过程，需要经过更多思维的转换。虽然文字符号的抽象化可以表达更复杂的意义，却因为需要更多的思考，而丧失了感官的直观性。尼古拉斯·米尔佐夫在《视觉文化导论》中认为："这和简单明了完全不是一回事，但是不可否认在看第一眼时会有一种冲击，而这是书写文本所无法复制的。"① 视觉艺术引起的情感是直接而又强烈的，文学在视觉艺术强大的冲击力面前，只能靠调动读者想象这一方法才能保证自己的地位。

20 世纪 80 年代重要的艺术事件之一——"八五新潮"，就是以美术充任了一场声势浩大的先锋艺术思潮的急先锋。先锋美术崛起之后，音乐、戏剧、文学等诸多艺术门类开始了自己的先锋之旅。虽然不能说是先锋美术直接影响了这些艺术门类的先锋运动，但最起码可以看出美术这样的视觉艺术领风气之先的能力。

作家墨白解释自己的文学创作何以先锋时，提到过美术对自己的影响：早年学习美术，主攻油画，给了他艺术探索的冲动。因为在现实主义仍是文学主流的时候，现代主义画家都已成了大师，那些充满探索性的油画作品给了他文学探索的启迪。扎西达娃在从事文学创作前，也学习过美术，并担任过舞台美术设计。扎西达娃小说中充满神话色彩的想象与深邃的思想也许不一定能直接归结于美术，但也有可能是接触美术之后，他更执着于对文学独特性的深入发掘。这种影响，也可以算作一种逆影响。

从这几个例子中，我们可以管中窥豹地了解到美术在人类文化结构中的作用。人的美术素养，是其文化素养的重要组成部分。要提高美术素养，美术馆是不可忽略的重要场所

---

① 尼古拉斯·米尔佐夫：《视觉文化导论》，倪伟译，江苏人民出版社，2006 年，第 18 页。

和环节。

3

　　与博物馆相比，美术馆不仅仅是藏品种类和时间的差异，更有意义层面的差异。博物馆的藏品或展品可以与现代脱节，美术馆却与现代或当代有着直接的联系。它提供的不仅仅是美术作品的标本，更要提供美术作品的鲜活身体和意义的生成状态。一幅美术作品挂在博物馆里，往往意味着它的创作已经完成，甚至像艺术家黄永砯所言，它的艺术身体已经进入坟墓，它的意义也可以盖棺定论了，剩下意义的标本来供人凭吊。但在美术馆里，一件美术作品仍然拥有价值定性、意义修复甚至自我提升或自我损毁的能力。这在很大程度上缘于艺术家的在场。因为艺术家的在场性，美术馆成为具有互动功能的空间。艺术家与艺术家的互动，艺术家与观众的互动，甚至美术作品与展览空间的互动，都有赋予美术作品新生命的可能。即使一幅作品不可能再改，观众或艺术家对于它的交流，促成在这种交流经验之上另一幅画作的形成，也可以说是这幅无法改动的作品的新生。这是美术馆展览的意义之一。对于观众来说，不仅仅是为了让他们观看，同时也为参观者提供了形而上创作的可能性；不仅仅只是陈列，更能提供启迪。因此，美术馆比博物馆的文化空间更多了一层艺术空间的含义。

真正的艺术空间绝不仅仅是一种物质形态的空间，更是一种独特的精神空间。用列斐伏尔的理论，它是一种再现的空间或表征的空间。列斐伏尔将空间的生产分为三个维度：物质的空间实践、空间的再现（表征）与再现（表征）的空间。戴维·哈维将之阐释为"经验的，感知的及想象的"①三个维度。在这个想象的空间维度里，它以种种代码符号来完成空间的意义布局，让它成为一种体验的空间；用物质形态渗透精神空间，起到潜移默化的熏陶和感染作用。一些优秀的美术馆，不仅仅陈列艺术作品，其本身就是艺术品。建筑师在设计美术馆的时候，往往会加入一些艺术理念，反映一些艺术思潮。许多美术馆不仅对艺术史有重要作用，更参与到了建筑史的改写中。如著名的纽约古根海姆博物馆，虽以博物馆为名，但更像是一个美术馆。它收藏有从夏加尔到康定斯基、从毕加索到凡·高等诸多著名画家的作品，成为纽约的艺术地标；其馆舍建筑本身也是一件艺术品，是著名建筑师赖特设计的作品。与在自然中横向伸展的流水别墅不同，城市街边的地理位置使古根海姆博物馆在垂直向度上扩展，类似一座倒立的美索不达米亚神塔，以现代的方式向神话回溯。而法国的蓬皮杜国家艺术与文化中心则大胆反叛，以工厂的形式筑造出强烈的未来感。与罗浮宫博物馆所代表

---

① 戴维·哈维：《贯穿于城市化过程中的弹性积累：对美国城市中"后现代主义"的反思》，胡大平译，见薛毅主编《西方都市文化研究读本（第三卷）》，广西师范大学出版社，2008 年，第 309 页。

的古代文明不同，蓬皮杜国家艺术与文化中心是现代巴黎文化的象征。这是博物馆和艺术馆的明显不同之处，但艺术馆并非不可以古典，贝聿铭设计的日本美秀美术馆，像是一座当代版的桃花源。贝聿铭按照《桃花源记》记录的发现桃花源的过程，设计了抵达这座美术馆的路径。经过山洞，看到与山川相融的建筑，建筑内部则到处可寻苏州园林的影子。最为点睛的是从落地窗中所见的三棵黄山松，仿佛将园林搬到了室内。黄山松为贝聿铭亲自挑选，可见他对自然生命的重视。而艺术的终极目标就是生命，就是对生命的关怀。艺术馆中盎然的自然生命体验，揭示的正是艺术本身。

在这样的美术馆中，参观者往往同时展开对艺术作品的欣赏与对空间本身的欣赏。处在这样的空间，人们得到的艺术启迪比在刻板和单调的建筑空间中要大得多。对参观者来说，这样的美术馆不仅可以给人启迪，同时还可以给人以教育。教育是美术馆文化的重要部分，有专门的艺术讲座承担起这个功能，但这种艺术空间和氛围所承担的也是一种有效的教育。

4

也许正是艺术本质的相通性，我始终对美术作品保持着高度的关注，也参观了许多美术馆。北京的美术馆，多在一个大的艺术空间里构成美术馆群，如 798 艺术区和宋庄的美术馆群。798艺术区由生产空间改造而成。改造后，那些德国风格的厂房建筑，从实用空间转变成了艺术空间。同时，工厂的意义在这里并未完全消失，而是经过了移植和嫁接，成为艺术的工厂。事实上，这不仅是空间修辞的改变和功能的改换，更是生产方式变迁的象征：文化生产或象征生产，打败了原来的工业生产。在这些文化生产与象征生产中，一种全球化的或者说国际性的文化机制对它起到了支撑或整合作用。

宋庄的美术馆，以新潮性和先锋性给人们较大的视觉冲击和思想冲击。它的独特之处还在于，美术馆的周围是鲜活的艺术创作空间和艺术家。美术馆在这里不是简单的陈列馆，更像是艺术陆地上的山峰，或艺术海洋中的灯塔。前沿艺术思想和理念下汇聚的展览有很高的艺术价值，甚至拥有进入艺术史的价值，而不像有些纯粹的商业展览那样无关痛痒。这几个大型美术馆提升了宋庄画家村的艺术地位，使它从艺术家聚居的村落成为现代艺术创作与展出的中心。

我在上海参观过的有多伦现代美术馆、外滩美术馆、刘海粟美术馆等，还有一些则冠以艺术博物馆之名，如上海当代艺术博物馆，它们有更多的多媒体展览。当代美术早已打破多媒体与架上艺术之间的壁垒，由于展出的大都是当代视觉艺术作品，依然可以将它们看作美术馆。这里展出了更多外国艺术家的作品，艺术形式更加多样。在上海当代艺术博物馆，我看到过的一次展览，就汇集了绘画、摄影、影像、音乐、装置等诸多门类的艺术。文字，在美术展览中同样有一席之地。它们不是以书法形式出现的，而是粘贴在墙壁上的文字，是本雅明、伯克等诸多思想家关于艺术的哲思。它们以句子的形式，与那些艺术品一起参与了这个空间中意义的塑造或阐释。

在外滩美术馆，我参观过更加多样化的展览。超现实主义绘画、抽象的绒布雕塑、多样的装置、多媒体艺术等，让人感到当代艺术边界的拓宽。这既是视觉艺术的拓宽，同时也是视觉文化，甚至视觉本身的拓宽。人类学家约翰内斯·费边说："把一种文化或社会视觉化的能力，几乎已成为理解的同义词。"[1] 他所指出的知识视觉化的倾向扩大了视觉的文化内涵，也进一步拓宽了视觉艺术的边界。

对于多数旅游者来说，美术馆或艺术馆往往不在其旅游线路规划之内。在北京、上海这样的城市，文物古迹和热闹的商业街区才是他们的首选。但对我来说，文物古迹是城市的过去，商业街区是城市的现在，美术馆等艺术场馆则指向城市的未来，或者说，打造出了城市的未来感。杰姆逊认为，以前人们靠历史来给现在进行定位，而在后现代社会中，人们则靠未来给现在进行定位。他举了科幻小说的盛行来证明自己的观点。而我觉得，这个范围应该进一步扩展到当代艺术。当代艺术的思维方式是未来式的，在视觉艺术中

① 转引自尼古拉斯·米尔佐夫《视觉文化导论》，倪伟译，江苏人民出版社，2006年，第30页。

尤甚。在直线发展的现代性时间中，先锋精神是不可或缺的存在。卡林内斯库在《现代性的五副面孔　现代主义、先锋派、颓废、媚俗艺术、后现代主义》中将之作为现代性的一副面孔。即使是进入后现代社会，先锋性仍是艺术不可缺少的。卡林内斯库直接将后现代主义认作现代性的五副面孔之一。皮埃尔·布迪厄在《艺术的法则：文学场的生成和结构》中认为，先锋是艺术新人在艺术场中获得资本和夺取权力的一种手段。只要艺术场存在，资本和权力的攫取与转换就不会停止，先锋就会存在。不管是面孔还是手段，先锋精神在当代艺术中的长期存在，都会将对当下和现实的超越作为自己的方向。这种方向也导向了一种未来的指向。视觉艺术将知识视觉化的取向，也是一种指向未来的后现代态度，所以当代艺术中的未来感是强烈的。作为储存和展示当代艺术的美术馆等艺术场馆，也储存和展示着城市的未来感。人们在数字经济迅猛发展的当下，不断听到"未来已来"这样进行悖论修辞的语句时，其实可以在当代艺术中，到美术馆中寻找对它真正的理解。

图书馆：记忆储存器或书的天堂

1

　　大概没有谁像博尔赫斯那样对图书馆的评价如此之高。他在诗句中写道"我心里一直都在暗暗设想／天堂应该是图书馆的模样"。这位伟大的作家之所以如此评价图书馆，也许不仅是因为他对阅读的喜爱——他因大量阅读而造成眼睛失明，还因为他曾经担任了 18 年图书馆馆长。他在图书馆中度过了太多美好时光，以至于要形容天堂时，不仅想起了图书馆的外形、内涵，还想起了那些宁静、美好的时光。那的确是他人生中最美好的时光之一，并且他喜欢阿根廷国立图书馆馆长的职位，有他的话为证："我一生受到过许许多多不相称的荣誉，但是有一个我却特别喜欢：阿根廷国立图书馆馆长。"

　　其实，他在担任图书馆馆长的大部分时间里，眼睛都是看不见的。他的这首诗的前两句是："上帝同时给我书籍和黑夜／这可真是一个绝妙的讽刺。"虽然无法阅读，我却仍然相信他在图书馆中的幸福：他通过回忆和思考占有了那些书籍。我想正是因为图书馆，博尔赫斯的文学拥有着与一般作家迥然不同的品质。他和同在拉美的马尔克斯一样，都是"作家中的作家"。除此之外，博尔赫斯还是"诗人中的诗人"，他的诗歌同样影响了一代中国诗人。也许正是因为博尔赫斯的影响，许多中国作家对图书馆有了深刻的感情。当然，这也许只是原因之一。只要是作家，就必然要有对图书馆的感谢。因为那里就算不是人的天堂，也是书籍的天堂。而对于学者来说，图书馆的作用则更加重要，尤其是人文学科的学者。

图书馆的作用超越了对某些特殊群体和固定阶层的恩惠，其价值和意义还可以从民族、国家、人类这样更大的范畴来界定，因为图书馆是一种文化记忆的储存机制。阿莱达·阿斯曼将文化记忆分为功能记忆和存储记忆，认为功能记忆是有人栖居的记忆，涉及身份认同；存储记忆则是失去与现实有生命力联系的记忆。事实上，两者的区分不是截然的，功能记忆可能会随着时间推移和社会变化成为存储记忆，而"存储记忆可以看作是未来的功能记忆的保留地"[1]。存储记忆并不是天然的，而是像功能记忆那样需要建构、保存、利用，这就需要功能单位，而图书馆正是最重要的存储

---

① 阿莱达·阿斯曼：《回忆空间：文化记忆的形式和变迁》，潘璐译，北京大学出版社，2016 年，第 153 页。

记忆的支持机构之一。

　　如同许多储存记忆的机构那样，图书馆"抵御着日常记忆中不自觉的对过去的遗忘，还有功能记忆中有意的隐藏"①。一定程度上可以说，记忆最重要的功能就是遗忘，只有遗忘才是记忆的常态。从记忆的长短来分类的话，记忆可以分为瞬时记忆、短时记忆与长时记忆。生活中大部分时刻都会变成瞬时记忆和短时记忆，只有很少时刻会进入长时记忆。而进入长时记忆之后，我们还会碰到"知道，却一时半会儿想不起来"的情况，这是记忆的提取出现了短暂的障碍。所以面对常态化的遗忘，需要有一个外在于我们的记忆储存机构。图书馆就是最重要的记忆储存机构之一，因为它储存的主要是图书和文献。图书是最重要的文化记忆的载体，书写文化早已超越仪式而成为文化记忆最重要的载体。当古埃及希望用仪式一致性来完成对整个世界运转的表征和掌控时，犹太人已经用文本的一致性来达成这种效果。书写文化不仅完成了对世界的意义护理，而且还逐渐成为一种接合性的文化，即在吸收前人文本的基础上，按可信性原则不断生成新的知识，使人类的知识，也就是文化记忆按一定的规则和标准不断创新和积累，完成了思想的进化，也完成了思想的积累。所以，书写文化成了人类最重要的文化记忆的载体，甚至就是文化记忆本身。

---

　　① 阿莱达·阿斯曼：《回忆空间：文化记忆的形式和变迁》，潘璐译，北京大学出版社，2016 年，第 154 页。

图书馆作为书写文化的存储机构，重要性不言而喻。它不仅是对抗遗忘的重要武器，而且是对功能记忆选择的一种纠正。功能记忆往往因为涉及身份认同和政治想象，成为有选择的记忆，这种选择背后的主导者往往是意识形态。书写文化是一种充满冲突和竞争的文化，相较于口头文化和仪式文化，书写文化更能凸显和承载差异。从表面上看，口头文化似乎差异更多，而书写文化可以更准确地表达和更长久地稳定，因为白纸黑字是不易撼动的。但事实上，口头文化中，不管是对史诗的吟唱还是典籍或圣言的吟诵，都要求更少的差异和错误。仪式文化则更是一种重复的文化。相较而言，书写文化产生和保持了更多的差异。如果说犹太人以文本的一致性胜过了古埃及的仪式的一致性，那么古希腊则以丰富多样的书写文化，以无数的书籍筑造了与犹太人唯一圣典完全不同的景观。并没有人认为古希腊文化是一种倒退。

但多样化和差异化对于一个集体的功能记忆并不是好事，因为功能记忆的一个重要功能是提供认同，所以有许多差异需要隐藏，或者给予压制，最少是要经过选择和过滤。图书馆对于这样被过滤掉的文本，一般而言是要收藏的。藏书的丰富和全面本来就是衡量图书馆的一个重要指标，图书馆对于文化记忆的重要性是不言而喻的。

相较于书店，图书馆的储存功能更加显著。因为要售卖，书店中的书籍有一定的周期性，往往以新近出版的书籍为主。还有一种书店，即古旧书店，以书籍出版时间的长久和古老作为售卖特色。虽然一些专业性书店所售书籍受图书出版时间影响较小，但总体而言，书店整体受出版周期影响较大。图书馆的书籍则不受这种周期性的限制，具有更大的共时性特征，或者说是取消了书籍出版的时间性限制。书籍在这里的分类与排列不是按出版时间，而是按照内容，这在一定程度上可以说是对时间的取消。而在数量层面上，图书馆则是完胜书店的。

除了这些，图书馆与书店还有一个很大的不同，那就是不必直接担负社会使用功能。一般而言，因为各种原因而产生的畅销书和热销书，或者书店因为各种原因摆放在最显眼位置的书，对图书馆来说，都不需要以超常的空间对其彰显。不管是商业意识形态还是其他，对图书馆的影响都相对较小。如果用海来比喻，图书馆可以比作是深海，书店就像是靠近海岸、靠近沙滩处的海：图书馆的书更加安静与深邃，书店里的书则有更多的波动和喧嚣。对于学者来说，虽然沙滩上也是游戏之地，也可以捡到贝壳，但要想有所斩获，深海才是必须抵达之地。

对人文学科学者，图书馆的重要性尤甚。相信没有人文学者不依赖，也不感谢图书馆的。我以学术为志业之后，图书馆带给了我最多的帮助，也成为我流连最多的校园空间。相较于博尔赫斯所说的"天堂"，对于我这样有志于学海扬帆的学术菜鸟而言，图书馆就像是流着奶与蜜的应许之地。

2

在大学图书馆中读书，与自己买书读有很多的不同。最大的不同应该就是从图书馆借阅的书籍上往往会有批注，而购买的新书上绝对没有。这样的批注多种多样，大多是用铅笔在重要的段落和句子下画线，有的还会在旁边写上评点。这样的评点有些是可以读懂的，有些则是懵懂或完全不懂的，只能推测与批注者的研究相关。按规定，图书馆的书是不可以批注的，否则要算作污损，需要赔偿。我借阅到的有些书，依稀可见被擦去的铅笔线，这大概是以往借阅者考虑到规定的缘故。但有些并不擦去，因为图书管理员接受还书时一般不会翻看，尤其有了电子借阅系统之后，这样的画线更加"明目张胆"起来。

阅读这些书籍，能够感到是在和别人分享或共读这本书，会产生强烈的共鸣感，同时也会有关于知识的传承感。前者是一种共时感，后者是一种历时感。共时感会产生在阅读的开始和中间环节，因为理解和领悟的过程是即时的、瞬息的，当你被一些画线的句子打动，产生灵感，或者问题得到解决，感觉茅塞顿开或恍然大悟的时候，就会想到另一个人也有过这种感觉，他或她也有过这样恍然大悟的瞬间。这个瞬间的相遇，会感觉自己的感受和想法并不孤单，这样也便产生了共鸣感，共读和分享的感觉也就会出现。书籍相较电视、电影而言，是一种个人化的媒介，与陌生人共读一本书的情况，相较而言是少见的。宝、黛共读《西厢记》的场景并不多，所以才会成为《红楼梦》，以及文学史上的经典情节。

　　大部分情况下，人们都需要独自面对一本书。这样，你就无法知道别人是否会与自己共鸣。一本书上的画线、批注之类的阅读痕迹，作为一种历史遗迹，与你的阅读相遇，意义被读出的瞬间，就具有了现时性和当下性。对一本经典理论或研究性作品，意义迸发的瞬间，似乎就取消了时间，因为意义通向的似乎是永恒。从另一个角度说，只有意义通向永恒的才能称为经典。与别人共享这永恒的瞬间，就变成了一种共时性的感受。扬·阿斯曼在《文化记忆：早期高级文化中的文字、回忆和政治身份》中写道："意义只有通过传承才能保持其鲜活性，而仪式就是传承的形式之一；相比之下，文本本身还不是传承的形式，只有当人们传播文本的时候，意义才具有现时性。"① 批注者将重点和经典段落标出来，有的标出序号，有的旁注文字，似乎也构成了对这些句子和段落的传播。那些画线和批注本身是对其原本意义的标出。这些标出，相较于作者的书写、出版社的出版，也构成了意义的传播。

　　相较于"传播"，与之本义更接近的是"注释"或者

---

① 扬·阿斯曼：《文化记忆：早期高级文化中的文字、回忆和政治身份》，金寿福、黄晓晨译，北京大学出版社，2015年，第89页。

"阐释"。扬·阿斯曼认为："文本一旦停止使用，它便不再是意义的承载体，而是其坟墓，此时只有注释者才有可能借助注释学的艺术和注解的手段让意义复活。"① 虽然阿斯曼论述的是"阐释"，但这些书籍上的批注，同样有阐释的意味。

　　往往是读完一本书，才会想到曾经的阅读者已经读过，并可能将之运用在自己的研究中，这会使后来的读者产生晚到的感觉。中国 20 世纪 90 年代的一些带有先锋气质的作家，被命名为"晚生代"，即是因为这样的晚到感：他们在个人成长中没有像前代作家那样亲身经历"文革"等重大社会事件，文学创作上也晚于先锋小说、寻根小说等文学思潮，便有一种晚生感，因此被称为晚生代。而读别人读过的、批注过的好书，也可以产生这样的晚生之感。但知识的传播本来就有历时的一面，看完先前读者的思考，传承感便会产生。这种传承感，是对这些知识本身的肯定。

　　许多时候，对图书馆的书，我是按着书上的标记和批注来读的，会产生碰到引路人的感觉。之所以能够不断遇到这样的书，因为好书总是有限的，而读的人却代代更替，似乎是无限的。读者在重要段落或句子下画线，就像在森林里行走时要留下标记，不让自己迷路一样。事实上，这个森林不仅仅是那本书，而且还是学术本身。后来，我也做起了标记，以免自己在学术之海迷失。

---

① 扬·阿斯曼：《文化记忆：早期高级文化中的文字、回忆和政治身份》，金寿福、黄晓晨译，北京大学出版社，2015 年，第 89—90 页。

3

许多作家在记叙自己的阅读经验时，都提到过图书馆。

我还买过许多通过图书馆已经看过的书，比如顾城、雷米的《英儿》。那时我正读高中，因为这本书而深深沉陷到了顾城的世界。他和海子共同完成了对我诗歌写作的启蒙。这本书我是在博爱县图书馆借阅到的。我在县一中读高一的时候被一个同学带到了这个图书馆，后来我在里面办了借书证，因为我经常看书的求知书店关张了。进到图书馆之后，我才发现这里的书基本上是旧书。大部分书因为太过破旧，用一层牛皮纸包起来，代替了真正的书皮，书名写在牛皮纸书皮上。虽然如此，但我在里面仍然看到了一些对我影响很大的书。比如一套台湾现代小说丛书，还有一套西方现代派小说全集。西方现代派小说全集是按照文学流派如"新寓言小说""意识流小说"等进行分册的，一套共十本左右。我那时之所以在众多书籍中选择阅读这套现代派小说，其中一个原因是它们比较新，书皮也没有被牛皮纸包上。就这样，我在对现代派小说什么都不懂的时候，就懵懵懂懂地闯入了西方现代文学的后花园。这一套书应该是我在县图书馆借阅次数最多的书。因为不能完全读懂，所以就不断地阅读。虽然到后来也不能说全懂了，但它却对我产生了很大影响，让我走到了文学的深处。那时，我已经偏科很严重，数理化很差，不再是初中时的好学生，甚至滑到了差生行列。因为学习成绩的下滑，我在班里话也少起来，朋友也少起来。孤独让我与文学靠得更近。这座图书馆在当时成为我的一个秘密，几乎没有人知道我一直在这里借阅书籍。也许是因为书籍太旧，在这里借阅图书的人也很少。因此，它几乎就是独属于我的一座神秘岛。

读大学后，我与这座孤岛一样的图书馆断绝了联系。因为大学图书馆提供了更多的书籍，我像是从一条乡间小溪流入了巨大的湖泊。相较于课堂，我更喜欢图书馆，甚至觉得我就读的中文系，并不需要进课堂听讲，仅在图书馆读书就可以非常漂亮地完成学业。这个观念在我读研后才有了根本改变，我开始更重视老师课堂上的讲授，更注重与老师的交流，注重情景化的学习。但图书馆的作用并未下降，不管是学术研究还是文学写作，图书馆的阅读对我都具有决定作用。

我的导师张生教授则喜欢在图书馆中写作。他在文章中说："我喜欢在图书馆写东西的最主要的原因是，当我在写累了的时候或者写不出来的时候，可以从容地站起来，走到书架前，从里面随手抽出一本书，翻上几页，或许，其中的某一个字、某一句话，就会让我浮想联翩，重新产生灵感。"① 在校园的大部分时光中，我都喜欢这种图书馆里的写

---

① 张生：《人生就是高速公路》，上海书店出版社，2014 年，第 144 页。

解剖城市

作，我最早的小说就是在学校图书馆中写作完成的。艾略特在《传统与个人才能：艾略特文集·论文》中指出传统对一个诗人或作家的重要性。图书馆仿佛能够为写作提供一种语境，让一个人的写作仿佛时时在与传统、经典交谈。我想，大概图书馆是最能够培养一个人的传统或经典意识的空间。

4

因为图书馆的重要价值，近年来与传统图书馆不同的图书馆也不断出现。真人图书馆的兴起，是因为阅读这个词汇含义的扩展。在罗兰·巴特那里，在一座城市中行走，也可以被理解为对一座城市的阅读。这与他的符号学思想相关。如果一座城市是符号组成的文本的话，那么一个人也可以在比喻的意义上被认为是一个文本。文学研究中，符号和主体作为一组二元对立长期存在。先锋小说中人的符号化倾向加剧的同时，是主体的消解。先锋小说在文学史上具有革命意味的一个重要原因，是因为其对主体的革命。余华在《世事如烟》中直接用数字符号为人物命名。主体在符号的结构和系统中，曾经以为可以自在自为的主体性自然就成了问题。对人的阅读，既是在符号学意义上对人的符号化解读，也是通过主体间性的交流促成意义的循环，以形成社会意义。这样的真人图书馆活动在世界范围内广泛开展，山东师范大学图书馆多次举办过这样的活动。但我没有真正参加过一次，也许是因为真书还没有读多少，何况阅读真人。

信息技术，使书籍的形态从实体存在发展为电子化、网络化存在。一个网站，甚至一个硬盘，都可以成为一座图书馆，所藏书籍可能比现实中的图书馆更多。但这种电子图书馆，不能说是对图书馆一词的修辞化运用。图书馆作为文化记忆储存器的内在本质并没有变化，只不过存在形式改变，存在地点由现实空间转移到了虚拟空间。一定程度上，这可以说是图书馆存在方式在网络时代的变化，但实体图书馆并不能因之被取消。

实体图书带来的阅读质感，对思考方式的影响，以及知识的传承感，是电子图书尚无法代替的。作为文化记忆的储存方式，实体图书更稳定和牢靠。作为一个文化空间，图书馆在城市空间中的重要作用也无法代替。

书店：微暗的光

　　虽然书店在城市中不断倒闭，但还没有人把城市描述为书店的坟墓，因为书店还是需要开在城市里。不过，书店和城市的关系正在变得越来越紧张、暧昧。几乎在每一个城市里，都有曾担任过文化地标角色的书店倒闭；哪一个城市里没有书店倒闭，反而是不正常的。曾经，书店与城市的关系是那么融洽，长达数百年的时光，书店和城市都处在蜜月期。在印刷时代，一个城市没有书店，就像一个渴望阅读的人没有眼睛一样。

　　眼睛最敏感的，是光。旧金山有一家名为城市之光的独立书店，曾是"垮掉的一代"的大本营，是艾伦·金斯堡、杰克·凯鲁亚克的"家"，作为反叛文化的地标闻名天下。作为一家书店，它不仅仅售卖书籍，而且直接参与了文化潮流的创造。旧金山因为拥有这家书店而成为美国现代文学和文化的重镇。《圣经》说：上帝说要有光，于是就有了光。一家书店将自己命名为城市的光芒，并不过分和夸张，因为书中的确有光。后来城市之光成为最有名的独立书店之一，

"城市之光"这个名字也被当作独立书店的象征，被其他书店采纳。离我不远的城市就有一家起这样名字的书店，间接展现了一家书店的最大抱负：照亮一个城市的文化黑夜。

但这种文化抱负大概只有在那个年代，那样一群人才会想到。如今，我们的文化已经"进化"到了电子时代。在书籍层面，电子阅读冲击了纸质书籍，但目前并不致命；在书店层面，网上书店对实体书店的冲击则来势汹汹，并且势如破竹。与网上书店的低廉成本相比，日益上涨的房租、人工费用毫不留情地瓜分走实体书店最后一点利润。近几年，民营书店或者说独立书店倒闭的消息早已不是新闻，相反，独立书店屹立不倒好像才会成为新闻。书店，作为城市重要的文化风景，正在被电子时代和太过功利的城市进程抛弃。

大概每一个爱书人，都有过对书店的热爱。也许不久将来的读书人，对实体书店不会再有太深的印象，抱有太多的情感。对于我们这一代以及更早的人们来说，实体书店曾是获取丰富书籍的唯一途径。回顾我的阅读史，如果没有那些实体书店，我的阅读也许永远停留在被规定的教科书层面。如果要比喻的话，我会将有些书店比喻为书籍的小溪，将有些比喻为书籍的湖泊，将另一些比喻为书籍的海洋。读中学时，我在学校旁边名为"三字经书社"的书店里第一次看到了《花城》《作家》《人民文学》《十月》等文学期刊。这家书店的主要业务是书籍租赁，因此我有幸花很少的钱，读到了众多优秀的文学期刊，轻易就站在了中国当代文学的前沿和现场。同一时期，我家门口不远处有一家"求知书店"。这是一个租售一体的书店，人们还可以在店中阅读。书店老板的眼光不俗，进有大量优秀的现当代文学书。我在其中读了许多对我来说是启蒙性的书籍。印象最深的有老舍、施蛰存、郁达夫、沈从文等现代作家的小说；在《台湾现代诗选》中我第一次读到洛夫、周梦蝶等人的诗作，被那些独特的语言击中；在《世界散文诗选》中读到了屠格涅夫的优美，更读到了马拉美、兰波、魏尔伦的颓废；还有更多的外国名著，我沉迷最深的是雨果的《悲惨世界》；还有我最早当作黄书来读的王小波的时代三部曲，上大学后我才真正体会到王小波的意义。在这些书店里，我的世界一下子豁然开朗了。书籍给我打开了一扇扇窗户，每一扇窗户都通向一个完全不同的世界。它们让我的思想世界变得宽阔的同时，却也让我的现实世界变得不断狭窄：我偏科的度数不断增大，至高中时理科已经将近废掉。

初中时代，我经常去的还有县新华书店。一开始我在这里蹭书读，后来书店开了读者俱乐部，办卡即可借阅数量众多的书籍。我在这里借过许多书，第一次读到耿占春的《隐喻》。那时虽然读不懂，但还是感觉一个独特世界豁然向我打开了。从那时起，"语言拥有神秘力量"的观念在我心中播下了种子。这初中时播下的种子到高中时已经茁壮成长。高二时，我在新华书店读到海子的诗集。这诗集是书架上出售的，而不是在读者俱乐部里供借阅的。我就倚在书架旁阅读它，里面的诗把我引向一个个精神的深渊和险峰，我从现实生活中一下进入了海子所构筑的精神世界里。也许因为新华书店开着空调，我记得当时整个世界都在被阳光灼烧，书店却像是用冰块把世界隔开。很长一段时间里，这种独特的空间感在我每次想起海子的诗时，都会出现，然后把我与外在世界阻隔开来。

这三个书店一起将我推入了文学的深渊，因为整个高中时代，我发现自己的道路越走越窄。那些文学书籍为我架设的，只是一个看不到彼岸的独木桥。读大学时，我才被真正解放，可以进行自由的阅读。大学里虽然有图书馆，但一开始处于半开放的暧昧状态，很多图书都无法借到，所以书店仍是一个重要的去处。刚到大学时，学校旁边一家租书店以很低的价格处理旧书，虽然书确实陈旧苍老，我仍欣喜若狂，买下了一套八九十年代先锋作家的中短篇小说丛书。这种对先锋文学的集团式检阅，让我对文学的痴迷和野心都呈正比暴涨。后来，学校图书馆和阅览室借阅更加方便，但我仍然购买了很多书，尤其是学校旁边的打折书店开张之后。因为我没有固定收入，所以打折书店和旧书店是我最常光顾的。在河南大学就读时，学校周围的折扣书店更多。与普通书店打折不同，因为经营的多为库存书，可以从相关渠道价格很低地拿货，这些书店的折扣往往很大，售价多在五折以下。打折书有大量垃圾书，但也有很多好书，尤其是不那么畅销的学术、严肃文学读物。在众多的库存书中优中选优，

　　　　　　　　　　　解剖城市

是这些书店的存身之道。这种特价书店，河大周边最多时有一二十家，真正决定这些书店生意更好、关张与否的并不是谁的折扣更低，而是谁的书更好、更有品位。从这个角度说，特价书店是中国书业的循环再利用系统，具有过滤功能。一些沉淀到大众阅读之河底部的书"沉渣泛起"，重新捕获读者和被读者捕获。这些折扣书店往往门店较小，环境也没有那么优雅，数量众多的书籍拥挤在简易书架或简易摆台上，有些因少人翻动，甚至落满了灰尘。这种简陋的书店在高校周边大量存在，似乎在彰显一种悖论：一方面是知识的殿堂化，另一方面是知识的过剩。那些过剩的知识经过市场的一番检阅，最后返回其策源地，最终由寄居于殿堂里的人来消化。贬值的知识，经过重新消化加工后，又会产生新的知识，而这些知识可能是极具价值的；当然，也有可能只是特定人群的玩物。

特价书店不仅只在高校周边有，其所反映的也不仅仅是知识过剩问题。曾几何时，特价书店在全国范围内如火如荼地开张。与其说它们是知识的循环再利用体系，倒不如说它们是图书市场的"细分市场"，是一种有益的补充。但随着电子商务的发展，网络书店使其同样被严重冲击。低价优势不再，又缺乏相对较好的购物环境和购物体验，特价书店也大量倒闭。它们的倒闭只是书店行业的冰山一角——常规的实体书店受到冲击之后，作为常规书店补充的它们，不可能不受影响。

我的中学和大学时代，基本上还是实体书店和纸质阅读的黄金时代。我读过书的两座中原城市——新乡和开封，都有数量众多的书店，但这些书店现在大都倒闭了。曾经见识过其盛况的我，看这种倒闭就像是在山谷中看见群山崩塌。不过，书店倒闭带来的伤感，我早已体验过。在高中甚至大学时，我曾经汲取过营养的书店就开始关张了。求知书店是在我高中时代关的门，它只是圆了那个文人老板的几年书店梦。他们最后处理图书时，我要买一本诗学论集。因为它是旧书，想让老板多打些折扣。老板夫妇说，那是他们读大学时买的，已经很便宜了，如果我不要的话，他们继续收藏。我这时才知道，夫妇二人都是大学中文系的毕业生。

三字经书社，在我大学毕业后不久也关门了。我想起初中时它的盛况，当时很是惊讶于它的倒闭。三字经书社令我惊奇很久的是：一个小县城的普通租书店，为何会进那么多纯文学书籍和纯文学杂志。我在后来的岁月里，不止一次为此庆幸，也不止一次惊奇于老板的眼光。后来，一个偶然的机会里，我在大街上见到了它的老板，他笑着叫出我的名字，然后告诉我现在他在养鸡。我无法形容自己那时的诧异，站在大街上久久没动。又过了好几年，我和初中的同学在一起吃饭，听他们说这个老板开了一家饭店，亲自掌勺，"做得还很不错呢"。这句话是笑着说的。大概曾经给过他们最初阅读启蒙（即使读的只是武侠小说）的人，又能够带给他们舌尖上的盛宴，有一种带着反讽，又略含伤感，但最终是大团圆结局的复杂感受。

事实上，这种伤感是轻微的，因为说这话的人已不再读书。如果说当时读课外书是对于课堂应试教育的一种反叛，那么过了三十而立的年纪，被世俗生活招安之后，已没有什么东西值得用读书这种方式来反叛。于是，即便"反讽"也是轻微的，只有大团圆的感受才最真实。如果说这位老板之前通过课外书为他们提供娱乐，那么现在则是以美食为他们提供娱乐。虽然方式不同，但又把他们黏合起来了。

事实上，这也是实体书店倒闭的原因之一。中国成年人的平均阅读量小之又小，与世界许多国家和地区都不能相比。虽然中国人口众多，但较小的阅读量无法形成满足书店生存的市场需求。需求不足的市场，是不可持续的。这种不可持续，在中小城市尤其明显。

我在工作过的城市也经历了一些书店的倒闭。这种倒闭，首先从小书店开始。朋友圈中小有名气的"中孚书店"关门的时候，我问正在处理图书的老板为什么要关张。老板说：做了这么多年书，没有挣到一点儿钱。后来，有熟人问我中孚书店去哪儿了，我只好以实相告。大家也都能接受这个结局，因为这家书店的规模并不大，网络书店这时已如日中天，读者正在适应新的购书方式。

与之相较，这个城市最大的民营综合性书店的关张，则让我恍然若失。这个书店名为"红月亮"，取自这个城市本土作家写的一部小说，当时在文坛颇有反响。这个店名，似乎暗示了书店的价值取向。经过二十多年经营，它不仅是这个城市最大，而且也是图书经营理念最为先进，对图书的文化价值认识最全面最深刻的书店。与许多小城市民营书店对教辅的依赖相较，这个书店虽然也卖教辅，但不将其作为主要经营类别。它的书维持着较高档次，文化、文学类新书佳作大都能及时上架。它的定位，不像有些小书店那样面对某种特定的群体，如学生等，而是面向更广泛的读者群体。甚至我很多时候觉得它所面向的也不是焦作这个小城市的预期读者。从更大的角度说，一个四线城市的潜在图书消费者也是一种特定的读者群体。

这个书店不仅提供国内最新最好的图书，摆放设置上也颇讲究。读者进入书店，总是能第一时间通过摆台、书架等多种形式看到最新最好的书。这些地方的书，更新速度超过读者的想象和预期，而且摆放方式花样繁多。比如某些文学奖结果一公布，得主的图书就会被摆成螺旋楼梯式的形状，不光提供了一种时间感，也提供了一种独特的空间感。既彰显了书籍的多，又使书籍拥有奇妙的轻盈之姿，且让人联想到知识是人类进步的阶梯这样的内涵。

如果说书店前部的书籍体现了快和精的话，后半部分则体现了专业与丰富。经过了前面的突出与强调，书店中部和后面的书架上是对图书的精准分类。在这精准的分类中，依然有对图书新旧和品质的区分。一般而言，新书总是放在书架上方的隔栅里，而一些真正的旧书则放置在最下端。旧书的存在，并不会造成图书质量参差不齐的感觉。我逛得最多的文学类书架，下方经常能找到很多好的旧书。所谓旧书，也并非完全陈旧，而是多在十余年前出版。文学、文化、思想类好书的价值并不会因为时间流逝而折损。书店并没有将这类书弃之库房，或者一股脑堆到可以借阅的读者俱乐部，而是保证了它们一种陈旧的新。许多书籍像所谓的钻石王老五一样，虽然年纪较大，但魅力不减，且身价不断高涨，对特定人群具有独特的吸引力。这家书店关张之前，我购买最多的就是这类书。它们中的许多，在当当等购书网站已经断货，在孔夫子网则被标到原先定价的数倍，如蒋孔阳、朱立元主编的七卷本《西方美学通史》等。一定程度上，这些书可视为一家书店文化品质的沉淀，是其厚重的标志。如果只卖新书，没有因曲高和寡而"剩"下来的书，那么这家书店就像是被时间的橡皮轻易擦掉了过去，也看不到它的坚持。

对于读书人来说，书店是有自己的品格甚至人格的。一家书店只卖好书，注重文学、社科类好书，一流作品经常可以看到，而不太顾及一个城市大多数人的阅读趣味，就像是一种自说自话，一种孤傲，这对有品格的书店并不是过誉。红月亮书店关张之前，我和书店的一个负责人交流，他说书店在不赢利的情况下又撑了一年，支持不住了。然后我们谈及许多小书店的生存之道——经营教辅，他否定了依靠教辅扭转经营状况的思路，说虽然在这个城市是名气最大的书店，但从未主动找学校营销教辅，今后也没有这样的打算。

教辅和考试书是一块巨大的蛋糕，有的书店仅靠这些就可以活得很好，并且开设多家分店。而这家书店宁愿关掉也不愿意变成教辅经营机构，可以用洁身自好以至于产生洁癖来形容。教辅类书店对于真正的读书人来说，有种冰冷的工具感，散发的是对知识的功利性。中小学教辅、各类考试辅导资料所传达的知识，都是为了考试，把知识变成了功利性工具。它们对塑造孩子知识观所起的作用，永远是坏多于好。

教辅、考试书，把阅读与学习变成了对唯一正确答案的寻觅，而真正的文化熏陶应该是不断对多元化和可能性的提示。书店拥有品类丰富的书籍，就是在提供多元化的文化氛围。对于一些人来说，教辅、考试类书籍还提供着知识的另一种功能——时刻对学习者进行打击，大概所有习题都拥有这种功能。有些学习者从这种打击中突围，有些学习者则对知识留下了永远的阴影。我就是被留下过阴影的人之一，所以在我看来，那样的书店中充斥着文化的肃杀之气。虽然有些主营教辅的书店也会有一些文学艺术类的非教辅书，但我往往对其提不起太大兴趣，不愿逗留，犹如人不会在杀气太重的地方享用美食一样。

与这样的考试书店不同，好的书店应该成为知识的平等和荣耀之地。它不是在讨好人们的功利化目的，而是让人们认识到知识的丰富和多样，将人放置在知识的前沿和高地，引领人的认知及审美。于是每次到这家书店，我都有羞愧感——羞愧于很多书自己都未读过，也羞愧于许多书可能永远都不会读到。一家书籍丰富的书店，永远在提示着阅读者自身的匮乏，也许这是网络书店所不及之处。网页只能提供书籍的平面形象，无法在知识体系上营造系统空间。登录网络书店，想要详细了解一本书，只有关闭或屏蔽掉其他图书，而不像实体书店里所有图书都在以立体的形式向人们敞开，且这立体空间也可以体现出更多的秩序性。电脑或手机屏幕这个单一的平面空间，无法取代这样的立体空间；对于城市的文化积淀和空间体系来说，实体书店也是无法代替的。这样一个书店的关闭，使一座城市丧失了一个重要的公共知识空间。

当代中国，新华书店几乎是每一个城市必不可少的。新华书店承担的多是综合书店的角色，但很多时候由于种种原因它们并不能担负起这个任务。我所在的城市就是这样，新华书店的图书更新率，对图书价值与摆放空间的相应性，经常显得滞后与错位，文化氛围上也有很大欠缺。我所在的城市一位做过图书策划的翻译家说他喜欢去红月亮书店，而不去新华书店，因为在红月亮书店，他能够了解到最新的图书风向和出版状况，而新华书店在新颖性和整体性等方面尚有欠缺。

与新华书店这类综合书店相似，图书馆也是重要的公共文化空间。但在书籍的新颖性方面却不具优势，无法与前者相比。图书馆能够提供庞大的图书资源，但从另一个角度说，也容易显得死气沉沉。图书进入图书馆书库之后，它的新颖性就会消失。就像一个新的尝试和变革，最后还是被纳入了一个大的传统之中。一些新的知识，最终成为巨大知识谱系中一个小小的链环。在书店里，图书的新颖性是最重要的卖点，新书永远拥有至高无上的地位，书店入口等重要位置的书基本上永远保持着新颖性。书店需要以书籍更换的速度暗示知识的更新率，也暗示着读书人逛书店的应有频率。一定程度上，书店是一个城市知识进化的风向标。

我在其他城市也逛过一些书店。去逛这些书店，并不单纯是受买书的欲望驱使。网络已经能为购书者提供足够丰富的书籍和确实低廉的价格。驱使我抵达这些书店的原因，更大程度是为了认识这座城市。书店此时就像这座城市文化的重要章节，是城市的斯文在兹。这些书店大都为民营，并不是一种均质的无所不在的网络。相较于新华书店自成体系的网络，民营书店更能体现出个性。首先是书店经营者的个性，在书店并不怎么赚钱的时代，书店经营者仍然维持其运转，肯定需要非功利的理念，需要文化抱负和坚守；同时，这也是城市个性的一部分，因为它能够体现出这个城市的文化状况，市民的文化素质和趣味，等等。

这样的书店往往被称为独立书店。这个类型彰显的不仅是书店的经济状况，也是一种文化姿态。多年以前，"独立之思想，自由之精神"就是知识分子的座右铭，书店为读者提供的恰恰是思想。在独立思想是稀缺物的时代，独立书店提供的则是珍贵的价值观念。而这些书店，似乎也因为这种独立，而拥有了独立的人格。

我在北京时，专门去了颇具代表性的独立书店——万圣书园。这个被许多知识人赞誉的书店，几乎如它的名字一样成为许多读书人眼中的圣地。初到这个书店，并没有看到空间有多么宽敞、亮堂或井井有条。它被书堆满了，唯一的秩序感体现在对书的分类摆放上。各种书的仔细分类，这种类别排列中的秩序感，以及书籍类别的丰富性，成为这个空间秩序感、丰富性的印象来源。还有一点出乎我意料的是，这个书店空间的曲径通幽。这是因为书店并没有像寻常商场那样把商品统一在一个巨大的空间里，而是被墙壁分隔成几个空间和区域。对于万圣书园这样体量的书店来说，这个空间带有临时、凑合的意味。事实上，万圣书园经历过几次搬迁，才在这里"定居"。这种空间的凑合恰恰显示了书店本身的不凑合，并没有削减书的品质与数量来凑合自己的文化抱负。而店里的书籍似乎每一本都经过了挑选，保证了书的量，更保证了书的质。它不能保证的，唯有书店空间的量与质。也许，这正是书店与空间经济学在这个时代的冲突。

同样有着这种冲突的，是上海的季风书园。作为一个经营了二十余年、口碑颇高的老店，季风书园曾经栖身于地铁站的大厅旁。一定程度上，这种现实的地下空间处境是对城市书店尴尬处境的隐喻。上海这样一个经济发达、高楼大厦林立、店铺鳞次栉比的城市，并没有给一家人文书店提供一处体面的空间。地下空间在城市的空间类型中，无疑是身处末流的。如果给城市空间划分等级，地面应该排在最高等级。但有些地面空间由于脏乱，并不能进入这一行列。由高楼大厦擎举起的地上空间因为远离地面，容易让人产生不适感，只能排到第二行列。但这种地上空间也会产生关于高度的悖论，就是当其高度具有超越性时，它的高对人们来说已不再只是生理感官角度理解的高，而是成为符号化的、象征性的高。这种高与尊贵同义。这就是城市中不断发生"最高建筑"争夺的根本原因。与这些空间都有各自的尊贵之处相比，地下空间则成为城市的第三空间，几乎没有翻盘的可能。大概唯一让地下空间翻身的就是地铁。地铁为城市居民带来了快捷和方便，为地下空间带来了荣誉。但地铁仍然不是目的地，而是抵达目的地的一种手段。"地下"在象征性上，有非主流文化的意谓，尤其是青年亚文化，更多被冠上这个称谓，如地下摇滚、地下诗歌等。它的荣耀之处在于它的反叛意味。尤其是主流文化腐朽没落时，它更具荣耀之意。

季风书园一定程度上仍然是综合性书店，包容性也很强。它只是把书店地址委身于地铁站内。我多次逛季风书园，或看书买书，或听讲座看演出。听讲座或欣赏民谣演出时，尤其感到空间的憋闷。由于身处地下，它没有窗户，也无法很好地通风。它的名字与它的现实，形成了充满反讽的对比。在这里唯一能够吹动的，是思想者头脑中的风甚或风暴。众多文化名人、知识分子在这里举办讲座或者活动。一定程度上，这个书店的文化气质有些近似于它的空间位置——"地下"，在这里逐渐拥有更多青年亚文化的自由之味道。在这个时代，它似乎越来越不具主流意味。身处地下的它，也不得不接受终结的命运——最后还是关门了。它提前一年宣布关门时间并进行倒计时，这种倒计时虽然实属无奈，但也颇有行为艺术的色彩。日常经验中，这样时间较长的倒计时，往往迎来的是重大节日或喜庆之事，季风书园长达一年的倒计时迎来的却是书店的关闭。这对于书店和读者来说，都是一个悲剧性的日子。也许正是这种悲剧性的倒计时，置换了倒计时的通常意义。

在这个书店不断倒闭的时代，仍然有独立书店成功坚守着。它们的成功之处在于不仅仅把书店当作售卖图书的场所，而是建构书店的文化符号体系和精神内涵。当然，还有一个很重要的原因——城市对文化的重视程度和包容度。这种拥有独特文化内涵和符号体系的书店，在这个时代更能彰显其独特价值。单向街书店就是这样的书店，它的现实空间同样不宽绰，但它在符号意义上却宏大而壮阔。除了对本雅明《单向街》文化符号意义的借用，书店还原创了更多文化符号。如书店创办的杂志书《单向街》，展示了不俗甚或高雅而颇具思想性的品位。后来改名为《单读》，依然保持了原有的思想品质。与此同时，书店还设立了文学奖，奖励有独特价值的作家和作品。在奖项泛滥的时代，书店奖的独特意义也许就在于它的独立性。思想性、文学性与独立性结合之后，这样的奖项具有更为独特的价值。

　　通过多种意义的建构，一个符号性的书店确立起来，超越了它实体店面的意义。因而它的价值也超越了网络书店，具有了形而上的意义，成为读书人心中一团明亮的火光。如果城市中能有更多这样的书店，城市也许就不会孤寂，也不会荒芜，无数思想的眼睛也许就能照亮城市的夜晚。

咖啡馆：民主的饮料与趣味区隔

1

作为能够代表城市精神、情调、文化的一种饮料，咖啡的历史并不悠久。作为一种饮品，它的诞生远在酒之后。在人类文明史上，古代文明与酒有着重要的关系，酿酒业几乎与农业文明同时出现。考古发现，早在公元前3500年左右，美索不达米亚地区就有了储存啤酒和葡萄酒的酒窖。尼采对古希腊文明的文化考古中提炼出了酒神精神，这种与酒关系密切的人类精神，丰富了酒的文化内涵，也提升了酒的文化地位。相较而言，咖啡作为饮品的历史则大大逊色。公元12至13世纪，它才在中东以及北非的一些民族中作为饮料出现。咖啡传入欧洲则是在地理大发现的16、17世纪。据费尔南·布罗代尔考证，1615年，咖啡从东方和北非传入威尼斯，1643年传到巴黎，1651年出现在伦敦。地理大发现的意义并不仅仅体现在地理学上，而是体现在政治、经济等多个方面。欧洲的世界市场中心的形成，资本主义的大发展，更与之有着直接关系。与之相比，欧洲人生活方式的改变同样重要——咖啡等精神刺激性饮料，作为奢侈品改变了欧洲人原本并不讲究的日常生活。

从饮食实用主义角度考察的话，咖啡的确可以算作奢侈品。它并不能解决温饱问题，也不是方便的解渴之物。它的作用可以单纯地说就是对精神的刺激，对它的消费也同其他精神刺激性饮品一样，是高昂的。费尔南·布罗代尔记述道："欧洲是世界上各种新鲜事物的中心。与烧酒同时或略有先后，它发现三种新的有提神强身作用的饮料：咖啡、茶、巧克力。"①

饮食习惯是日常生活重要的一个方面，饮食习惯的改变是日常生活的重要改变。在社会发展中，饮食从维护生存的需求发展成一种社会文化活动，成为更复杂的社会文化象征结构的重要部分。资本主义的发展也同时影响了日常文化与经济的关系，咖啡传入欧洲改变了欧洲人的生活，也改变了自身的命运：咖啡开始成为资本主义经济的一环，成为世界市场中重要的贸易对象。与韦伯认为入世禁欲主义是资本主义的精神有所不同，桑巴特认为，对奢侈品和奢侈生活的追求是资本主义发展的重要内在动力。随着资本主义的兴起和迅猛发展，世界的边界大大拓宽，奢侈品也逐渐兴旺。在这

---

① 费尔南·布罗代尔：《十五至十八世纪的物质文明、经济和资本主义（第一卷）》，顾良、施康强译，商务印书馆，2018年，第294页。

种背景下，咖啡逐渐成为一种世界性饮品。

　　咖啡的文化内涵也主要是由欧洲人打造和注入的。因为咖啡有对精神的刺激和振奋作用，对脑力劳动者产生了巨大吸引力，而脑力劳动者多为社会精英。作为较早的咖啡传入地，饮用咖啡的习惯很快在法国知识精英中流传开来。伏尔泰、卢梭、狄德罗等启蒙主义哲学家经常到一个叫普罗柯普的咖啡馆饮用咖啡。后来，这里还是乔治·桑、缪塞、巴尔扎克等作家经常光顾的地方，普罗柯普成了法国早期最著名的咖啡馆。流行文化中，精英的示范作用是巨大的。越来越多的普通人拥入这家咖啡馆，饮用咖啡，谈论文学、艺术与哲学。如果说启蒙主义哲学家们可以代表理性的睿智，文学家们代表着感性的浪漫，那么咖啡这种饮品则因为对两者共同的吸引，而兼具了两者的品格。咖啡馆因为这种饮料的存在，具有了精神性的魅力，成为日常化文化交流的重要场所。因其场合的非正式性、更少的权力色彩，使其既可以象征平等、自由等启蒙精神，也成为市民精神和文学艺术的重要承载空间。此后这家咖啡馆还吸引了更多文学家，包括波德莱尔、王尔德、左拉等均曾在此谈论文学艺术。后来普罗柯普咖啡馆创办了文学刊物《普罗柯普》，名噪一时。

　　许多年前我读过一本西欧纪行的书，印象很深的一篇文章是写萨特经常去的咖啡馆。作者说萨特的许多哲学著作和小说都产生于那家咖啡馆，这对于许多人是不可想象的，于我也一样。因为在我的印象中，小说创作是一项安静又私密的工作；哲学思考虽具开放性，但同样不能被人打扰。咖啡馆作为开放的商业空间，竟然能够容得下这两种创作。作者在文章中做了解释，那就是西方的咖啡馆绝不仅仅是商业空间，更是一种文化空间，作家的创作在咖啡馆里会得到绝对尊重，也会得到他需要的安静。而事实上，咖啡馆不仅为知识精英提供沉思的空间，也同样为市民阶层提供讨论公共事物的空间，为现代公民意识提供了生长的土壤。这也是咖啡被冠以"民主的饮料"的称谓的原因。

因为有这些背景，咖啡馆与文化有着亲密的关系。在网络时代，书店积极寻找文创产品以生产利润之时，咖啡馆成了一个重要的项目。我所到过的书店中，许多都设置了咖啡馆。较有名的大概是万圣书园的醒客咖啡，"醒客"为英文单词"Thinker"的音译，却比直译更有意味。名字中的"醒"，原意为一种身体状态，但又有精神状态"清醒"的含义。这个一语双关的名称，标明了咖啡对身体和精神的双重意义。人类生命的复杂结构表明人类生命的双重性，既是肉体的又是精神的。事实上，人类很早就以二元对立的思维理解自己的生命：精神和肉体之间的二元对立。这样的二元对立中，精神往往是占据优势的一方。哲学家德里达揭示了二元对立作为逻各斯中心主义的一种思维方式，代表着一种等级秩序。二元对立项并非平等，而是有着鲜明的等级意味。精神和肉体的二元对立中，精神占据了强制性位置，统治着肉体项。尼采曾在"重估一切价值"的宣言中，为肉体正名，将肉体价值置于精神之上，德里达的解构主义也不是对二者位置的颠倒。他承认二者的差异，却意图取消孰优孰劣的等级秩序。事实上，肉体和精神是人类生命不可分割的两个部分，高宣扬指出："人的肉体和精神的复杂结构，决定了人类的生命结构的双重性——肉体生命和精神生命。"① 以"精神生命"和"肉体生命"来命名这二元，实际上就是用生命来统一这二者的差异。

"醒"这一文字符号包含的精神与肉体的二元性质，说明了二者的密不可分。咖啡作为一种饮品，同样表明了二者之间的紧密关系。因为可以作用于人的精神生命，咖啡也可以被称作是精神饮品。人类饮食史上，这样的食物或饮料并不少。从酒到茶到咖啡，都对人的精神生命的运作和升华产生了作用。因为可以作用于人的精神生命，这样的食物或饮品极易从普通的饮食文化中脱颖而出，转化或升华为一种新的独立的文化。"咖啡文化"便诞生于这样的背景。由咖啡引起的一系列社会文化现象，都可以归入咖啡文化的范畴，从中可以看到现代人试图通过肉体来把握精神的倾向。

2

当下中国市场经济的发展，带来了咖啡馆的涌现。因为

---

① 高宣扬：《流行文化社会学》（第 2 版），中国人民大学出版社，2015年，第 126 页。

经济繁荣，相对可以称为奢侈品的咖啡才有消费的基础。经济发展带来了不同社会阶层经济能力的差异，造就了城市中的中产阶级群体。"一个社会阶层的形成，必然伴随着相应的阶层文化的产生。"① 皮埃尔·布尔迪厄认为，现代社会阶层或阶级的区分更体现在文化和趣味之上。而咖啡，因为其独特的文化属性和西方背景，成为这种造成社会区分的趣味之一。曾经大热荧屏的电视剧《父母爱情》中，编导用来标示女主角资产阶级小姐身份的一个重要符号就是咖啡。皮埃尔·布尔迪厄认为趣味并不是先天形成的，而是受到场域、资本、习性等多重原因作用的结果。他在《区分：判断力的社会批判》一书中指出："趣味是将物变成区分的和特殊的符号、将持续的分布变成中断的对立的实践操纵机构；趣味使被纳入身体的物质范畴内的区别进入有意义的区分的象征范畴内。"② 皮埃尔·布尔迪厄将人的消费趣味分成奢侈趣味和必然趣味。奢侈趣味建立在对奢侈品的消费上，泡咖啡馆，喝咖啡，并不是生活之必需，而是一种奢侈趣味。这种奢侈趣味是一种符号资本，也是一种文化资本。

  曾看到一篇文章，写有位女白领表示在新天地的咖啡馆里喝一杯咖啡，就可以慰藉在上海的辛苦打拼。作者批评这

---

① 包亚明主编《现代性与都市文化理论》，上海社会科学院出版社，2008年，第234页。
② 皮埃尔·布尔迪厄：《区分：判断力的社会批判》，刘晖译，商务印书馆，2015年，第274页。

解剖城市

位女子的物质化和虚荣心。事实上，她是想凭借这种趣味，通过对一种生活风格的模仿，得到一种象征资本；并想依靠这种象征资本而实现场域中的阶级区分，获得本地小资产阶级或中产阶级身份。这种对象征资本和符号身份的攫取并不全然是虚荣心。皮埃尔·布尔迪厄以"场域"定义社会空间，而场域是一个开放的各种社会关系组成的结构网络。场域中的每一种权力或资本都有一个位置，不同的位置意味着在权力和资本的分配中的不同处境。"差异性位置之间形成了对抗和竞争的客观关系，包括支配关系、屈从关系和对应关系"①。作为外来打工者，或者作为成年人，进入社会场域之中，意味着必然要拥有一个位置，也必然要去涉及资本的转换与争夺。在无法轻易获得足够的经济资本和社会资本之时，获得象征资本也许是相对可行的方式。

而新天地之所以能够拥有符号资本，与石库门建筑的西式背景和场所中浓厚的小资趣味有关。新天地的石库门和一些别墅建筑，虽然是中西结合，但外表有更强的西式风格。来这里的人，大多是参观其作为景观的外表。这里的咖啡馆和商店，都注重小资情调的营造。小资本身是一种社会阶层，也即小资产阶级，而因其对特定生活风格的追求，本身也变成了一种风格。小资产阶级或中产阶级，因其阶层的特殊性，很容易成为引领大众文化风潮的主导阶层。大众群体

---

① 汪民安主编《文化研究关键词》，江苏人民出版社，2007 年，第 21 页。

在无意识中，就会有对这种特定阶层文化或风潮的追随。

<h1 style="text-align:center">3</h1>

不止新天地，上海的许多咖啡馆都选择栖身于具有西式风格的历史建筑中。当然，这种咖啡馆选址上的偏爱也不止在上海，在全国诸多城市中都有体现。这些西式建筑因为符合咖啡的西方身世，似乎可以给咖啡一个合法化身份，给人们一种这里的咖啡更加正宗的感觉。对历史建筑的空间占有，也与流行文化中的怀旧时尚有密切关系。怀旧是开发历史建筑商业价值最好的文化支点，怀旧文化的时尚特性，让资本很容易将之转化为商业用途。咖啡馆在这里拥有了异国情调、怀旧气质，而历史建筑获得了时尚卖点。所以，当代社会对历史建筑的空间再生产，很多都是依靠怀旧文化的时尚特质来完成的。

杰姆逊曾以怀旧影片为例论述怀旧文化的非历史性和浅薄性。他认为："怀旧影片的特点就在于他们对过去有一种欣赏口味方面的选择，而这种选择是非历史的，这种影片需要的是消费关于过去某一阶段的形象，而并不能告诉我们历史是怎样发展的，不能交代出个来龙去脉。"[1] 咖啡馆对这些历史建筑的利用，其实就是消费这种形象，而对建筑本身的历史和建筑

---

① 弗雷德里克·杰姆逊：《后现代主义与文化理论——弗·杰姆逊教授讲演录》，唐小兵译，陕西师范大学出版社，1987年，第181页。

背后人的历史并无兴趣。来咖啡馆消费的顾客，也可以对此一无所知。他们在乎的，是这样一种形象，而不是形象背后真正的历史。怀旧中，音乐也是为这种形象服务的。

这样的地方，总是播放着怀旧的音乐。这种怀旧音乐并不是古老的音乐。因为那些音乐中直率的原始强力会吓住斯文举止与文质彬彬的笑脸；这里也不怎么播放《爱情买卖》那样的流行歌曲，一则是氛围不协调，二则会显得浅薄，无法实现咖啡馆与普通饭店的区分。在这种怀旧氛围中，音乐要成为背景式的存在，成为怀旧空间的润滑剂，掩饰空间中的现代形象，将它们的粗糙与突兀化入氛围的丝滑之中。

这种形象和在此基础上形成的氛围是一种现时的短暂的感受，而不是想要从历史中找到过去和现在的定位。波德莱尔在论述现代性时描述了人们将当下英雄化的倾向，怀旧文化中人们注重的也正是感觉上的当下性，注重感官对转瞬即逝的刹那的把握。将历史当作转瞬即逝的刹那，即是对过往时间的虚化和对当下英雄化倾向的肯定。其背后是现代人对过去和未来的无力把握，因此只能通过感官对当下的把握和占有来弥补。

4

都市之中，"快"成为一种常态。大卫·哈维以"时空压缩"来形容现代时空概念。时空压缩使得休闲越发显得可贵，逐渐从日常生活中被标出，产生了休闲文化。消费社会中，休闲文化具有极大的商业价值。咖啡馆也善于利用这种休闲文化实现自己的经济目的。于是在咖啡馆中，我们看到了一种缓慢的时间，这种时间或用音乐来填充，或用休闲化的空间来映衬。因为只有在慢的时间中，人们才会产生休闲的感觉。

时空是人思想的基本框架。闲，一定程度上可以说是时间变慢的感觉。因此咖啡馆中的空间往往承载象征"慢"的事物。书籍就是慢的一种象征符码。与快餐店中往往会有电视屏幕播放体育比赛节目相较，书籍因为需要思索和想象的参与，信息的接收和解码往往会更慢一些。于是，书籍可以成为慢的代表。书籍所拥有的智性因素，也使其拥有高雅化的身份。咖啡作为一种提振精神的饮料，与知识生产之间有着亲密的关系，这也是许多书店中有咖啡馆的原因。

另一种象征慢的事物是植物。与动物相比，植物有着较慢的生命节律，也有着相对较长的生命周期，于是植物就成了慢的代表，其中又以多肉植物为代表。除了形象小巧可爱，摆放方便，内在的时尚化等诸多原因外，多肉植物生长缓慢也使其有了代表"慢"的典型性。尤其是较大的多肉植物，仿佛凝结了更多的时间，多肉植物成为咖啡馆中最具代表性的植物。

由于咖啡的西方身世和血统，咖啡馆中的音乐主要是西方音乐，尤以爵士乐为多。营造慵懒的感觉是爵士乐的特

解剖城市

长。在音乐带来的所有感觉中，慵懒最能代表慢，也最能体现休闲文化的精髓。但很大程度上，咖啡馆中这些慵懒时光的消费者，日常生活中大多不拥有这种时间感。因此，慵懒才会被标出，成为一种艺术符号和文化符号，让人通过消费来获得。但这种方式是否真的能够得到慢时光，值得存疑。木心诗歌《从前慢》的广为流行，也喻示着人们对慢生活的向往。我曾在一些咖啡馆的小黑板上看到过这首诗。但这首诗的流行，也有商业意识形态的反映。诗中的慢时光，是休闲文化等商业文化营造的乌托邦。

这种乌托邦具有一定的虚假性，"车，马，邮件都慢"大概对快递晚到一天就要生气的现代都市人是没有太大吸引力的，诗中最吸引人的大概是"一生只够爱一个人"。这对更换人生伴侣较为频繁的都市人具有真正的吸引力，因为人们内心还是渴望稳定而长远的爱与幸福。但这种稳定长远的幸福，与从前时间的慢节奏并无必然联系。在中国古代悠久的慢时光中，男性三妻四妾是很正常的事情，休妻、纳妾皆可以异常迅速，可见爱并不以时间的快慢或社会的冷热为决定项。法兰克福学派的代表人物之一——弗洛姆将爱归结为一种能力，并将知识、责任、关怀、尊重作为爱的要素，与时间的快慢并没有必然的关系。现代人想要真正用一生去爱一个人，要具备的是这些要素，而不是幻想回到一个时光变慢的乌托邦中。因为这样一个乌托邦背后的营造或助推者，可能就是休闲文化商业体，是商业社会的意识形态。

电影院：城市梦工厂

梦的工厂，是普遍被人接受的对于电影院的比喻。这一比喻的背景是电影院改变了城市的昼夜更替规律，而营造出了永恒的黑夜。电影院的播映厅，即使白天也一定要切断明亮的自然光线，让银幕成为唯一的光线来源。也许正是因为这人造的夜，梦的比喻才会顺理成章。

电影院有着与城市相反的照明逻辑。城市人千方百计想延长白昼的长度，想把真正的夜晚推迟到零点以后，甚至更晚。这种延长白昼的方式并不是改天换日，而是运用各种灯光。灯改变了城市的生物钟，甚至营造出了不夜之城——其实，现代都市都是不夜城。如果一座城市在晚上完全像山村一样黑灯瞎火，不是遇到了停电等事故，就是它还不够发达、不足以被称作城市。当城市人到处用灯光延长白昼、赶走黑夜的时候，电影院却刻意营造了黑夜。这一与城市光照逻辑相反的行为，与农村的自然光照逻辑也不相同。如果说城市延长白昼是用理性之光照亮人的原始生物钟的话，电影院则是城市对这种理性白昼过分扩张的感性弥补措施。夜晚

解剖城市

为人类提供睡眠的同时，也提供了梦——人类最极端的感性活动之一。电影院不仅为城市人提供人造的夜，更提供人造的梦。它在这个实用理性过于强大的空间里，为人类提供无功利的感性空间，成为城市的梦工厂。

电影，就是一个个人造的梦。电影工业已走过百多年历程，却并未像许多同时期的工业一样被淘汰。许多预言电视将取代电影的人，也不得不接受电影仍然生机蓬勃的现状。尤其是中国观众，更在这十年里见证了一次次票房奇迹。这些动辄过亿的电影票房，在十年前几乎是一个梦。电影《英雄》取得了张艺谋本人也不敢相信的成绩，开了国产商业大片的先河，全面推动了中国电影的商业化。虽然即使不是《英雄》，也会有其他电影来开创这个先河，但让《英雄》担当这个角色，我们对商业电影的认识会有更加清晰的脉络。《英雄》之前，张艺谋的电影可谓只叫好不叫座。之前他的代表作品《我的父亲母亲》《一个都不能少》等，这些关注现实、风格写实，并且获过奖的作品都没有取得丰厚的票房，而《英雄》却成为第一部票房过亿的电影。与他之前的电影相比，《英雄》有几个特点：大投资，大制作，大牌明星，一流的影音效果，非现实的武侠故事，肤浅甚至暧昧的主题，等等。《英雄》之后，这些几乎成了票房成功的商业电影的必备元素。

同一个导演的不同作品，市场反响为什么会有这么大的反差？虽然这里还有其他因素，但较为重要的一点是，后者更接近一场奢华的白日梦，前者却让人无法摆脱现实，无法区分现实与电影的界限，而被拒斥。电影票房的多或少，意味着走进电影院买票看电影人数的多或寡。那些吸引最多人进电影院去看的电影，往往能够体现一个时代的精神趣味。总的来说，普通观众走进电影院，很大程度上不是为了再一次感受现实的残酷或平淡，不是为了接受思想教育，也不是为了改变价值观。《英雄》之后，中国电影人开始抓住人们的这些心理，制造出一部部中国式大片。近年来，颇有泛滥趋势的商业大片就像一把双刃剑，虽然艺术价值不高，却把观众拉回了电影院，一度冷清的电影院重又恢复了热闹的生机。这时，电影院的装修变得越来越讲究，明星海报等各种电影文化元素布满了影院的各种角落与空间，营造出独特的梦幻氛围。这时，"电影院"也在宣传中大多变成了"电影城"。由"院"到"城"不仅仅是名称的改变，同样也是空间形态的改变，亨利·列斐伏尔在《空间：社会产物与使用价值》中提到："今日，对生产的分析显示我们已经由空间中事物的生产转向空间本身的生产。"① 随着电影产业的发展，电影院的空间生产也如火如荼地展开，目的是"用来生产剩余价值"②。

----

① 亨利·列斐伏尔：《空间：社会产物与使用价值》，王志弘译，见包亚明主编《现代性与空间的生产》，上海教育出版社，2003年，第47页。
② 亨利·列斐伏尔：《空间：社会产物与使用价值》，王志弘译，见包亚明主编《现代性与空间的生产》，上海教育出版社，2003年，第49页。

如果说院是单一的空间，城则是多元丰富的空间。影院最初的空间模式是一个单一的较大的影厅，安放数量较多的观众座椅，座椅前是银幕。巨大的影厅就像是一个院子，这种空间模式当由剧院借鉴而来。剧院有着比影院更加悠久的历史，由于戏剧演出的特殊性，一般的剧院不可能同时上演多场戏剧，一场演出要容纳尽可能多的观众。电影播映则与戏剧演出有很大的不同，相较而言要简单得多。一部电影可以在不同的影厅同时播放，不同的电影也可以同时播放。这使影院的发展逐渐摆脱了剧院的模式。影院把原来那个单一的较大的空间分割成了数量较多的独立空间，其中大多成为独立的影厅。影厅由一变多，可以同时上映多部电影，满足观众不同的观影需求，观众数量的增加给影院带来了更多的"剩余价值"。但这种空间生产并不只是局限于影厅数量的增多，还有其他功能空间的存在。即使是不同影厅之间的通道，也参与这种空间生产，在由影院向影城的转变过程中产生作用。如果说影厅是城市中的高楼大厦的话，那么影厅之间的通道，则是城市中的马路。由于大影城中影厅数量较多，其间的通道往往比较曲折。我就在影城中迷失过方向，找不到自己要抵达的影厅。这种经验与在城市的马路上迷失方向有相似之处。影城的售票处也从以前的窗口模式变成了更加开放的吧台式，与现代城市更加开放的空间理念相合。吧台紧邻的候影厅是一个巨大的空间，与其说这里像城市空间中的候车室，不如说它像是城市空间中的广场。候影厅相较于影城的其他单元，空间更大，可以步行，也可以坐下休息、娱乐。这里除了座椅和娱乐设施，甚至还有城市广场中常见的雕塑。只是与广场雕塑较为坚实恒久的材质不同，这里的雕塑更多是一次性的，材质多为纸板或塑料等，随着相关电影的上映而矗立，又随着电影的下线而消失。实际上，它们是立体的海报。但也有一些"雕塑"矗立的时间较长：电影《变形金刚》上映时，我在某个影城看到立起了变形金刚的纸板雕塑。电影下线之后，这个雕塑被留存下来，并保留了相当长的时间。城市广场上的雕塑往往有一定的内涵，表征着这个城市的精神或气质。而这留存时间最长的雕塑，同样能够起到表征影院精神内涵的作用。变形金刚富于梦幻气息，是科幻虚构的产物，是一代人童年的超级英雄。从卡通变成真人版，显得更加形象逼真，体现了电影工业技术的进步。这些外在的元素之外，变形金刚表征的其实是商业电影中几乎不可或缺的元素——暴力。机器之间的暴力战斗是人与人之间暴力战斗的升级版，成为电影暴力美学最典型的代表。

不同的空间结构组合，构成了电影院"城"的空间模式。随着时代的发展，这种影城模式成为电影院最标准的空间构造。空间构造的变化改造了影院中的时间。影城依靠对空间的分割，把一部电影的时间分割成了多部电影的时间，使相同的物理时间中，不同电影的时间能够平行前行。时间在这里从单一的线性发展，变成了多元的立体式的发展，时间最终变得空间化。影院对空间的分割，看似是比之前的模式节省了空间成本，实际上是比之前的模式节省了时间成本。时间成本的节省，给影院带来了更大的经济效益。

除了空间格局，电影城中的其他元素也与城市相似。电影海报是最重要的装饰元素，像城市中的广告一样不可或缺。海报的确是电影的广告，不过相对而言，这种广告比许多城市广告做得更加艺术化。只是它们的寿命相对较短，往往随着电影的下线而消失。影院中还有一些类似海报的装饰则较为长久——电影明星的照片。这些照片让明星从角色中脱离出来，但又不是他们日常生活中的形象，而是经过了艺术的加工。这些照片中，明星的一个眼神、一个动作都是精心设计和挑选的结果。也就是说，这些明星演员以艺术家的形象出现在观众眼中。这种照片一定程度上增加了影院的艺术气质，但不能因此就说影院就是电影艺术的殿堂。如果比喻的话，影院更像是电影商业战场的前线。每天都有电影在这里上映，同样也可以理解为电影是在这里厮杀，票房在这里成为衡量电影最重要甚至唯一的工具。对于票房好的电影，影院会安排更多的厅上映，也会对它的播映延长档期；对于票房差的电影，影院会提前结束其档期，这对于许多电影来说几乎意味着被处决。许多电影为了赢得这场战争，甚至不惜作假。《叶问 3》《捉妖记》被曝出票房造假，显示出电影院并不是电影艺术的纯洁圣殿。那些用来装饰影院的照片中，多是演员，而导演很少，更不可能有编剧。而编剧和导演才是一部作品艺术价值的核心。那些照片中即使有导演，也往往是商业上较为成功的明星导演，小众的艺术片导演并不在此列。这些装饰更多是出于商业考虑，而非单纯对电影艺术的致敬。

一般认识里，处在电影商业战场前线的电影院并不参与生产，只是电影发行、放映阶段的主角。事实上，在商业化大潮中，电影院从电影生产的起始阶段就参与了进来。甚至编剧、导演构思一部电影时，影院可能的上映天数、排片情况就开始出现在他们大脑中，在他们考虑的范围之内。影片《百鸟朝凤》上映时导演向影院排片经理们的下跪，就是影院在电影产业中权力的证明。影院作用于电影生产之后，造成了电影创作的过分功利化。在影院的无形之手干预下，更多娱乐片被打造出炉，一些艺术片则半途夭折，甚至胎死腹中。即使能够放映，电影院也往往成为这些艺术片的伤心地。商业上的失败，要么使导演消失于电影行业，要么使他们改弦更张，被商业电影阵营招安。

不独艺术片，许多优秀的类型片也在电影院遭遇过滑铁卢。电影《大话西游》最初在影院上映时票房惨淡，随后却经过影碟和互联网的广泛传播，受到无数青年的膜拜，成为一种独特的文化现象，成了经典之作。在经典影片的生成过程中，电影院经常扮演后知后觉的角色。很多年之后，无数《大话西游》的粉丝以"欠星爷一张电影票"的名义走进电影院，促成了《美人鱼》三十多亿的票房，使其一度荣登内地电影票房榜首，虽然《美人鱼》在艺术性和影响力上无法和《大话西游》相比。还有更多优秀电影在电影院折戟，又通过其他传播方式死而复生，甚至大获全胜。这在一定程度上揭示出电影院并不是电影经典生成过程中的必经环节。与此同时，电影院中票房成功的烂片也越来越多，目前中国已是烂片产量最多的国家之一。虽然有学者认为审查机制是烂片众多的主要原因之一，但电影院的商业机制和对娱乐化的过分追求也难辞其咎。

影院商业性和娱乐性的另一个证明，是影院所处的地理环境和外在空间的变化。专门的电影院越来越少，而存身或依附于大型商业设施如购物中心之内的影院越来越多。这种依附不是单方面的，而是相互的。影院带来的巨大人流量往往是一些商场需要的，电影本身的时尚生产可与百货商场类的时尚地标达成共谋与共识，电影的娱乐性也是许多商业机构需要的。在商品时代，购物的娱乐化倾向需要电影的推波助澜。与此同时，电影院与更多的文化机构变得疏远。图书馆、博物馆、美术馆、书店、画廊等机构中一般不会设置电影院，也较少与之为邻。

但商业化并非电影艺术的天敌。在商业化大潮中，电影产业的整体票房越来越高，影院数量越来越多。可以预计，功能更加细分的电影院会出现；因为更多人走进电影院，电影的风格和类型会变得越来越多样化。电影院在满足大众胃口的同时，会越来越多地满足有艺术追求的细腻品位。而国

产电影的真正提升，还需要中国电影人的努力与付出。需要
其摒弃浮躁，面向世界与未来，虔心艺术与创造，生产出真
正优秀的作品。作品优秀与否，是评估国产电影发展水准的
真正指标。

　　这些，对于多年前的我来说都是无法想象的。在县城长
大的我，目睹过电影院畸形的繁盛，也见识了它的彻骨萧
条。那时熟悉县城电影院，是因为学校组织看电影。每一次
组织看电影，对于初中生来说都像是一场狂欢。虽然学校包
场的电影往往是主旋律或教育性的，未必好看，但对于一个
孩子来说，电影院就像是拥有魔法一样，将白昼变成黑夜，
又通过银幕变出一个个光影法术。而众多人一起观看，又造
成了一种独特的仪式感。与曾经的乡村露天电影观看经验比
起来，电影院营造的仪式感格外强烈，让一个在乡村长大的
孩子受到极大冲击。而更早的关于电影院的记忆，是我上小
学时，学校组织几个班级的小学生，排队徒步走几公里，到
镇上的电影院观看电影。这对于我们来说，几乎是一个节
日，电影院因此在我心中留下了盛大庄严的印象。这种印象
持续到在县城读中学时。那时已经能够完全看懂电影，又因
为所看影片拥有的教育甚至意识形态色彩，那些座椅就像是
用来让人正襟危坐的，那些黑暗又像是为泪流满面或深刻反
省提供了空间。这个时期的电影院，也是造梦的工厂，只不
过造出的是意识形态或道德色彩强烈的梦。这样的梦，影响
了一代人。

后来，我渐渐发现了县城电影院的另一面。大部分时间里，它的广告上推销的都是一些港台艳情片，宣传画面很暴露，用词很露骨。那个时候，内地的电影工业尚未商业化，也没有产业化，可以拿来当作话题吸引人走进影院的电影还太少。于是，那些打擦边球的艳情电影才会占据这个私人承包的小县城电影院。电影院因此呈现出一种截然相反的景象：一边是正襟危坐、刻板说教，一边是搔首弄姿、百般勾引，展现出了电影院的人格分裂，展现出了小县城的文化分裂，也展现出了一个时代的精神分裂景观。再后来，家庭影院和盗版影碟的兴起，彻底干掉了电影院。这个县城里唯一的电影院，没等到商业电影浪潮的到来，就关门了。

　　当电影商业化浪潮袭来，电影院重又迎来了辉煌。与电影商业化同步的是城市经济的高速发展。经济越是发达，夜晚越是明亮的城市，越是需要电影院营造的黑暗。就像现实越是残酷的地方，越是需要梦的柔软抚慰一样。这就像是一种互补，是城市发展中不可缺少的一环。在城市里，我养成了进电影院看电影的习惯，每年都要进几次电影院。有时我是想做一回白日梦，遗忘或释放日常工作中的压力；有时是为了在电影院里，全方位感受和体会那些经典电影。现在的电影院承载的意识形态功能已经不再那样强，虽然商业性逐渐增强，但随着观众观影数量的增多，要求也越来越高，商业化对艺术性和个性空间的挤压慢慢有所收敛。随着艺术片的增多和电影整体质量的提升，电影院在展映内容上会越来

越多元化。毕竟，它需要不断地满足城市人越来越复杂的白
日梦的需求。

第四辑　异托邦空间

过街天桥与地下通道：城市
潜意识及其倒影

1

这是横亘在城市主干道上的桥梁。作为桥梁，它几乎暗合了"车水马龙"这个成语对于交通的比喻——因为车像水一样，它才更符合桥的原初含义。现代城市里，车与水的比喻更加贴切——如果把古代道路上的车流比喻为涓涓溪流的话，现代城市中的机动车流，则几乎可以称为洪水了。

虽然不能把它们的性质定义为"洪水猛兽"中的洪水，但因为车祸已经成为人类在和平时期排名第一的死因，机动车流事实上比这二者结合都要厉害。正因如此，天桥的架设才名正言顺。天桥强行将行人与车辆切割进完全不同的空间中，从而规避车祸发生的可能。这是城市建设者的煞费苦心，但人走上天桥，俯视呼啸而过的车辆，并不意味着步行在城市中的地位升高。

道路永远是衔接可能性的桥梁。城市中，谁能够占有更多的道路，意味着谁能够更快抵达目的地。在追求速度和效率的城市中，对道路的争夺是残酷且无休止的。行人败给车辆，正如步行败给开车一样。作为出行方式，二者本无高低贵贱之分，但在速度至上的城市中，乘车或者开车获得了高于步行的地位。当步行和开车产生冲突的时候，步行要让位于开车。最为方便快捷的那一条道路当然归属于车辆，而行人走过天桥，则相当于绕了一个大圈才抵达马路对面。这使得原本速度较慢的步行变得更加缓慢，车辆则因此可以在快之上更快一些。在这场道路争夺战中，步行是失败的。

步行的失败，一定程度上可以说是人的失败。《现代性与都市文化理论》一书认为："在各种规模的都市空间的规划中，人失去了对于空间的拥有权，而变成了各种交通工具的天下，特别是发达交通工具的天下。现代都市空间变成了汽车的天地，不再是人的领域。"[①] 步行作为一种身体图式，既是一种本能，也是一种自然权利。城市空间对本能和自然权利的漠视，使得这种空间变得非人化，成为一种对人的不尊重。过街天桥虽然尝试改变这种状况，但它并不能淡化人的空间权力丧失的事实。

但步行者又不总是失败。因为步行是一种机动灵活的移动方式，能够突破城市规划者规定的空间秩序，而进行自己的选择。空间秩序必然包含了种种可能性和禁区，步行者使

---

① 包亚明主编《现代性与都市文化理论》，上海社会科学院出版社，2008 年，第 194 页。

　　　　　　　　　　　　　　　　　　解剖城市

这些空间秩序得以表现，但同时，正如米歇尔·德·塞都认为的："他也常改变这些可能性并创造其他可能性，因为步行特有的横越、离开和即兴行为会转化或者抛弃空间因素。"① 正因为这种特征，步行者可以忽略过街天桥，直接从马路上穿过，这是很多讲究效率的城市人所做的选择。在有些天桥之下，马路上设有人行通道；而有些天桥下面，马路上并无人行通道，但市民仍然会选择穿过马路到达对面。这可以看作是一种对城市规划和空间秩序的反抗，这种反抗渐渐会成为一种传统：有了第一个这样走的人，就会有第二个；这样走的人多了之后，马路上就有了一道"约定俗成"的人行通道。这种行走让许多过街天桥成了纯粹的摆设。鲁迅先生多年前写下的"其实地上本没有路，走的人多了，也便成了路"在城市里成为现实。就像城市里的柏油马路是黑色的一样，这句话在这里也有了点儿黑色幽默的味道。这是对城市规划不合理的投诉，也是对于道路拥有权被剥夺的一种散步式抗议，是另一种形式的"用脚投票"。

有些城市为了摆脱这种窘境，人行天桥不断地进化，有的甚至安装了电梯。在拥有电梯这样的自动装置之后，人行天桥才摆脱了负面阴影，成为城市自动化的一部分，受到了步行者的欢迎。但受限于成本核算等原因，这样的人行天桥并不能普及，大部分天桥仍然是"裸桥"，要人力翻越。这

---

① 米歇尔·德·塞都：《城中漫步》，苏鹭译，见汪民安、陈永国、马海良主编《城市文化读本》，北京大学出版社，2008 年，第 169 页。

样的桥梁，也许会人潮汹涌，但也可能被行人放弃，成为一种空置的摆设。

2

曾几何时，过街天桥在我的记忆里，是城市的象征。我十一二岁时，家从农村搬到了博爱县城。那时候在我的印象里，最能代表县城的建筑物是中山路上的过街天桥。一个原因是这个天桥上书有孙文题写的"博爱"二字，还有一个原因是我在乡村没有见过这样的桥梁。乡村道路总是紧贴地面的，除非遇到河流才架桥。但在这里，天桥下面是马路。这条路因为天桥而变得立体起来，只有城市才会创造立体的道路。将县名"博爱"二字铸于天桥之上，可以证明天桥对于一个县城而言的地标性质和象征意义。不知道对其他人来说，这个天桥的象征意义大于实用意义，还是相反，对于我——一个从乡下走进县城的少年来说，它在很长时间里都是城市的象征。也因为这种象征，许多次本可以在桥下走时，我都会走天桥过去。天桥后来因为旧城改造而拆掉，我着实惋惜了一阵，想不起来哪个地方还可以镶嵌上孙文题写的"博爱"匾额。后来，这座天桥没有重建，也许是因为过街天桥可以充当县城地标的时代已经过去了。城市中遍布大型户外广告牌，占领了每个曝光度高的城市角落，与日俱增的汽车对道路的胃口日益扩大，过街天桥在大城市早已雨后春笋般涌现。

逐渐增多的过街天桥，大都承载了广告。这些广告牌因为处于主干道正上方，具有较高的可见性和曝光度，往往居于最具价值的广告牌之列。因此，我想如果故乡县城的过街天桥再建，它也不会只是书写一个县城的名字，而是会悬挂更大的广告牌。这些广告牌总是试图构建一种独特的城市景观，不再满足于简单的文字呈现，而是创设形象更鲜明的图像。即使只是文字广告，设计者也要把它们变得图像化。因为图像能够调动人更加复杂的感官，给人更加丰富的视觉体验。在景观已经成为统治力量的现代城市中，广告不得不水涨船高，不断增加视觉刺激，提高人的视觉域限。居伊·德波认为："世界图像的专业化已经完成，进入一个自主化的图像世界，在那里，虚假物已经在自欺欺人。而普通意义上的景观，作为生活的具体反转，成了非生者（non-vivant）的自主运动。"① 世界已经变得图像化，这种图像化过程变得自动化，不断进化成为一种景观。如天桥广告牌上经常出现的俊男美女形象，就将图像变成了一种社会化的景观。这种社会化的完成，是通过那些俊男美女的凝视完成的。广告牌上的影视明星或封面女郎往往不只是摆出一个姿势、呈现一副面孔，而是在注视着你，迫使你与她（他）进行目光的交接。齐奥尔格·西美尔认为："在人类所有的感觉器官中，

---

① 居伊·德波：《景观社会》，张新木译，南京大学出版社，2017年，第3页。

注定只有眼睛才能完成一项十分独特的社会学任务：个体的联系和互动正是存在于个体的相互注视之中。注视或许是最直接最纯粹的一种互动方式。"①

正因为注视的这种社会学特征，广告中人物的注视就不是单向的，行人对广告的注视也不再只是单向度的，而可以形成一种交流。这种交流不仅是对广告明星个人魅力的再确认，同时明星也发出邀请，让观看者对广告中商品的品质进行确认。经过这种无意识的确认，人与商品，甚至人与人之间的关系得到了改变。居伊·德波认为："景观并非一个图像集合（ensemble d'images），而是人与人之间的一种社会关系，通过图像的中介而建立的关系。"② 这种关系，确认了广告图像已经进化为一种景观。

为了使这种图像进一步放大，过街天桥上的广告牌会不断增大自己的面积。面积的不断增加，使被广告牌遮挡的天桥成为一种独特的空间。这些广告牌的背后往往会有小摊贩的存在。广告牌不仅挡住了风，也挡住了城管的目光，使天桥成为隐蔽之地。与那些广告中价值不菲的地产、汽车、珠宝等相比，广告牌背后的小摊贩们贩卖的东西往往十分廉价，标价十元或二十元的"真皮"钱包，钥匙链、指甲剪等

---

① 齐奥尔格·西美尔：《时尚的哲学》，费勇等译，花城出版社，2017年，第5页。
② 居伊·德波：《景观社会》，张新木译，南京大学出版社，2017年，第4页。

小件随身工具，手机屏保，甚至统一标价十元的各式小商品；我还见到过许多打折处理的化妆品，后来被人告知是假冒伪劣产品。除了这些，行人较多的天桥上，经常性地会有跪倒在地的乞讨者；我还多次碰见拉二胡的盲人和卖唱者。总之，他们在广告牌反面构成了与广告内容也相反的城市生活：与房地产的稳定相反的流浪漂泊，与珠宝的奢侈相反的廉价，与大型商场里的正品相反的假冒伪劣，与富裕小康相反的赤贫……

　　M. 福柯在《另类空间》一文中指出："异托邦有权力将几个相互间不能并存的空间和场地并置为一个真实的地方。"① 尚杰在《空间的哲学：福柯的"异托邦"概念》中对之解释道："我们似乎熟悉的日常空间是可以做间隔划分的，就是说，存在着不同的'异域'，一个又一个别的场合。存在某种冲突的空间，在我们看见它们的场所或空间中，它同时具有神话和真实双重属性。"② 过街天桥就具有了神话和真实的双重属性：从过街天桥之外看，那些广告牌构筑了消费时代的神话式景观，那些奢侈、迷醉、幸福都具有神话的属性，广告牌背后却是一种赤裸裸的或者说一种真实的赤贫，呈现了与神话相反的一面，或者可以说是另一个极端。也许在习惯了广告中生活的人看来，它们恰恰是一种不真

---

① 　M. 福柯：《另类空间》，王喆译，《世界哲学》2006 年第 6 期，第 55 页。
② 　尚杰：《空间的哲学：福柯的"异托邦"概念》，《同济大学学报》（社会科学版）2005 年第 3 期，第 22 页。

实，是一种神话。

3

与过街天桥相似的空间是地下通道，它们都是步行者穿过马路的方式。因为身处地下空间，这里的情景要比天桥更加刺目。我在地下通道中见过残疾程度更高的乞讨者，见过弹着吉他的卖唱者。地下通道因为有回音，似乎具有了一种独特的舞台效果——卖唱者可以一展歌喉，在这个地下空间对歌声的共鸣中，实现自己的摇滚梦，或民谣梦。虽然天桥因为高于地面，在空间高度上与舞台有相似之处，但天桥上的风会将歌声吹散；地下通道虽然低于地面，但封闭空间中的回音与共鸣使歌声拥有了立体声效果。地下通道中汇集了对音效有更高要求的人，或者说是更有音乐梦想的人，地下通道的卖唱歌手似乎也成为一种独特的亚文化身份甚至职业。这一群体中，最有名的也许是"西单女孩"任月丽。她初中辍学，到北京打工，2004 年开始在北京的地下通道中卖唱为生。2009 年她唱歌的视频被上传网络并爆红，登上了央视春晚的舞台。央视春晚作为中国最为重要，意义最为独特的舞台，邀请一位在地下通道卖唱的歌手参与，一方面是对她的流量借用，将网络观众吸引到电视媒体，另一方面也体现了底层关怀。这既有一种政治色彩，同时也是对民间节日叙事的征用：节日的狂欢化叙事打破了阶层和身份的区隔，制造出一种举国上下其乐融融的叙事效果。但通过地下通道卖唱走上央视春晚万众瞩目的舞台，并不是一件容易的事。许多卖唱者不过是从一个地下通道走向了另一个地下通道，我的一个怀着民谣梦在北京闯荡的朋友，无法用音乐赚到钱，就在保险公司打工。有一年我去看他，发现他居住的房子在一个居民楼的顶层，更准确地说是在楼顶搭的简易房里。因为是在楼顶，有较大的空间，他在自己房间外抱着吉他，和我一起弹唱，仿佛又回到校园时光。我们唱他曾在校园摇滚音乐节舞台上唱过的涅槃乐队的 *Where did you sleep last night*，弹唱 *Put the light on*，弹唱《乌兰巴托的夜》，唱他自己写的歌。他坐在楼顶一个破旧的沙发上弹着吉他，就像多年前他坐在自己的椅子上弹一样。晚上我们挤在他那只能摆下一张床的房间里休息，他讲述自己现在依然经常在地下通道卖唱，那天因为招待我而没有去。他约我下次一起陪他去地下通道唱歌，但后来我因为去看天安门，回来太晚而没有去成。那天，我们在楼房的最高处，想的却是到这个城市的地平面以下去践行一个梦想，仿佛那里才是一个城市最高的舞台。这恰恰是城市空间与社会空间的一个悖论，他虽然居住得很高，却依然是这个城市中的底层人群。而在地下通道卖唱仿佛会是一个上升的通道，他却从来没有等到这种上升的到来。他只是从地下通道出来后，回到城市楼顶的简易房里。这种上升却不是实质性的，就像卖唱者从地下通道走上过街天桥卖唱的性质一样。

4

　　地下通道中能够容纳的人或事的丰富多样超出我们想象，就像我们无法想象自己潜意识里究竟容纳下了什么一样。我在重庆的地下通道中遇见过理发的摊子。理发师在墙上挂一面镜子，在镜子前放一张椅子，一个极简的理发店就布置完成了，一位老者就在这里给一个青年打工者理发。老师傅的手艺应该不错，年轻人一副舒适的样子，并没有因场所的独特而有局促或紧张之感。这个极简理发店将与人们日常生活密切相关且较为常规的行业搬入地下通道中，为地下通道带来了独特的异质感，似乎与这个空间是不相容的。它的存在使得地下通道更符合异托邦的概念："在一个单独的真实位置或场所同时并立安排几个似乎并不相容的空间或场所。"① 理发店作为一个场所，与简陋的地下通道的不相容，使这个空间成为异托邦空间。

　　地下通道比过街天桥具有更明显的异质感，也与地下的特有内涵相关。作为一种城市地下空间，它具有地下的种种精神内涵。加斯东·巴什拉在《空间的诗学》中以弗洛伊德精神分析的方法分析家宅的空间，如果用弗洛伊德的精神分析学分析城市空间，可将其分为三个层次：高楼大厦顶端，

---

　　① 尚杰：《空间的哲学：福柯的"异托邦"概念》，《同济大学学报》（社会科学版）2005 年第 3 期，第 23 页。

可以对城市进行俯视的高度，代表着超我人格；城市街道水平空间、楼房和住宅，可以代表着自我，是现实意识活动的领域；而城市地下，则代表着本我，是潜意识活动的领域。这似乎是黑暗意识和不受控制的本能活动的领域。地下通道中的混杂，似乎就具有潜意识被意识禁止而混杂无序共存的特征。

地下空间的这种异托邦感，造就了许多异质性的文学作品。陀思妥耶夫斯基的《地下室手记》无疑是世界级别的典范之作，中国当代文学中也有诸多此类作品。王威廉的长篇小说《获救者》，以反乌托邦的方式书写了一个存在于城市地下的乌托邦世界。在这个由身体残疾者组成的世界中，更惊心触目的是人们心灵的残疾。这样一个如同噩梦的乌托邦世界只能存在于城市地下空间，存在于城市的潜意识中。

城市黑暗意识在地下空间中也有显著的现身。我在重庆时，每次晚上从那个地下通道通过，它的混乱、破旧与肮脏都会显得更加触目，危险意识也会应运而生。触发这种危险意识的并非是某个具体的人或物，而是一种空间氛围。似乎在这样的时刻、这样的地点，注定是要发生些什么的。也许可以说，是城市的潜意识侵入了我的潜意识深处，让我惧怕。

即使是在北京这样治安较好的城市，哥哥也向我描述过他经过地下通道时的提心吊胆。这种感受与哪座城市无关，而与哪个城市空间有着更深的关系，就像任何一个具体的人都有意识与潜意识的分界一样。

但这并不是说，过街天桥就会让不安全因素消失。读博一时看到一个新闻：学校旁边的过街天桥上，有人尾随女生并对之猥亵，具体的动作是亲吻。这个新闻使学校的女同学吃惊又害怕，因为那个过街天桥是我们的出校要道之一，而且相对来说开放空间很大，几乎完全暴露在光天化日之下。

事实上，在过街天桥与地下通道的关系中，似乎无法用意识与潜意识或者超我与本我的关系进行类比。虽然过街天桥可以俯视街道上的车水马龙，但并不能超越于城市之上，只能成为城市潜意识的倒影。

多少年前，孔夫子在河边俯视水流时，发出了"逝者如斯夫"的感叹。而现代人在天桥之上俯视车流，却无法再产生这种感觉。如果说传统的时间与自然事物之间有着相关性，那么现代的时间则是一种机械化的、不断被分割的时间。车速与流水的自然速度也不相同，是一种被加快的速度，对车流的俯视只会让人产生眩晕感。它与水流动时的整体感也不相同，是一种碎片化的流动，是不断对道路的切割。如果说它也可以隐喻时间的话，只能隐喻一种工厂生产线上让人应接不暇的时间。多年前，卓别林已经在《摩登时代》中呈现了这种时间给人的精神带来的强烈冲击。长时间对车流的俯视容易使人产生崩溃感，所以这个空间注定无法成为城市的超我空间，甚至无法成为自我空间。

建在河流上的桥，曾经是符合这种角色的。卞之琳在诗中这样写桥：

　　　　你站在桥上看风景，
　　　　看风景人在楼上看你。

　　　　明月装饰了你的窗子，
　　　　你装饰了别人的梦。①

　　这里的桥，如果置换成过街天桥，其意思则会大大改变。不仅原诗空灵优美的意境荡然无存，人与人之间那种朦胧的欣赏与隔膜，主体间性的那种独特情感，也都会消失。如果是天桥，人与人之间的隔膜似乎就会变得绝对化。而"你"的主体性也会大打折扣，看这无聊风景的人注视着你，只能联想到城市中的占有欲；甚至"楼"在此处，也丧失了那种古典意境中对人视线的提升所带来的美感，而成为一种反人性的建筑，人在楼上往下看，看到的只会是如蚂蚁般的人，以及一阵眩晕。

　　如果卞之琳的这首诗可以理解为主体间性的人间，人与人之间、人与环境之间还可以相融的话，将诗中的桥置换成过街天桥后，则变成了一种非人空间中人与人之间的绝对隔膜，两个高于街道水平的人似乎也可以理解为两个有自杀倾

---

　　① 卞之琳：《中国新诗经典·鱼目集》，浙江文艺出版社，1997年，第10页。

向的人。诗中的梦也不再美好，而成为具有黑暗色彩的、不受控制的潜意识之梦，似乎也会充满暴力和血腥，就像一种地下空间中的梦。

　　因此，过街天桥只能成为一种异托邦空间，与地下通道拥有相同的属性，它们都象征着城市潜意识中的月之暗面。

大排档：漂移的盛宴

　　大排档是与城市街道关系最为亲密的一种餐饮形式。比起临街饭店来，大排档直接将街道占领，将街道的交通功能部分转变为餐饮功能。商业活动对街道的占领从未停止过，大排档也许是最成功的一种，将对街道的临时占领变成了长期征用。由于大排档出现的时间通常是夜晚，因此可以说是其改变了街道的生物钟。就像街道每逢夜幕降临，就从酣睡中醒来，与人们的肠胃喉舌发生最直接的串通与碰撞。

　　大排档有着很强的季节性，就像是餐饮业的候鸟。当天气由寒冷变成炎热，众多的大排档准时飞回到了大街上。或许这些大排档一直存在，但到了夏天，人们才像是突然发现了它们。因为夏夜的大街，不仅有日常的交通功能，还多了一重纳凉的功能。许多人宁愿享受街道上自然的清凉，也不愿意享用小饭店里的空调。许多小饭店，甚至中档饭店，把桌子摆在门外临街的空地上，或者占用人行道。人们愿意坐在室外，不仅仅与室外的凉爽有关，更与室内建筑空间对人的规训有关。室内建筑空间总是有与之相伴随的行为规范。

中国古代文明史上，有巢氏作为房屋的发明者被尊崇为先圣。但房屋的发明，一方面将人类从自然中解放，一方面又囚禁了人的自然属性。与其说对人进行最多束缚的空间是监狱，不如说是宫殿、礼堂等建筑。监狱内的个体相对有更多运用自己身体的自由，而宫殿等空间中，种种礼法将对人身体的束缚运用到了极致。走路的姿势，步子的大小，手的摆动幅度，衣物的穿着，说话的语气和声音的大小，等等，都要受到极其严格的限制。福柯在评价监狱时说，人们通过制造监狱，来让更多的人忽略这个社会本身是个更大的监狱。

那些社会文明的空间法则，是最重要的空间法则。列斐伏尔认为空间有三种属性：自然、精神和社会。在现代，社会空间慢慢合并了三种空间形态的属性。因此谈论空间必须从整体的空间概念中分析出它的社会属性，室内空间与室外空间的区别不仅仅是有围墙、屋顶与否，更重要的是其拥有的不同的社会属性。相较于室外空间，室内空间有更多的社会规范和约束，拥有更多的空间权力。由于人们的日常生活大部分都在室内空间中完成，因此也时时处在社会文明的权力监管之下。同样是吃饭的场所，高档酒店门前经常会有提示：衣冠不整者恕不接待。它的隐含语义不仅有对衣着的要求，还有对行为的要求。在这样的地方就餐，一般在衣冠楚楚之外还要文质彬彬。这样的要求，也适用于许多餐饮店铺。店中精致文雅的装修，就像对人们行为方式要合乎文明礼仪的暗示。

　　　　　　　　　　　　　　　解剖城市

处在这种监管之下的人，当然渴望自由。露天的空间环境，就是文明的空间权力相对较弱的地方，人们在这里可以寻找到相对的自由。自由总是首先与身体有关。福柯认为，意识形态规训的中心对象，就是身体。行为礼仪和服饰，就是对身体自由的一种控制。在大排档中，人们不仅可以不顾饭店里的礼仪和规矩，甚至有些男士会脱去上衣。这在室内显然是不文明的，但在室外，空间的转换奇迹般地使那些礼仪被架空。夏夜的大排档上，男士赤裸上身没有人会见怪。

　　而对有些人来说，这种文明监管最严厉之处，是室内公共空间禁烟的规定。在许多大城市，这种禁烟令有严厉的惩罚措施，也得到了强有力的执行，著名演员文章就曾因在饭店包间内吸烟被曝光而向公众致歉。虽然吸烟对健康有诸多害处，但吸烟者有自己的辩护之辞：我有自我伤害的权力。事实上，这里不仅仅涉及权力。有人把吸烟比喻为慢性自杀，但据说人类是唯一会自杀的动物，这里有着复杂的心理因素和逻辑。室内空间中，吸烟的权力因为会对不吸烟者的权力构成侵犯，所以被禁止。在大排档中，这种权力可以得到保障，从而也就提供了更加多元的心理空间。

　　大排档还提供了大声说话的自由。室内公共空间里，一般情况下，人们说话的音量是被控制的，过于大，就会被管束。这种"大"的衡量标准，在公共空间里一般是指打扰到了别人。室内空间由于其相对密闭的特性，音波会被不断反射，而不会轻易消散，因此说话音量会被放大；

又由于其密闭的特性，一定程度上阻挡了来自室外的声音，获得了相对的安静。在这种安静状态下，人们对于声音的大小会非常敏感，更易被打扰，因此在室内，声音的大小也是文明的监管对象。但到了大排档这样的露天环境里，文明的监管相对放松，也由于声音在这样的环境里更易消散，所以人们可以放开嗓门，说出音量更大的话。由于是在大街上，车来车往的背景声音对说话声也起到了一定程度的掩护作用，人在这样的环境下降低了对声音的敏感度。最重要的是，露天就餐的人们对道德礼仪的敏感度有所降低，才导致了声音的彻底解放。

这种解放不光体现在说话声音大小上，还体现在说话内容上。有些在酒店餐桌上无法说的话，可以在大排档上说。我有位诗人朋友，每次在酒店或饭店吃完饭喝过酒后，总要再找一个大排档，叫上一个或几个人再继续喝酒。我曾经疑惑他为什么不在酒店里喝够，而要出了酒店再找大排档喝。一般情况下，他在大排档都会喝醉，而在酒店包厢里则不会；他在大排档喝酒说话，往往比在饭店或酒店里更加自由、直接。他在这里说的很多话，都是在酒店里说不出，也没有说的。在这种食客都放大声音说话的地方，说话者反而不用有太多顾忌。因为这种声音和话语并不是单一的来源，而是多源的，拥有更多的民主意味。众多的声音和话语表达，使每一桌人都像是处在声音的台风眼里，反而似乎拥有着相对宁静和独立的话语空间。也许这就产生了饭店和大排档在话语自由程度方面的区别。

相较于声音，大排档还提供了更多的视觉自由。由于身处露天环境，人们的视觉不被墙壁和屋顶禁锢，可以看到最为真实的城市街景，视觉范围得到了很大的拓展。这也是我那位诗人朋友特别在意的。酒店室内空间虽然经过了装饰，看起来更美观，但它是一种虚假的城市景观；大排档提供的室外空间虽然粗糙，甚至脏乱，却更加真实。对于那位诗人来说，这种真实的粗糙脏乱比虚假的美观更有意义，因为前者能让他体会到城市中的在场感。人类文化发展史上，视觉比其他感觉处在更加优先甚至优越的位置上。人们为了获得更多的视觉权力，甚至可以牺牲味觉上的享受，大排档饮食品质和味道的粗糙体验因此获得了谅解。

就是这样依靠对空间权力法则巧妙或笨拙的利用，大排档给了人们更多身体、心理、声音、话语和视觉的自由，吸引了无数食客，风头甚至盖过了那些有门店的中小饭店。大排档之所以能够很好地利用空间权力法则，能够很好地利用那些空间，还有一个很大的原因，就是它们对城市时间权力法则的熟悉。

大排档往往在傍晚登场。由于会占用街道，它们不太可能在白天就大张旗鼓地出现。城管手握监管城市空间的权力，可以随时干预这种占道行为。当代中国城市发展最大的冲突之一，就是城管与占道经营者之间的冲突，这样的冲突几乎每天都在上演。这种冲突中，占道经营者通常被视为弱势群体。因此，大排档在白天常常销声匿迹，经营大排档的饭店也显得小心翼翼。城市中有许多这样的饭店——虽然也有门店，但小得可怜，就餐环境也不算好，但到了晚上，它们能够占用比门店面积大十几倍甚至几十倍的街道面积。这样的营业空间的拓展，也是这些饭店生存空间的拓展。它们之所以能够占用这些街道，是因为城市管理者在夜晚才会下班，禁止占用城市街道的禁令才会解除。

城市里，时间也有自己的权力法则。如果在白昼占用那些供人们行走的街道，很可能会遭到管理部门的驱逐，甚至惩罚。但到了夜晚，仅仅是时间的变换，空间地点并没有改变，对空间的占用也没有改变，却获得了存在的权力。大排档巧妙地利用了城市时间的权力法则，让自己获得了空间权力。

对于城市来说，夜晚是独特的时间段。常规意义上生产时间和工作时间的结束，使它成为餐饮、休闲、娱乐最集中的时段。相较而言，城市中的午餐更具有工作餐的性质，最具代表性的餐饮方式是快餐。与午餐相比，城市里的晚餐不仅仅是为了满足温饱，也是一种休闲娱乐，至少是一种舌尖上的娱乐。对于饮酒者，它还是让脑细胞起飞的娱乐。如果说酒店里那些身着正装的聚餐是一种休闲娱乐方式，大排档则放大了这种休闲娱乐性。虽然这种放大带来的是一种颗粒粗大的效果，就像一些像素不高的照片被放大后的效果。

这种颗粒粗大的餐饮娱乐方式带有鲜明的社会阶层属

性，代表了一种阶层的生活方式。与出入于酒店相比，这种餐饮消费方式无疑更适合中低阶层民众，在一些大城市中也有白领乐于其中。白领由于晚上加班，推迟晚餐或者有消夜需求，一定程度上更适合在大排档用餐。有些大排档就存身于写字楼下，像是一种送货上门服务，弥补了饭店距离较远的不足。我对这种印象的获得，大都因为香港电影。这个国际性大都市里，大排档隐藏在摩天大楼之下，成为都市白领共同的美食领地。

香港导演中，我最熟悉的善于表现饮食的导演，王家卫应算一个。吃在他的镜头下，有无比真实的情景和细节，角色对吃的表演似乎最能体现自己的表演功力。《花样年华》《2046》都表现过大排档。不过，《2046》表现的大排档并不是在香港，而是在新加坡。周慕云下班后，去大排档消夜，碰见了巩丽饰演的总是戴着一只手套的女人——黑蜘蛛。王家卫没有让这个有点传奇色彩的故事在大饭店里发生，而是选在了大排档，一定程度上是因为大排档的营业时间与赌徒的时间表相吻合：其他饭店关门打烊的时候，大排档依然在营业。同时还有一个隐秘的原因，那就是大排档为社会边缘人士提供了一种相对的身份隐蔽与话语自由，如职业赌徒。

大排档在香港的另一类电影中，也有充分的表现，那就是黑帮电影。混混与街道的关系非常密切，甚至可以概括为在街上长大、在街上生活、在街上工作，甚至在街上死去。街道因为他们的存在，而拥有一种复杂的权力色彩，散发出独特的亚文化气息。而与街道关系密切的大排档，不可能不与他们发生关系。在香港黑帮电影中，大排档是重要场景，黑帮中的马仔、混混头频繁出现在大排档。这里不仅是他们吃饭的地方，也同样成为他们活动的地盘。大排档为黑帮活动营造如此契合的语境，是因为它的空间内涵中较少受文明权力监管的自由气质。在大排档上演的打斗枪战场面，已成为香港黑帮电影中的经典影像。大排档不光会出现马仔、混混头，还会出现黑帮老大。一部香港电影中出现过这样的场景：黑帮老大和一个女人在大排档吃饭，整条街上都站满了拿着枪的马仔。黑帮老大之所以选择在大排档就餐，不仅有情节的原因，还因为街道空间对于黑帮来说，有着重要意义。香港电影人对大排档的文化和象征意义，有着敏锐的洞察和掌控。许多导演都在香港大排档聚集的街区取景拍摄，有的还设立工作室办公。据说有游客甚至专门去香港逛大排档，希望能在此碰见杜琪峰。

黑帮之外，大街上还有另一种人群与大排档有着一定的关系，那就是俗称"小姐"或"站街女"的底层性工作者。底层性工作者与黑帮有着内在的相似性：都利用文明监管的盲区拓展生存和发展的空间。她们主要在夜晚工作，也是在钻权力监管时间法则的空子。所以她们可能是大排档的最后一批食客，也可能是早餐摊点的第一批食客。一定程度上，早餐摊点是大排档的一种变体。不同的是，早餐摊点利用的是早晨八点之前城市管理较松的时间。如果普通大排档可以称为餐饮的夜市的话，那么早餐摊点就是餐饮的早市。它们都规避了城市管理最为严格的时间。我曾看到过一首诗，诗人记述自己在早餐摊点上听到的两个"小姐"的对话，说是在这个城市里，大概是她们卖得、睡得最晚，或起得最早。诗中的原话更显粗野豪放，但出现在这个独特的空间中并不显得突兀。虽然大排档和她们在时间规律上有一定的相似性，但两者之间又有很大的不同。饮食能够解决人的温饱，面对的是人的口腹之欲，是意识形态和伦理道德认可的，也是监管较松的；性欲则属于意识形态和伦理道德严密监控的对象，是权力重点管控的对象。虽然这两种欲望都属于人的基本需求，却有着不同的社会地位。性工作者会遭到国家暴力机器的惩罚，大排档摊主占道经营的后果则远远没有这样严重。他们与管理者甚至可以协商：需要应付相关检查时，占道经营的大排档经管理者打招呼，就不再出摊；而没有相关检查时，他们就正常出摊。尤其一些中小城市对大排档的管理，权力显得相当温柔。这里也许有权力的寻租，但更多是管理者的权力与市民的权利相互协商相互妥协的结果。它在本质上呈现出来的不是权力的温柔，而是权力的暧昧。

　　虽然大排档也属于黑帮、性工作者等社会边缘群体，但总的来说，还是属于普通市民阶层。在与平民百姓日常生活近距离甚至无距离接触下，大排档慢慢形成自己的饮食文化，也成为市民阶层饮食文化的代表形态。一般而言，大排档在菜品上相对大众化，价格比较便宜。风靡全国的美食纪录片《舌尖上的中国》第二季《秘境》一集，就将闹市之中的大排档列为美食的秘境。其所拍摄的这个大排档在香港，可见香港大排档文化之盛。片中聚焦的大排档饮食，是较为平常的云吞面。但就是这较为普通的云吞面，成为大排档的招牌，吸引了众多食客。

　　这是大排档的一个特色，仅仅靠一个招牌菜就可以立于不败之地。我住处附近有一家山西刀削面，虽然有门店，但店里很少坐人，白天、晚上都在门前摆上桌子，撑起顶篷。即使冬天也是如此。这家店的招牌，就是刀削面。虽然只有这一道较为常见的招牌主食，它却吸引了为数众多的食客，不管是白天还是晚上，上座率都高于周围其他门店。要说这招牌的刀削面的独特之处，便是较重的口味。香味浓郁的高汤浸泡着弹力较大的刀削面，能够给食客的味蕾提供充足的刺激。

　　重口味是大排档在丰富多彩的味觉体验中，拥有的最类型化的味觉标签。大排档的食物不够考究、精致，却能够用相对稍重的口味压住人们挑剔的味觉神经。这种味道，呈现出味觉鲜明的阶层属性。

　　大排档另一类较为常见的食物，也是这一口味的印证，那就是烧烤。在夏季北方的大排档中，烧烤甚至被认为是必备的。于是出现了烧烤摊和饭店的联合。原本没有烧烤摊的饭店，在夏季将桌椅摆出来，以原有的菜品与其他人的烧烤摊共同组成较为完整的大排档，这是夏季北方大排档的黄金搭档。

夏季是大排档最鼎盛的季节。但这并不是说到了冬季，大排档就会消失。相反，冬季的大排档同样让人印象深刻，甚至和夏季不相上下。虽然绝对数量有所减少，但大排档并不会在寒风中消失。它往往用最简易的篷布把寒风阻挡在街上，塑造出热气腾腾的空间。人们在冬季走向大排档，也许很大程度上是受大排档上冒出的热气的吸引。这些热气在视觉层面上就已经驱走了寒冷，大排档里那些简单的食物则能够从肠胃上驱走寒冷。这样的大排档，在冬夜，在大街上人最少的季节存在，就像灯塔，给寒冷的人提供照亮身体、肠胃的温热。许多次，我在冬天的大街上吃大排档，就是为了抵御寒冷而甚于抵抗饥饿。

　　在《秘境》一集中，导演对香港大排档进行呈现之后，又描述了大排档的消失：从最初的几百家，到越来越少，只剩下数十家。这是城市发展对大排档这种餐饮形式带来冲击和它自身变化的结果。随着科技的发展，权力监管越来越精密，城市街道管理也越来越规范，大排档的自由被视为混乱，成为被规范的对象。虽然城市中井井有条的秩序与混乱始终共存，但秩序始终想要代替混乱，这是作为人类文明象征的城市的主导意识形态。虽然混乱才是人们对生活空间的真实感受，但意识形态总想以空间秩序的表象向人们提供社会秩序的暗示，直至人们把自己归为这种秩序的一部分。因此，在这种意识形态的规训下，空间秩序的改造永远不会停息，在重要城市中尤为剧烈，直至秩序把混乱的表象抹平。

贺昌盛、王涛在解释福柯的异托邦概念时，指出："从物理意义上讲，'异托邦'的存在多数与'边地''荒域''缝隙''交接点'等地理运动所形成的自然区块有关，但从地缘政治的角度看，'异托邦'的'属域'更多的其实是被来自'中心'的强力以驱逐、挤压、排斥，或者协约、律令、限制等等方式人为地构筑出来的。"① 从这个角度说，大排档就是城市中的异托邦空间。

　　一线城市中的大排档正在迅速消失，它们在中小城市则依然顽强地存在着。除了管控相对较松，还有一些原因：中小城市地理空间小，人们不用把大量时间用在上下班途中，可以拥有较为丰富的业余生活，晚上也拥有较为充裕的时间，与大排档的时间节奏正好吻合。我读书和生活的城市大都是二线、三线城市。在其中一个城市，我听到外教在对于这个城市的评述中特地提到了大排档。他说看到这个城市有许多大排档，而且经常看到普通市民一家人去吃大排档，感觉这个城市富有人情味，城市里的人有幸福感。从大排档看到城市居民的幸福感，也许并不是无感而发。大排档不仅提供了方便，也代表了一种生活方式：慢节奏、较高的自由度、较广的参与度、美食享受的日常化和物美价廉的消费特征，等等，这些都是人们产生幸福感的缘由。

　　我读过书的另一个城市是七朝古都，大排档几乎遍布

---

　　① 贺昌盛，王涛：《想象·空间·现代性——福柯"异托邦"思想再解读》，《东岳论丛》2017 年第 7 期，第 141—142 页。

全城。这个城市的人对自己的评价是，古都人悠闲，懂得享受生活。这是大排档得以发展的原因。除此之外，还因为它声名在外的小吃。小吃是大排档菜品的典型代表，甚至是大排档的立身之本。一般而言，大排档上的小吃要比大饭店里的小吃更为正宗。有时候，小吃进入大饭店，就像野生动物变成标本进入博物馆，形态虽然相似，却失去了其生猛原始和鲜活的生命力。正是小吃，让这个城市的大排档如火如荼。二者从名称看来，似乎截然相反，却恰恰相辅相成。城市管理者为了将这种立身在小吃上的饮食文化发扬光大，对大排档进行了规范管理，打造了一些大排档专属的空间，将之纳入城市总体秩序中来，营造出一种空间的、政治经济学的和谐图景。但野生的大排档在这个城市中依然有着旺盛的生命力。

随着城市的发展，大排档可能会在总体上逐渐减少，但并不会消失。就像那些街道上的自由摊贩不会完全消失一样，大排档不仅仅是一种餐饮形态，更是城市空间和时间权力法则下的产物。只要有这种权力法则的存在，有空间和时间的权力差别存在，大排档就有存在的可能。而在心理上，它们又是城市人日常生活的一部分，是日常心理投射的必要空间。只要城市人依然有对高自由度餐饮的需求，大排档就有必要继续存在下去。

星期天市场：城郊集市嘉年华

1

    它是属于这个城市的自由市场，在有些城市被称为跳蚤市场。它比城市中其他任何市场都更加自由，不需要店铺，甚至不需要任何建筑，只要一片空地，就可以成形。它的形成多属于自发，并不是因为管理部门的倡导，相关部门对它的管理比一般市场要松很多。对这里贩卖的商品种类，有关部门没有太多限制，我在这个市场里见过丰富多彩的商品种类和市场细分：二手物品市、鱼市、鸟市、石市、花市、木市、狗市、书市、古玩市、衣帽市……乡村集市是不会拥有种类如此多的商品的。

    星期天市场的地点经历过几次变换，但总是在城郊地区。它在这个空间方位中存在，不是偶然的。亨利·列斐伏尔认为："边缘地区和郊区的空间是未定型的，同时也是受到严格约束的。在这个空间里，贫民窟、棚户区和居住区，很快就构成了边缘性的住宅区；在这个空间里，对时间的支配，为某些标准所控制和决定，而人们则致力于创造各种各样的话语、阐释、意识形态、'文化'价值、艺术价值等的空间。"① 郊区的地理位置，使人们得以创造独属于这个市场的种种话语、阐释和意识形态，与城市中正规化市场相区别。这里盛行的，并不仅仅是廉价，还有独属于自己的文化。

与城市正规市场中隔一段时间就举办的购物节相比，这里具有天然的节庆气质，而且是民间狂欢节的气质。只是，这种狂欢节的主角是物。如果说那些大商场中的购物节是物的官方节日，确认着物的等级，并使这种不平等神圣化，那么在这里，物是一种平等的状态。正如巴赫金所言："在狂欢节上大家一律平等。"② 物摆脱了市场分类的限制，各种各样的物都在这里集聚。如果是在城市常规市场中，需要跑好多个市场才会看到这些商品。如此众多的物相聚在一起，也没有太大的等级差别。大商场往往通过空间设置和修饰证明物之间的等级差别，而在这里，所有商品的呈现背景既没有分设楼层，也少有装饰，都在一大片平整的土地上展示。货主没有故意抬价以彰显自家物品与其他物品的不同，造成身

---

① 亨利·列斐伏尔：《空间》，李春译，见薛毅主编《西方都市文化研究读本（第三卷）》，广西师范大学出版社，2008年，第43页。

② 巴赫金：《巴赫金全集（第六卷）》，李兆林、夏忠宪等译，河北教育出版社，1998年，第12页。

份的区隔；相反，此地物品共同的特征就是廉价。

除了这种平等，这里还有诸多的特征与狂欢节相似。巴赫金认为："节庆活动永远与时间有着本质性的关系。一定的和具体的自然（宇宙）时间、生物时间和历史时间观念永远是它的基础。"① 星期天市场的时间逻辑是一种轮回式的时间，建立在前现代乡土社会的自然时间观之上。如果说乡村集市的时间安排也有轮回的性质，那么这里的轮回频率则加快了。有的乡村一年或一月才有一次"会"，这里则一周一次。一年或一月一次的乡村集市总是具有节日的性质——丰富多样的商品为物资源相对贫瘠的乡村提供了一场物的狂欢，使其具有节日的性质并不难理解。而这个城郊集市每周都提供这种狂欢，在消费社会和加速社会的双重背景下，也不难理解。

对城市人来说，这是一种以周为单位进行的轮回，与上班族工作—休息的时间节奏相吻合。虽然节奏较短，但它仍然是一种轮回式的时间，与自然界中的日升日落、四季变幻一样拥有固定节奏。这种自然界的轮回现象，正是狂欢最原始的时间背景。城市人本就在不断制造狂欢，但不能更改这种时间背景；要想提高狂欢的频率，只能把节奏缩短。每周一次的轮回，对于乡村人来说可能略快，但对城市人来说，恰恰是最合适的节奏。

----

① 巴赫金：《巴赫金全集（第六卷）》，李兆林、夏忠宪等译，河北教育出版社，1998年，第10页。

与乡村集市或庙会的不同之处还在于，它只在周六和周日存在，而且繁华都是在这两天的上午。一到下午，几乎所有的摊点都消失得无影无踪。就像一场台风过境，热闹与繁华在短时间内迅速蒸发，遗留下的是黄土和垃圾。这个市场为什么不在周末之外的其他日子开市很容易理解，但它为什么不能延迟到下午？我无法给出准确答案。这个时间逻辑是与乡村集市相悖的。我见过的乡村集市，一般都要持续一整天，黄昏时分甚至是它的一个小高潮。因为一天行将结束，有些商贩在最后会将商品打折处理。这导致村民们开始大量出手，掀起购买的最后一个高潮。这是我小时候经历过的乡村集市景观。乡村集市在某种意义上不仅仅是经济活动，有些庙会与乡村信仰有关，有些甚至会牵涉乡村伦理，成为招待亲朋好友的节日；同时，它更与乡村物资匮乏的历史有关。因为乡村集市一年只有一次或很少的几次，在我的记忆里，许多乡村集市都成了独属于那个村庄的节日。这个节日的意义如此重要，以至于不可能只持续半天。而城市的星期天市场则很干脆地将下午取消，所有的商贩在中午之后就全部撤走了。

星期六上午撤走之后，星期天上午他们会卷土重来。这两个上午相加基本上等于一天。为什么那些商贩不把市场交易时间集中在一天里，比如说周六，而周日全天休息？这样可少去许多来回的奔波。现行这种时间安排，我只能认为它表达了一种谦逊的态度：周末的下午和晚上是城市人的娱乐时间。因为城市里有更多的休闲活动场所，人们有更多的休闲娱乐项目，所以星期天市场自动回避了下午和晚上的时间，也把这些时间留给其他市场。这种谦逊，很大程度上并非是出于本能，而是由于自身身份的暧昧导致的文化自卑。也许可以说，这是一种被迫的谦逊。

2

它是谦逊的，却又是狂欢的。这不仅体现在价格的低廉，也不仅体现在物的区隔被打破，更集中体现在它对物的属性的转换上。巴赫金认为，狂欢节总是有着二元对立的转换甚至消解。这种二元对立包括死与生、丑与美，也包括衰老与新生，等等。这个市场不仅打破了奢侈与低廉的价格二元对立，而且也打破了真与假、正品与次品的区隔，打破了物属性的诸多二元对立。其中，这个可以售卖二手商品的市场进行的最为重要的二元转换是：把物从垃圾转化为商品——在消费社会语境中，这几乎就是对物进行了死与生的转换。汪民安指出："在社会状态下，每一件物品，必须存在于一个功能性的语法链条中。也就是说，物一旦没有恰当的社会功效，一旦在社会结构中找不到自己的位置，它就得在垃圾中寻找自己的位置。"① 因此，消费社会中，商品—垃

---

① 汪民安：《什么是当代》，新星出版社，2014 年，第 151 页。

圾就是物的两个生命阶段。物变成垃圾，也就基本上判了这个物以死刑；将它重新变成商品，也就相当于使它获得了新生。

这个市场，物品种类众多，也包括时装。但这里的时装并不以时尚为自己的标签和卖点，而是以价格立足。这个市场售卖的服饰和鞋，有的价格会低廉到超出人们的想象，但这并不表明它们就完全与时尚绝缘。相反，这里能看到大量"耐克""阿迪达斯"等知名品牌服装。只不过它们都是仿版，而不是真品。还有一些衣物不是仿品，如一些设计大胆的 T 恤，具有强烈的艺术风格，但因为其较强烈的个性色彩，不可能像香肠一样大卖，被挑选之后剩余的商品因为无法实现使用功能，也有沦为垃圾的危险，这时就以便宜为招揽出现在这个市场。

汪民安认为，垃圾是对社会剩余物的命名，"物的社会进程被中断了，才转化为垃圾"①。许多时候，物变成垃圾，不是因为丧失了功能或使用价值，而是因为人的态度。如果将仍然可以使用的物品放入垃圾堆，则是阻断了物品的社会进程，将之变成了垃圾。如果将之放入二手市场，则使它们重新通过商品化而变成了物。这样看，物的起死回生，离不开二手市场。

但在这个市场中起死回生的，又不仅仅是二手商品。它

---

① 汪民安：《什么是当代》，新星出版社，2014 年，第 151 页。

像一张网，可以将不同的社会空间网罗其中。有些在大城市被淘汰的商品——即使从未使用过，它们也有可能沦为垃圾——在这样一个三、四线小城市的跳蚤市场中售卖，也是一种物的起死回生。

有时，这是一种现出真相式的起死回生。这在许多珠宝玉器翡翠摊点最为显著，在这些打着处理旗号的摊点上，饰品往往统一售价为三十元或二十元。它们往往都拥有一个小盒子，有些上面还贴着价格，数百甚至上千元不等。此时的售价，还原了它们的身份：它们原本由一些玛瑙等不值钱的宝石做成，地摊上的这种价格还原了其原材料的价值——二三十元的售价往往就是其原材料加上机器生产的价值。那些原材料，几乎被还原到了自然界无价值的状态。它们在自然状态时，也并非无价值，只是价值不高。那些数百上千元的标签，是它们以另一种材质为名时的价格标签。现在它们被去除了这种身份标签，也就去掉了价格标签。虽然有些以其本原材质衡量，也不仅仅只值二三十元，但因为有这种材质身份的转换，它们的价格也就无法还原到其本来价位。那些以另一种身份出售的物品，早已经填平了眼下降价带来的损失。它们曾经充当了欺骗者的角色，准确地说是充当了欺骗者的工具，这仿佛使它们心怀愧疚，急急去投胎到良善人家。

在这种物的死与生的转换中，还有种种仪式的登场，成为狂欢的一部分。书画售卖者就借用拍卖这种方式增加仪式感，提升人们的参与度。如果那些书画作品只是摆在地上，即使廉价，也不会有那么多人围观以及购买。拍卖这种具有仪式性的售卖方式却能引起人们注意——这里的拍卖与常规拍卖的上涨式叫价不同，而是定了起拍价后，下跌式叫价。这种相反的叫价方式，制造了一种物迅速贬值的感觉，也制造了捡漏的感觉。这种拍卖方式，带来了众多的围观者和竞拍者。

巴赫金认为："在狂欢节上，人们不是袖手旁观，而是生活在其中，而且是所有的人都生活在其中，因为从其观念上说，它是全民的。"① 靠着这种对物的狂欢仪式的营造，众多逛市场的人摆脱了旁观者的身份，纷纷加入到狂欢中来。

这些进行底价拍卖的书画中，有"一眼假"的名家仿品，也有许多无名画家的作品。二者皆装裱粗糙，瑕疵抬眼可见。粗糙与瑕疵足以使它们在具有审美洁癖的书画市场上成为一堆垃圾，但这个市场将它们从垃圾重新变为了商品。虽然并不是价格很高的商品，拍卖者却总是试图把它们的价值捧得很高，以获得价格上的连带效应。对于仿名家作品，拍卖者往往不说明它是仿作。对无名画家的作品，拍卖者在介绍画家名字时，往往通过增大声音和以景仰的语气企图抬高画家身价，但它们拍出的价格很多时候只是一幅画的装裱价格。我在诗中写道：

---

① 巴赫金：《巴赫金全集（第六卷）》，李兆林、夏忠宪等译，河北教育出版社，1998年，第8页。

赝品和真迹正同时登上

简陋的书画拍卖场

三百、二百、一百、五十

这是星期天市场拍卖师的喊价逻辑

而观众们内心的逻辑走向则是

五十、四十、三十、二十

　　书画拍卖，最后多是以这样的价格成交。我听到有参拍者在拍卖结束后说，那些搞书画的来这里看看，就不会再搞了。他们在这个集市拍卖场上似乎看到了书画艺术品的贬值，但在真正的拍卖会上却是书画作品屡屡刷新天价。那些刷新天价的拍品作者，在这里也能找到他们的作品，只不过是仿品。如果在正规的书画市场上，它们会被称为赝品。但在这里，似乎真品与赝品的界限消失了，它们也没有美学上的区隔。那些赝品被装裱一新，被拍下者带回家中，挂在墙上，为家中空白墙壁增加一种艺术格调，似乎并没有什么不妥。赵毅衡从符号学角度指出："艺术性本身无法标价，因此艺术无真伪，也没有原作与赝品之分。"① 这句在符号学意义上成立的话，在现实生活中，也许只有在星期天市场这个

---

① 赵毅衡：《符号学：原理与推演》（修订本），南京大学出版社，2016年，第300页。

　　　　　　　　　　　　　　　　　　　　　　　解剖城市

空间中才能真正成立并得到认可。

　　事实上，原作和仿作在美学价值上并没有价格上那样的天壤之别。在一个机械复制的时代，它们真正的区别，也许就是原作是精英化的，而仿作是大众化的。只要这画是以几十元的复制品价格售卖，似乎就没有道德上的原罪。而在景观社会中，仿佛画作也成了一种拟像，它们并没有最初的那个本源——也就是原作。因为这里售卖最多的一位著名画家，也是以工厂流水线方式来创作的。他自己对自己作品的模仿，与别人对他的仿作之间似乎并没有截然的不同——它们本质上都是一种拟像。

　　对无名画家来说，也同样存在这种状况。我就在这里购买过一些无名画家的画作。有一个画家，后来我在潘家园市场中发现了他的作品，未装裱，要价五百到八百元，我在这个市场上则是以五十元购得的。我发现这些画作是相似的，但我并不觉得我所购作品就是假的。这样的无名画家是不值得造假的。它们相似的原因就是：画家在不断重复自己的作品，如果说造假的话，也可以说是一种自我造假。这是无名画家将画作的审美价值转为经济价值的一种实现方式，也是快速扩大自己画作覆盖面的方式。这同样是一种生产拟像的方式。没有人模仿自己，就自己模仿自己，参与到这个拟像时代的大狂欢中。只不过著名画家的自我模仿得到的是每幅数十万乃至数百万计的财富，而无名画家的自我模仿只能把后面的万字去掉，获得数十乃至数百计的财富。拟像的狂欢中，似乎能透过那些画作的五彩缤纷看到年轻未名画家落寞的影子。

　　也许真正可以称为造假的，是古玩。虽然市中心有古玩城，但这里的古玩摊点依然众多，熙熙攘攘，非常热闹。只是这里遍地赝品，比字画拍卖要多得多。我在这里摆旧书摊时，认识了一个古玩摊主，他坦诚地告知我他的东西全部都是低价买来的，他不懂古玩的真假。也就是说，他的所谓古玩其实全部是赝品。这也并不意味着其他摊点也是这样，只是说明这里古玩摊点的赝品比例有点高。但在这样一个市场中，售卖赝品似乎没有古玩城中那么强烈的道德色彩。这里的售价相对不高，那位全部都是赝品的老哥也从没把那些东西当真品卖，售价都很便宜。

　　在这个场所中，真品与赝品的二元对立似乎并没有那样强烈。这里的嘉年华色彩似乎冲淡了这一行当中的道德色彩。我在诗中写道：

　　　　而古董们
　　　　立在众多的假古董中间
　　　　并不显得鹤立鸡群
　　　　我并没有识别一只鹤的能力
　　　　我的能力是
　　　　像欣赏鹤一样去欣赏鸡
　　　　像欣赏一幅真迹一样去欣赏一幅赝品

而这并不能将这些赝品售卖者们完全洗白。有些人是真不懂，有的人则是存心欺骗。相较而言，文化类商品中，似乎只有旧书摊上物的身份转换是最为纯净的。书籍变成二手之后，几乎不影响对它的阅读和对其中知识的学习，也就是不影响它的使用价值。市场里诸多的二手物品中，也许只有书籍能够拥有如此多的价值豁免。有些书籍，通过这个市场，甚至从垃圾的身份转换为神圣性的身份。我在这里练摊售卖过的书籍中，有一些心理学书籍，它们被一位顾客发现并购买。顾客说自己找了好久这样的书，终于找到了；他坦言自己心理上有一点小问题……我可以想象，这些被我当作垃圾的书对他来说是何等宝贵。每一种书籍都有自己的信徒，我也在这些旧书摊上有过垃圾堆中如获至宝的感觉。事实上，它们在这里的确由垃圾转变成了有用的物，甚至神圣的物。

这种转换，也许是这个市场狂欢化精神最核心的体现。

3

星期天市场中，总是可见诙谐文化的影子。巴赫金特别重视诙谐文化在狂欢节中的地位，他认为："狂欢节，这是人民大众以诙谐因素组成的第二种生活。这是人民大众的节庆生活。节庆性，这是中世纪一切诙谐的仪式—演出形式的本质特点。"①

　　星期天市场上出现的仪式—演出，总是诙谐的。这方面以书画拍卖为代表。拍卖师的话语与常规拍卖相比，饱含诙谐的元素，总是能把围观者逗笑。因为美术作品的审美价值，它的拍卖超出售卖画作本身，而变成一场仪式化的表演。虽然价格不高，但许多围观者欣赏了画作，然后在拍卖师的诙谐话语中放声大笑。最让他们感到诙谐的，是这些画作往往以二十至五十元的价格被拍下。这仿佛使受到艺术品虚高价格欺压的他们，有了扬眉吐气的时刻。对许多人来说，他们终于可以把那些高高在上的画作踩在自己瘪瘪的钱包脚下。巴赫金指出："狂欢节语言的一切形式和象征都洋溢着交替和更新的激情，充溢着对占统治地位的真理和权力的可笑的相对性的意识。独特的'逆向'（à L'envers）、'相反'、'颠倒'的逻辑，上下不断易位（如'车轮'）、面部和臀部不断易位的逻辑，各种形式的戏仿和滑稽改编、降格、亵渎、打诨式的加冕和脱冕，对狂欢节语言说来，是很有代表性的。"②

　　拍卖者把画作价格从高到低的降价式拍卖，围观者用几十元钱买下一幅画，仿佛就是对展馆中动辄成千上万的画作

　　① 巴赫金：《巴赫金全集（第六卷）》，李兆林、夏忠宪等译，河北教育出版社，1998年，第10页。
　　② 巴赫金：《巴赫金全集（第六卷）》，李兆林、夏忠宪等译，河北教育出版社，1998年，第13页。

的降格、亵渎。拍卖师开拍前对所拍作品、画家的抬高与赞扬，与最后以三十元高喊"成交"，就像是一种对画家打诨式的加冕和脱冕。每次拍卖，这个书画摊都似乎成为市场的中心，参拍者、旁观者、插科打诨者、围观者络绎不绝。因为原创画作众多，有效降低了拍卖的欺骗意味和不道德感。虽然装裱等问题仍然存在，但并不妨碍下里巴人将其挂在自家空白的墙上。最后的结束往往是大团圆式的，未见拍卖者因赔本垂头丧气，只见参拍者如获至宝，围观者也觉得收获颇丰。但这个大团圆式的结局，并不妨碍它总体上呈现的巴赫金式的诙谐效果。

这个书画拍卖场中的低价倾销，也可以说是当代中国书画大跃进泡沫的反映，是这个泡沫碎裂的时刻。且不说有多少人被名家书画作品在拍卖场上屡曝天价而吸引，而投入这个"一将功成万骨枯"的行业，只说那些为了低分考上大学而学画的艺术生们，其总量早已超过了市场需求的多少倍。虽然整个民族还需提高艺术素养，但时下的这种虚高或另有企图，本身就是巨大的泡沫。最关键的是，在这种书画"大跃进"中，整体的原创能力并未得到真正提高，而是陷入不断模仿且自我模仿的怪圈。这个怪圈扩大了这个泡沫虚无的直径，这里进行书画拍卖的老板戳破了它，引来的不仅是吃惊，更多是谐谑嘲讽式的笑。

这个书画拍卖者是这个市场的常客，几乎每周都现身，一直持续了一两年。后来他拿来了一些装裱更好的作品，价格也随之上浮了许多。但超过一百元的画作在这个市场是不受欢迎的，这也许是他后来消失的一个重要原因。

巴赫金在论述狂欢节时，还指出了骂人话在狂欢节上的意义："骂人话对创造狂欢节的自由气氛和看待世界的第二种角度，即诙谐角度，做出了自己的贡献。"① 这个市场中就经常出现骂人话，我在诗中记录过：

> 高高的吆喝声已经退出历史的舞台
> 它已被电子喇叭取代
> 同一句话可以被它吆喝上千遍
> 也不嫌累
> 只有小摊贩在骂一个人的时候
> 喇叭才会暂时从舞台上退出

> 这里人潮汹涌
> 被骂的人就像一条光滑的鱼
> 早已溜出我们的视野
> 而种种骂人的词汇仍从女摊主的喉咙里蹦出
> 就像这里的商品一样琳琅满目

除了这种仪式—表演的诙谐、话语的诙谐，在星期天市

---

① 巴赫金：《巴赫金全集（第六卷）》，李兆林、夏忠宪等译，河北教育出版社，1998 年，第 20 页。

场上，物与物的排列与并置似乎也制造出了独特的诙谐效
果。我后来用诗歌记录下了这里的一部分事物。我在记录过
程中并非刻意使用诙谐风格，我觉得是它们进入诗歌之后自
动带来了诙谐效果：

    兔子们无话可说
    缩在自己的笼子里
    它们甚至不知道自己的价格
    当然我也不知道
    当作宠物还是食物？
    这似乎取决于人们的胃口
    而"眼睛像红宝石"是谁曾经作出的比喻？
    显然超出了小贩们的期望值

    虽然戴着红宝石的女士会偶尔出现
    但人们戴的大部分是红色的石头
    真正的石头被标价从十块到五十不等
    "这是黄河石"
    我曾在它们的纹路里寻找黄河的影子
    但真正的黄河
    都流在它们的骨头里
    我被震耳欲聋的涛声
    从电子喇叭的声音中惊醒

"品牌牛仔裤，三十五块一条"
此前还没有人把自己的耳朵比喻为大海

但鱼依然在这里自由地游动
并且家族庞大
我买过的几条刚到家不久就去世
不过现在仍有一条仍然活跃在鱼缸里
而它们的价格仍然跳不了龙门
从一块钱开始往上数
两块钱三块钱五块钱十块钱直至五十块钱
而钱在这里必须分开使用
就像我最后把十块整钱用手拆开
八块买了一棵墨兰
两块买了一条毛巾

　　此外，这里还有众多的盗版光盘在售卖。在网络成为主流媒介的当下，光盘日趋被淘汰。如果夸大盗版光盘对于文化传播的作用，则是一叶障目，不见森林。与其说它在构置一种廉价的文化乌托邦，不如说，它在供人们怀旧之时，与人们的文化生活越走越远。

　　这里的盗版并不止于此。王晓渔认为盗版"这种现象，既存在于书籍、影像和电子软件方面，也存在于服装、饮食等方面"①。从这个角度说，盗版文化在星期天市场中有着更广泛的存在。那些便宜的品牌服装，那些模仿的画作，等等，都是盗版的结果。人们享受着以便宜价格购得品牌的欢乐，但也需要承受无法用肉眼看见的结果。王晓渔认为："从法律上讲，它是对专利所有者的侵犯。但'大话''戏说'等现象的出现，使得盗版具有阐释学上的意义，它打破了话语专制的牢笼，同时，又有沦为话语无政府主义的危险。"②

4

曾经有两三年时间，这个市场成为我周末主要的休闲活动场所。那是我初到这个城市且诸事不顺的几年，正好租住在离这个市场不远的地方。这个市场以最廉价的成本缓解了我的压力——经济压力和精神压力。我在市场里买过许多物美价廉的商品，更买过许多假冒伪劣产品。这些都不重要，重要的是它为我打开了城市中另一种生活的大门。就像我曾经在那里摆摊卖书，并不是为了从中挣多少钱一样。在这个市场里，我看到了自己日常工作中见不到的奇妙事物，享受

---

① 王晓渔《盗版文化》，见朱大可、张闳主编《21 世纪中国文化地图（第一卷）》，广西师范大学出版社，2003 年，第 210 页。
② 王晓渔《盗版文化》，见朱大可、张闳主编《21 世纪中国文化地图（第一卷）》，广西师范大学出版社，2003 年，第 210 页。

到了彻底的放松和自由。市场里售卖的许多商品，每一种都曾把我引入一个完全不同的世界。我在这里变成了事物的阶段性迷恋者。经过这样一段岁月之后，这里仍是我周末爱逛的地方之一。

　　多年后，这个经过几次搬迁的市场还是被取缔了。那是我在外地待了很长时间又回来后才发现的。当我满怀对市场上那些花草和嘉年华氛围的渴望走向它的时候，发现通向其的道路上没有什么行人和车辆，与它往常的热闹景象完全不同。以往，载满商品的车辆会在这个市场周围持续蔓延，仿佛这个市场是在中心投下一块石头，然后以波状展开，而这些车辆都是圈层之外的余波。余波的消失是一个令人不安的信号。果然，我看到市场的大门被堵住，两边拉着横幅，说为了规范市场秩序，将星期天市场关闭。这令我大吃一惊。事实上，之前这个市场已经从原来离市中心稍远的空地，搬到了这个离市中心更远的空地。搬到这个村庄旁边后，虽然位置更偏，但地方更大，可以盛下更多的商品，我甚至以为这是一种升级和繁盛的标志。没想到它被取缔。不过，这也可以理解。城市总是不断试图使空间和事物规范化、秩序化、合法化。现代化进程中的园丁思维，在中国当代城市规划和建设中已成为主流思维，简单说就是去除无用的杂草，对植物进行修剪，以使它的形状与花园中其他植物保持一致、维持和谐。在这种思维方式下，这个异托邦式的市场，身处被拔除的境遇中。

在它被取缔之后，我多次不由地怀念它。虽然存在有许多问题，但这个市场还是以对物的起死回生的循环医治着城市中的浪费，以难以想象的廉价医治着城市的奢侈甚至奢靡，以乡村式的散漫医治着城市的忙碌与井井有条，以放纵式的自由医治着城市的秩序鲜明与刻板。很大程度上，它是作为城市的反面形象出现的，因为它有一部分气质属于乡村；但在乡村集市的外表下，它的大部分内容仍然是属于城市的。就像现代社会乡村与城市界限的模糊一样，它同样是一个混搭品，一种异托邦。但城市仍然是它的主色调。它的美好与阴暗，都是这个城市所赐；它嘉年华式的物的狂欢和它的关闭，也都是城市所赐。

茶馆：东方秘境或日常生活场

1

文化批评家朱大可认为："茶是东方理性的标志。"① 这个说法提升了茶在中国思想文化史上的地位，但在我看来，茶对于中国文化，除了它所应该享有的高度，更重要的在于它所拥有的广度，即丰富性：它同时还是东方闲适精神的象征，是养生文化的分支，是禅境的秘密通道，更是日常生活的代表。它既能与琴棋书画诗酒茶联袂，又能跟柴米油盐酱醋为伍，集中体现了它的矛盾统一：既能阳春白雪，又能下里巴人；既"入得厅堂"，又"进得厨房"。这种抽象性中的差异性和丰富性中的矛盾统一，使它一定程度上成为民族文化和国民气质的象征。

茶的含义丰富以及与国人生活的密切关系，使茶馆成为

① 朱大可：《时光》，东方出版社，2013 年，第 71 页。

中国人生活方式和国民精神演变的舞台。其中最有代表性的，应该是话剧《茶馆》里的那个茶馆。这部话剧借一座茶馆折射出时代和社会变迁，折射出历史大潮中国民精神的演变。《茶馆》里的故事，除了"茶馆"这个独特的环境空间，我无法想象还有其他特定的空间可以承载。在呈现社会生活的广泛性上，饭店甚至也是逊色的；而咖啡馆作为舶来品，更无法与中国人的精神气质、生活方式完全融合。从另一个角度说，咖啡馆在西方社会的功用，在中国可由茶馆替代。咖啡馆曾经是西方社会中市民讨论公共事务的空间，在中国的茶馆中也可以找到这样的对应。话剧《茶馆》中，中国人聚集在茶馆，自然也要谈及各种社会时事。只是在那个动荡不安的年代里，当西方人可以在咖啡馆里任情抨击时政时，中国的茶馆里则张贴着"莫谈国事"。在那个茶馆里，我们见到了底层百姓的忍辱负重，见到了中产阶级的希望破灭，甚至见到了整个民族的苦难。对这些苦难，茶没有让更多的人拍案而起，给予他们更多的反而是安抚和镇静。

也许正是因为老舍的《茶馆》，我才会有中国的茶馆要比西方的咖啡馆氛围压抑的印象。其实仔细想来，这种印象也许不光因为话剧，也与茶和咖啡两种饮品的不同有关。咖啡与茶一样都能够让人变得兴奋，但相较于咖啡，茶让人兴奋的过程比较缓慢，兴奋的程度也没有咖啡那样强烈。在中国，许多人甚至不是为了兴奋，而是为了让自己变得平静而饮茶。从这个层面说，茶走向了咖啡的反面。两者的不同还有很多，如果说咖啡的气质是外向型的话，茶的气质就可以说是内向的。如果接着朱大可的那句话说，东方理性在很大程度上，比西方理性更多地指向人的生命内部。

学者高旭东论述东西方文化的不同时，以"生命之树"和"知识之树"来比喻。他指出："尽管'知识之树不是生命之树'，但西方人选择的还是知识之树。"[①] 西方文化，尤其是西方传统哲学的确有为了知识而知识的倾向。伴随着咖啡传入法国而诞生的启蒙主义哲学就高扬理性的大旗，崇尚科学与知识的力量。卢梭虽然相对更注重自然生命，但一样强调理性的社会契约。这种情况到了叔本华和尼采这里，有了根本的改变。其中，尼采的"重估一切价值"更是对西方传统哲学和文化进行了颠覆式反思。他的成名作《悲剧的诞生》对苏格拉底的批判，就体现了对西方文化这种知识化倾向的反思。尼采认为，不以生命为对象，不与生命发生关系的知识是僵化的知识，甚至是僵尸般的知识。尼采的思想对整个现代西方哲学产生了巨大影响，引发了现代西方哲学与美学的非理性转向。柏格森、狄尔泰等发展出生命哲学，对现象学和存在主义哲学产生了巨大影响，后者以"存在"代替"意志"对生命进行表述；实用主义哲学则不再执着于形而上学地构建知识体系，而是更注重其实用性。

现代西方哲学的转向，体现了西方哲学对生命的注重。

---

① 高旭东：《生命之树与知识之树：中西文化专题比较》，北京大学出版社，2010年，第4页。

　　　　　　　　　　　　　　　　　　解剖城市

而从法国启蒙哲学开始掀起的现代性浪潮,每一波都充溢着激情。汪民安论述 18 世纪的启蒙思想时认为:"一方面是放弃寂静、冥想和苦行,另一方面是激励争执、热情和乐观。"[①] 也许,这正是现代性的特征。

相较而言,"热爱生命"的中国传统哲学,尤其是老庄哲学,更喜欢寂静和冥想,显得有些宁静和凝滞。也许这不仅是地理空间上东西方之间的差异,也是历史时间中现代性和前现代性思想的差异。虽然不能说喜欢泡咖啡馆的启蒙主义哲学家更多受到了咖啡的影响,但他们的这些思想特征对咖啡文化形象的建构肯定产生了作用。而东方文化特征对茶文化形象也产生了建构作用。咖啡热烈、激情、反叛和创新,茶则象征着平静、内敛和包容。

两种都有振奋精神功能的饮料,却获得了几乎相反的文化品格。这两种不同的文化品格,对它们栖居和主导的空间——茶馆、咖啡馆,也产生了不同影响。于是,两者也就拥有了不同的文化气质和品格。

2

与咖啡馆中的西式布局不同,茶馆中的空间多采用中式布局,也多摆放中式家具。与咖啡馆中常见的吧台不同,茶

---

① 汪民安:《现代性》,南京大学出版社,2012 年,第 138 页。

馆中的茶台更具开放性，适于多向交谈。茶馆中的植物多以兰花等传统花卉为主。兰花与中式家具是搭配的，窄细的叶面流露出文质彬彬之感——兰花的符号意义的确与这种文质彬彬的君子气质有关。梅兰竹菊自古就是文人化的植物，中国传统文人在其上寄托了超越性的精神，然后以之自许。经过文人加持，兰花不仅仅以自然形态存在，同时也作为一种传统文化符号存在，供茶客解读。茶馆这样的特定环境和文化氛围，可以起到对特定文化符号进行标出的作用。茶客愿意接受这种标出性，往往会成为很好的符号意义接收者。与兰花类似的代表东方美学的室内植物，还有松。这里当然是指小型的松。但即使体量较小的松树盆景，依然能够体现风骨之美。因为松树是"岁寒三友"之一，属于古代文人自喻的象征符号体系。即使一株小松树，也自带古风。

我还在茶馆见过在茶台上用容器水培的铜钱草。因为体型较小，容易养护和摆放，铜钱草成为茶馆中较为常见的植物。我觉得铜钱草在茶馆中的现身，不在于它本身，而在于它的自然形态与莲叶很相似。而莲，虽然不属"岁寒三友""四君子"等符号系列，但周敦颐的一篇《爱莲说》便奠定了其在君子象征体系中的地位。

随着时代发展，这些参与道德表意的符号，身上的道德意味在历史变迁中慢慢褪去，留下的是其古典表意符号中的古典身份。

这些具有符号象征价值的植物，除了自身的象征功能，还承载古典符号体系的连接功能。最能和兰花相连接的传统文化符号是奇石。中国传统赏石的典型代表是太湖石，最能体现瘦、漏、皱、透之美，是中国四大奇石之一。奇石身上最能体现以小见大的古典美学思想。石是山的象征，越是嶙峋奇崛，越能完成这种象征。山野不仅代表着自然，而且可以象征文人的隐逸传统，这是老庄哲学的处世之道。即使单纯赏石，因为石的形成往往比人造物要久远得多，因此其可以体现中国古典美学崇尚的高古之美。

因为中国古典美学中以小见大的传统，居室之中藏下园林的愿望并非不可能实现，就像古代造园者试图以园林承下自然与世界一样。著名建筑师王澍曾试图在自己的房间里营造园林。我在网上看到过一个名为"小洞天"的室内园林，它的中心部分是一个茶室。茶室周围，通过诸多对建筑结构的改变、古典家具与物品的符号性装饰、矮松等植物的点缀，营造出了房间中的园林，而这个房间的大小不过六十多平方米。据说，王澍也对其设计大加赞赏。虽说这并不是真正的园林，却呈现出了园林之美的一些特质，深得以小见大的园林美学精髓。正是因为中式园林这种符号化的以小见大的美学模式，所以园林之美可以在室内复制。而"小洞天"将最大的房间或者说中心位置作为茶室，也可以看出茶或饮茶在东方古典生活中的地位。

许多讲究的茶馆，虽然没有以中式美学符号在室内营造园林的意图，但也有些许类似的效果。而咖啡馆虽然没有明确营造西式园林的意图，但也无意中流露出其特质。

中国古典园林与西式园林的一个较大不同在于，中国古典园林更强调人属于自然，西式园林则强调人主宰自然。从对花木的态度就可以看出来，中式园林强调花木的自然状态，即使有人为因素也要将之掩藏，凉亭、回廊等开放式建筑遍布，正是为了将人居向自然敞开。而西式园林总是要对植物进行修剪，以组合成某种几何图案。而几何图案直接诉诸的，就是人的理性。这一点也体现在咖啡馆和茶馆的不同上。

咖啡馆中的装饰、摆设较多，试图以多样化呈现容纳世界之心；相较而言，茶馆空间中的装饰和摆设则往往较少，更多注重营造空境——这是中国传统美学中境界美的精髓。咖啡馆空间中几何式设计的井井有条，也可以看出其理性精神和掌控空间的欲望；茶馆不按几何学直线原则排布空间，则是对科学理性的相对排斥。我见到过有的茶馆依中心来向四方辐射，可以说是一种东方式的空间理性。其实在现代社会，人们的生活都已经过了合理化的过程。一个经过合理化原则规划过的空间，总不免带有几何学的理性成分。大部分茶馆还是遵循这种合理化的原则，因为茶馆最终的目的是商业上的盈利，而不是传统文化与美学的研习所。目的理性主宰的现代社会，商业机构不会将文化价值放在首位，超过盈利目的。

所以，即使这种刻意精心设置空间，以东方文化进行空间表征的茶馆，其实背后也有营销的目的在，是一种面向精英群体的文化营销。多数茶馆是普通的。话剧《茶馆》中的茶馆，就不是纯粹的精英空间，而是荟萃了三教九流。这种大众化的空间，是茶馆的常态。

3

现实生活中，茶馆数量众多，茶馆的种类也多种多样。一部分茶馆以茶文化为切入口，以种种复古元素将茶馆打造成精美的传统文化标本，并通过对茶的品饮完成古今的沟通，打造传统文化的乌托邦；有些茶馆则只是把喝茶作为幌子，实际上是地地道道的麻将馆，为娱乐时代增添传统娱乐元素；还有的茶馆则在传统与现代之间、物质与精神之间摇摆；另有一些茶馆专注于茶艺与茶叶质量，打造专业化的品饮时空。而某些城市的茶馆，如成都的茶馆，仍然是市民最日常的消闲去处。在那里，茶馆几乎是生活本身的代名词。

作为一个并不产茶叶的城市，近些年我生活的北方小城，茶叶的消费量在不断增长，茶馆和茶叶店越开越多，市场上的茶叶品种越来越多。在南茶北渐的大潮中，我仿佛感到这个北方城市正被茶叶变得润泽、灵动。虽说这里的茶馆不够丰富多彩，但很多都有自己的特色。在我体验过的茶馆里，最难以忘怀的是一个简陋至极，现在已经消失了的茶馆——大痴茶馆。现在回过头想，一个未经装修过的农家院落，中低端的茶叶，不专业的茶艺师，简单的茶具，这些元素组合竟吸引了数量众多、各式各样的喝茶人。它不在城市繁华地段，不在商业街区，而是躲在城中村里，却迎来了三教九流、各色人等的络绎不绝，使这个装饰简陋的茶馆成为最具思想活力、最丰富多彩的空间。这里有最顽固的传统文化拥趸，又有最激进的西式思想信徒；经常有持不同思想观念的人争得面红耳赤，也经常有"杯茶泯恩仇"；任何人，不分职业和阶层，在这里都能得到尊重，同时又都有可能被调侃甚至恶搞；古琴和吉他两种形态和内涵的乐器，在这里产生奇妙的共振；民谣、戏曲、歌剧，在这里曾同时上演；工程师和算命者，在这里成为至交好友。虽然这里从不提供咖啡，却承载了西方咖啡馆的公共空间意义；虽然外在环境简陋，却容纳下了最精致的精神空间；虽然这里充满叫板、调侃、讥讽甚至争吵，同时却又充满欢笑、热情、友谊。

也许因为茶的缘故，这里的人即使价值观各异，即使激进如愤青者，也都有对传统文化精华的学习态度，尤其对传统文化中的精华。有段时间，这里的茶客们热衷于学习太极，我曾跟随馆主一起拜访太极高手，也算是我学习太极拳的开始。但大家更感兴趣的还是中国传统艺术，有位茶客会弹古琴，一天晚上背来古琴，弹奏《佩兰》等曲。我才知一向低调的他，原来身怀绝艺。馆主说让他收费教大家古琴，他没有应允。他说从没想过以琴来赚钱，他在下岗后找了一份给别人开车的工作，来养活自己的这份纯粹。后来茶馆还举办过古琴品鉴会，请人来结合视频讲解古琴曲《梅花三弄》。好几个人由是学起了古琴。多年过后，曾经的馆主之一已经成为这个小城为数不多的古琴高手，曾专业教琴。

书法则是更多人学习的门类。茶客中本就有几位书法写得不错的，还有的在学习国画。一位网络上愤青式的人物，经常对看不惯的现象和事件抨击或开骂。一般人觉得可以忍受或者可以睁一只眼闭一只眼的事情，他也骂得一针见血，毫不留情。这样一个颇具激进现代性的人物，却会写赋，且写得一手好书法。弹吉他玩摇滚，一句话能逗笑所有人的"老农"，跟他学起了书法。后来，我就见到了这位五大三粗的汉子写出了端庄秀丽的欧体楷书。而老农最初出名，是在论坛上连载自己的文章，跟帖人数甚众，我也曾为其深刻与悲悯而动容。后来他并没有继续写下去，而是将文章删除一空，也不留存底稿。也许因为热爱得纯粹，所以能够舍弃得纯粹。而他的工作，曾经是一位鸭制品熟食店主，后来在街上做过熟食小贩，再后来则做了厨师。

这些人让我意识到了民间的卧虎藏龙，也感受到了不管生活境况如何，人对自我尊严和创造性生命力的追求。安东尼·吉登斯在《现代性与自我认同：现代晚期的自我与社会》中写道："把自身创造性地投入到与他人以及客体世界之中，近乎确定无疑的是心理满足和'道德意义'之发现的基本成分。"① 但我在机关单位科层制环境下，见到诸多生活

---

① 安东尼·吉登斯：《现代性与自我认同：现代晚期的自我与社会》，赵旭东、方文译，生活·读书·新知三联书店，1998年，第45页。

优裕，却无法创造性地生活的人，也包括曾经某个阶段的我。在工具理性或者说目的理性主导的空间中生活过久，个体价值理性的成分会渐少，也无法以创造性的姿态来生活。正如戴维·英格利斯所说："在那些对人们的行为有所规定的组织中任职的任何一个人，本质上都是一套具体化的规则。"① 而身处民间底层的人，却在追逐着价值理性和创造性的生活，在茶馆这个"异托邦"空间中发展并展示自己。

与乌托邦相较，我更愿意以福柯的"异托邦"来指称这个茶馆的空间。它符合福柯所提出的选择、多样性和差异，这里发生的种种事件，也可以称之为一种"异常和越轨行为"②。只有"异托邦"才能标明这个空间的异质性，也"迫使我们承认拥有可以体验不同生活的空间是多么重要"③。

这个茶馆能够成为异托邦，有诸多因素：除了茶本身的文化象征，除了茶馆空间的半公益性，除了主持者有强大的包容之心等原因外，很重要的一个原因是它是现实社会和网络虚拟社区的"城乡接合带"。网络社区汇聚了社会身份多样、个性丰富多彩的人，改变了人们传统的社会关系、社交方式。这个茶馆就像网络社交在现实中的投影，也是从网络

---

① 戴维·英格利斯：《文化与日常生活》，张秋月、周雷亚译，中央编译出版社，2010年，第52页。

② 包亚明主编《现代性与都市文化理论》，上海社会科学院出版社，2008年，第150页。

③ 包亚明主编《现代性与都市文化理论》，上海社会科学院出版社，2008年，第150页。

进入现实的驿站；网络的自由、多元、包容铸造了众多类似价值观的人，进而铸就了茶馆文化的自由、多元、包容，又反过来铸就了来到这里的人待人接物的基本准则。这个茶馆的非营利性像是网络精神在现实中的延伸，它和太过功利化的现实保持了一段距离。网络空间正是曼纽尔·卡斯特所言的"流动空间"，他认为网络时代产生的"流动空间"代替了传统的"地方空间"。而事实上，这个茶馆正是地方空间和流动空间的结合体，成了典型的互动空间。这样的一个空间不只是社会的反映，而是社会本身。

但存在了大概两年之后，这个茶馆就消失了。与其说是关张，不如说是解散；与其说是一个独特空间的消失，不如说是一种特殊的人际关系的消亡。之后，虽然这个茶馆的一些传统被传承下来，一些友谊被保持下来，原先的喝茶人仍然继续汇聚在多个茶馆，但我再没有见过大痴茶馆那样百家争鸣般的盛况。或许，这种盛况演变成了另一种风格，或许它发生在了别处，也或许是网络与现实的结合产生了更多可能性，让这种盛况以其他形式继续发生着。不管怎样，虚拟的网络已经深刻地影响了我们的现实生活，即使是古老的喝茶，也无可避免。

城中村：城市秘史与黑色童话

1

城中村的意象，揭示了时下城市与乡村之间的特殊关系：村在城中就像猎物在捕猎者的口中一样。按照这样的思路去描述，已在城市口中的村庄会慢慢被咀嚼，被吞咽，被消化，最终村庄融入了城市，成为有机的统一体。我见过的一些城中村就是这样。经历拆迁和重建，曾经的独门独院变成了高楼林立的住宅小区，门前的小路变成了宽得一眼望不到边的柏油路，破旧低矮的店铺变成了高大气派的门面……这种变化是现代城市中最常见的景观。仿佛城市停下自己扩张的脚步，便不能称为城市了一样。于是越来越多的乡村变成了城中村。有些城中村因为项目等机遇而迅速被城市消化，原来的乡村躯壳变得一根骨头都不剩；有的城中村却要经历城市长时间的咀嚼和吞咽。前者一定程度上不能叫城中村，因为村庄的物质形态已经荡然无存；而后者，则成为城中村的典型形态。

巴尔扎克说小说是一个民族的秘史，在这里套用他的话，则可以把城中村称为一个城市的秘史。也许可以说，城市都是由乡村发展而来的。如今高楼林立的上海外滩，最早只是一片沼泽地上的几个小渔村。如果引用上海的例子还不具代表性的话，那么深圳则是由乡村到城市发展最为迅速和成功的样本。短短三十年时间，这个曾经的农业县发展成为中国四大一线城市之一，与北上广并肩而立。而在 2004 年，深圳已成为无农村的城市。借用某小说的话来表述就是：深圳作为一个城市，在这一年，彻底洗白了自己的身份，和农村再无半点儿关系。

事实上，在经济高速发展的现代社会，城市与乡村的关系已经不再像计划经济和市场经济初期那样僵化和截然对立。那个时代的城乡二元结构，让走进城市的农村人对自己的身份产生过强烈的自卑感和耻辱感。一定程度上，城市人和农村人是中国当代身份序列中，最具代表性和冲突性的两种身份，也是规模最大的两个社会阶层。这种身份是不能选择的，户籍制度决定了人一生下来就获得了这种"天赋身份"。要想把农村人的身份转换成城市人，那个时代只有很少而且艰难的几个路径。随着社会开放程度的加大，这种身份转换的路径不断增加，但在这条路径上留下的血泪却无法轻易抹去。

二十世纪五六十年代出生的那代作家曾经浓墨重彩地书

写过这种身份差距导致的心理阴影，以及身份转换带来的心理裂变。河南先锋作家墨白在长篇小说《欲望与恐惧》中就写了一个这样的形象：农村长大的吴西玉在上学时因普通话发音不准受到来自城市的女孩，绰号"杨贵妃"的杨景环的羞辱，在他内心留下巨大的心理伤痕。多年过去，蒙受更多耻辱和磨难、在城市混得有头有脸之后，吴西玉用另一种方式羞辱了杨景环。这时他才发现，自己这么多年来的苦苦奋斗，可能就是为了偿还那次关于身份的羞辱。小说将从农村走向城市的一代知识分子的心路历程描写得十分透彻，深刻揭示了这种转化过程中的疼痛感。

　　这一代作家大概不会想到，在经济高速发展的当代，城市郊区的农村人会以另一种方式完成自己的城市化历程。这种方式就像是多年前的革命路线"农村包围城市"一样，城郊的农村人对城市拥有了更多的主体性和主动感。这很大程度上源于这些村庄对土地的占有，许多城中村的村民依靠拆迁完成了自己的城市化历程，成为拥有一套甚至几套房的城市人。许多一、二线城市郊区的村民仅靠拆迁，便可一辈子衣食无忧。即使不拆迁，村民在自己原有住宅的土地上盖上几层小楼出租，也能拥有不竭的财富之源。原本相对平衡的乡村内部结构被打破，出现了结构和等级的变化。相较于那些远离城市的村庄，这些城郊的村庄成为乡村金字塔的塔尖部分。之所以会出现这种差别，很大程度上是因为这些村庄生产方式的改变。一般乡村都是以农业为主，以土地作为生

296　　　　　　　　　　　　　　　　　　　　　　　解剖城市

产资料进行耕种。城中村却大都没有用来耕种的土地。但他们并没有丧失生产资料，宅基地和房屋成了他们主要的生产资料，如亨利·列斐伏尔所言，这些土地和空间也成为生产关系和生产力的组织部分。同样是依赖土地和空间，城中村将附着其上的农业生产变成了房地产业和房屋租赁业。房地产业是当代中国最重要的产业之一，产值远远领先于许多传统产业。从农业到房地产业的转换，带来的是数十甚至百倍的产值。城中村巧妙地完成了由低产值到高产值生产方式的转变，从而拥有了一定的"先进性"，领先了一般的传统乡村。城中村居民因为对土地、建筑等生产资料的占有，从农民一跃成为"房地产从业者"。这种轻而易举的身份转变，带来的不仅是经济状况的改变，还有社会地位的一定改变。在中国当代语境下，许多时候，判定谁在城市中更有地位和尊严，并不是以职业，而是看谁在这个城市里有房子。按照这个标准，城中村的村民能够轻易获得这种地位和尊严，随之涌现的"拆二代"似乎可以和"富二代""官二代"一字并肩，成为时代新贵。"农村人进城"主题中的沉重部分在这里被轻易消解，甚至是戏谑性的颠覆。

但这些城中村中绝不仅仅只飘荡着轻而易举的笑声，城中村的农民许多时候并不能轻而易举地将房产转换为财富。作为相对的弱势人群，他们有身处夹缝中的困境。李志明的《空间、权力与反抗——城中村违法建设的空间政治解析》深入考察了这种复杂的关系和情景，呈现了这个空间中的博弈。

　　这里更多的其实是另一类人群。城中村往往因为房租的低廉成为农村打工者，尤其是年轻打工者的乐园，汇聚大量的外来务工人员。因为城市房价高企，他们中的很多人都无法在城市中拥有自己的房子。这个时代，阻止他们成为真正城市人的，不再是户籍制度，而是房价。尤其在一线城市，房价就像孙文波诗中所言"如皇帝的女儿一样高不可攀"。在新一代城市打工者身上，书写着另一番身份转换的血泪史。

　　城中村汇聚着大量这样的打工者。这里具有城市与乡村的双重人格，每逢下班时分，年轻的外来打工者将本来不大的城中村变成了摩肩接踵的繁华之地。因为房租价格低廉，城中村往往是年轻人抵达城市的首站；许多人把城中村作为根据地，在这里长期租住。这里的餐饮服务业也因为较为低廉的房租，加上薄利多销的经营理念，提供着价格低廉的饮食与商品。郑州的城中村拆迁，最让人念念不忘的就是低廉的房租和餐费。中心商业区一顿饭要花费数十元时，这里一大碗面曾经只要四元。除了住宿和餐饮，还有一些休闲娱乐业，如网吧。这是年轻人最常去的场所，而它们的价格，很多年一个小时只要一元。打工者在价格低廉的虚拟空间里娱乐，也在这个虚拟空间中完成对城市的进入或者逃离。还有一些娱乐业是不会拿到桌面上提及的，那就是这里同样廉价且繁荣的性服务业。数量众多的年轻男性打工者的聚集，制造了这种需求。商品社会的原则是，有需求的地方就有商机，就会制造出需求的满足者。再加上管理相对薄弱，价格低廉的性服务业在这城中村落里畸形又旺盛地生长着，就像一朵朵鲜艳绽放的罂粟。

斯拉沃热·齐泽克在《建筑视差》中写到了一种空间："有些空间的存在不是这种大城市的'协议—自我'的组成部分，也就是说，它们与它本身的理想化形象相脱节，但它不得不包含它们。这类空间的范例（但这不是唯一的）是贫民窟（拉丁美洲的 favelas）——一个解除了空间管制又嘈杂混乱的、用拾来的物料'修补/拼凑'建筑的地方。"①

城中村就是这样的一种空间，虽然城中村与贫民窟并不相同，是一个独特的空间，甚至有些城中村还有与城市许多地方不相上下的繁华，但这些村庄中的建筑依然是修补和拼凑而成的，用来盛放混乱而嘈杂的生活。

2

齐美尔在《大都市与精神生活》一文中对乡村或小城镇生活与大都市生存做了性质上的区分，前者被认为主要是个人化和情感化的，后者是非个人化和智力化的。

事实上，在城中村，我们可以看到这四者的并存和相互

---

① 斯拉沃热·齐泽克：《建筑视差》，裴潇雅、赵文译，见汪民安、郭晓彦主编《建筑、空间与哲学》，江苏人民出版社，2019 年，第 106 页。

之间的碰撞与挤压。结果是，个人化和情感化被非个人化和智力化逐渐吞并。这种吞并，在城中村被拆迁新建为商业、住宅等各类设施为终点。或者说，这时城中村被城市彻底消化，也就是个人化和情感化被非个人化和智力化彻底消化。

虽然说这个结果最后才显现出来，但这个过程早已开始。个人化和情感化的衰退，以陌生人来到城中村中为开始的标志。其实，城中村早已不能用乡土社会来概括，现代化大潮早已将之席卷。但相对而言，早期的城中村仍是熟人社会。这是乡土社会在这个地域空间中留下的痕迹。在这个不大的空间中，人们彼此相识，往往还有着血缘宗亲的关系。但城市打工者的到来，使这个空间逐渐充满陌生人。由于城中村房屋租金相对低廉，成为许多初入城市打工，或低收入群体最好的落脚地。随着陌生人越来越多，他们成为原住民们打交道最多的人。原住民们原来待人接物的情感化特征逐渐改变为更具智力化的计算。他们需要计算房租价格和不同职业入住者收入之间的百分比，需要计算房租收入和自己消费之间的数额比，需要比较自家房租收入和邻居房租收入的多寡……这些，都使情感化让位给了以计算为主要特征的智力化。

而非个人化特征也逐渐成为主要特征。人们之间的接触原本也是情感化的，在情感化接触中个人化特征是有意义的标识，但租房者的漂浮性使这种情感化接触无法深入。一个租房者，可能今天在这里居住，明天就会搬走。这样他

（她）的个人化标志不仅没有太大意义，也不易接触到。一个人待人接物的方式、说话的特点、个人的情感状况、个人的历史，等等这些构成个人化的重要成分都没有太大意义。这样，租房者就从个人成为一种群体身份。只需要了解这个群体的特征，就足够去应对。如果将情感化的接触比喻为一种人际关系上的投资的话，那么这种投资因为租房者的漂浮性，随时可能竹篮打水一场空。于是情感化的接触必然渐少，而没有情感化接触，对个人的了解也就不可能深入，个人化渐渐让位于非个人化的接触。

3

我在许多城市见过城中村，这些地方无一例外地汇聚了众多打工者，以年轻人为主体。只要有年轻的打工者，这样的地方就会永远拥有不息的活力。他们在城中村肮脏又逼仄的空间里生活、打拼、娱乐，期望得到城市的接纳。

也许正是因为在城市打工的年轻同学或朋友，我对许多城市的城中村比对其最繁华的街区还要熟悉。这是他们居住最多的地区。也许因为与城中村有这样的关系，有很长的一段时间，每逢到一个城市，看到城中村，就会给我亲切感。我的许多年轻朋友也都对这样的地方有很深的感情。但这种感情是复杂的。一方面，打工者喜欢这样的地方，因为它有租金低廉的房屋、价格低廉的饮食，甚至还因为它们在建筑形态上和乡村相似；另一方面，它们又不是真正的城市，不是打工者梦寐以求要生活的地方，它们容纳的也不是真正的城市生活。所以打工者往往既热爱城中村，又痛恨城中村。

我的一个在郑州打拼的朋友，曾不断辗转于多个城中村。他是一个文艺青年，虽然在城市中打工，但业余时间多从事与文化相关的活动。他居住的城中村就是一个画家村。也许是受北京宋庄等影响，郑州这样一个二线城市中，也有艺术家选择城中村建构艺术社区。之所以选择城中村，一方面是因为房租价格低廉，另一方面也和其边缘性相关。亨利·列斐伏尔认为："边缘地区和郊区的空间是未定型的，同时也是受到严格约束的。在这个空间里，贫民窟、棚户区和居住区，很快就构成了边缘性的住宅区；在这个空间里，对时间的支配，为某些标准所控制和决定，而人们则致力于创造各种各样的话语、阐释、意识形态、'文化'价值、艺术价值等的空间。"[①] 艺术家在这里创造艺术作品，也创造饱含文化价值和艺术价值的空间。这个朋友在这里找到了疏离城市中难得的认同感，但也为此付出了代价。有一次我去找他，住到了他租的房子里。因为是在城中村，他有较多的空间摆放他堆积如山的书籍。他与一些年轻的艺术家在这个村里形成一个相互来往的小团体。但这里离他上班的地方太远，早上跟他一起上班，我们需要走将近半个小时的路才到

---

① 亨利·列斐伏尔：《空间》，李春译，见薛毅主编《西方都市文化研究读本（第三卷）》，广西师范大学出版社，2008年，第43页。

　　　　　　　　　　　　　　解剖城市

公交站牌，然后再昏昏欲睡地坐一个小时的公交车，才到达他的上班地点。我不用和他交谈就知道他有多么热爱城中村，又有多么痛恨城中村。

但外来的打工者们，又不得不居住在城中村。对于有些人来说，这种"不得不"似乎演化成了一种爱。深圳虽然号称不再有农村，但仍然有类城中村的存在。三和就是一个这样的所在。在距离深圳市中心七公里外的这个地方，睡觉的铺位十五元一位，早餐只要两元，上网一元一个小时。这大概是珠三角物价最便宜的地方。在 90 后作家苏怡杰的文章里，三和被称为南方的童话。在这样的类城中村中，虽然大多是暂居的求职者，找到工作后就会离开，但还有一些人，长期住在这里，并且享受着这种生活，被称为三和大神。这里童话般的不真实感，甚至成为他们梦想的归宿地，成为他们的一种乌托邦。在这个乌托邦中，城市人和农村人的身份可以随意转换，他们既能拥有农村生活的低廉成本，又能得到城市丰富的机会，享用便利的城市公共设施。这种城市与乡村的混合体满足了他们双重的愿望，纯粹的城市和纯粹的乡村都不能同时满足的愿望。他们对这样的乌托邦似乎是单纯的爱。但这里并不是真正的乌托邦，在这里居住惯了的人——三和大神们，既无法融入真正的城市，又无法返回他们的乡村。他们成了被双重抛弃的人。

童话终有破灭的时刻，这样的乌托邦也不能永远存在。城市终究要消化掉那些吞在口里并咽下的村庄。2017 年 6 月

12 日，郑州被称为"小澳门"的庙李村拆迁结束，郑州城区不再有大型城中村。那些热闹的城中村已成为这个城市繁华城区的记忆。在这个都市村庄中居住过的人纷纷发文怀念。他们曾经既爱又恨的复杂情绪，因为已成为历史，而过滤去了恨，只剩下含意复杂的爱。一座城市洗白了自己的身份，但在城中村居住过的人，无法完全洗白自己的记忆，让其成为单纯的温暖或者清新。

　　这种复杂的感受，只有在城中村租住过的人，才体会得最深刻。我也在这样的地方租住过几年。那时朋友来访我，要不停地在狭窄的小巷里拐弯，以至于走过许多次之后，依然没有人认得路。我的一个诗人朋友曾在诗中把这些小巷比喻为城市的盲肠，也比喻为城市的裤裆。我自己当然不会迷路，但对我来说还有更多的麻烦：居住环境脏乱，经常停水维修管道；上厕所要出门走上几百米；居住人员鱼龙混杂，经常和传销团伙同居一院……我在这样的地方感受到过彻骨的孤独与寂寞，恐惧和心酸，落魄与伤感，但同时，它也曾经让我感到过独立和自由，坚强和勇敢。这是一种无比复杂的感觉，我曾经把它写入文章和诗歌。恰恰是城中村，而不是我后来居住的商品房小区，承载了我最铭心刻骨、难以忘记的一段城市生活。而那些在城市多年仍然寄居于城中村的打工者们，他们体会到的也许比我的铭心刻骨还要深刻。

后记

　　早在 20 世纪 60 年代，福柯就宣布"当今的时代或许应是空间的纪元"[1]。半个多世纪之后，我的目光才聚焦于此，且无法再移开。在福柯看来，空间不仅是角度，也是问题。正如他所说的："从各方面看，我确信：我们时代的焦虑与空间有着根本的关系，比之与时间的关系更甚。"[2]

　　他的这些话，也是我在本书对常规空间的书写中，更注重发掘其异托邦性的一个原因。对于这种空间问题，除了福柯、列斐伏尔等人，我阅读其他理论时也不断遭遇。如吉登斯说到现代性的条件和动力系统时，首先提到的就是时空分延和因这种时空分延导致的脱域现象。所谓脱域，其实就是空间和场所的分离。现代人在这种脱域时代中最重要的任务之一，就是重新嵌入。这种重新嵌入在许多场合导致了空间

---

　　① 米歇尔·福柯：《不同空间的正文与上下文》，陈志梧译，见包亚明主编《后现代性与地理学的政治》，上海教育出版社，2001 年，第 18 页。
　　② 米歇尔·福柯：《不同空间的正文与上下文》，陈志梧译，见包亚明主编《后现代性与地理学的政治》，上海教育出版社，2001 年，第 20 页。

的重叠与挤压，导致原来空间中场所的混乱，还有的时候是处于一种未完成状态。鲍曼在《流动的现代性》中认为："在被'脱域了'的个体所走的路（现在路是要长期走下去的）的尽头，见不到'重新嵌入'的希望。"① 我觉得鲍曼说的这种情况，与福柯所说的时代焦虑有很大的关系。

事实上，正像我在同济大学读硕士时的导师张生教授所言，城市文化与空间理论庞大而深邃。如果我自己一个人摸索，难免会迷失。好在，不管是在同济大学，还是在山东师大，我都得到了诸多老师的帮助。张生教授是最早看到这个系列随笔的老师，并给予了这个系列最多的帮助。他不仅和我讨论具体文本中的问题，而且先后给我介绍了罗兰·巴尔特的《神话》和众多法国理论书籍，让我的这个系列与法国理论结下了不解之缘。张闳老师在城市文化专题课程上的许多观点，我都在随笔中直接进行了引用。在万书元老师的艺术哲学课上，我将系列随笔中的一篇改写成论文，当作学期作业上交。万老师给了我 90 分的高分鼓励，让我不断加深写作的信心。王晓渔老师知道我的这个写作计划后，给我推荐了芒福德的《城市文化》等多部书籍。《漂移的盛宴》发表在《黄河文学》，又被选入《2017 年中国随笔精选》时，他发信息向我祝贺。张生老师将人文学院的课程表分享给我，使我有机会听到了自己专业课之外，同济人文学院老师们的

---

① 齐格蒙特·鲍曼：《流动的现代性》，欧阳景根译，上海三联书店，2002 年，第 51 页。

课程。王鸿生老师、朱大可老师、张念老师、胡桑老师等诸多老师的课程都给我的写作以启迪。正因为这些帮助和启发，这本书中的诸多篇章，甚至整书的主体构思和风格基调才能够形成于我在同济大学攻读硕士之时。

山东师大是这部书定型和最终修改完成的地方。在这里，我不仅得到了导师吴义勤教授的指导，还受惠于文学院的许多老师，如魏建老师、吕周聚老师、李宗刚老师、张丽军老师、贾振勇老师等。现当代文学专业老师们的教导，是我书稿中出现诸多文学作品分析的原因。在文化研究上，我也得到了进一步学习的机会，旁听了文艺学专业杨存昌、孙书文等多位老师的课程，其中就包括和磊老师的文化研究课。更重要的是更多理论书籍的阅读，作为一名博士研究生，我有了更多时间深化对理论的学习，其中就包括现代性理论、城市文化和空间理论。对这些理论的学习，给我的专业研究带来了很多帮助，对这本书的完成与修订也有立竿见影的作用。读博期间不断进行的学术训练，对自己更高的学术要求，又使这本《解剖城市》没有像上一本书《古典空间的文化密码》那样轻易地完成。作为一名博士研究生，我在学术性上对自己有了更高也更加严格的要求。因此，我在专业学习之余，对初稿进行了更加精细的打磨，也注重理论使用的创新性。虽然它们的文体并不是论文，但我对它们的要求跟论文几乎是一样的。不同之处，就是我还要确保它们有较强的文学性，确保它们不因理论的加入而丧失可读性。让它们同时拥有学术性与文学性，是我写作自始至终的一个努力方向。城市绝不仅仅只是一个需要理性对待的学术研究对象，它更是我们日夜生活于其中的空间与场域，与我们的经验、情感和想象有着最深入的联系。

最后，再次感谢我同济大学时期的导师张生教授，百忙之中拨冗作序。他的鼓励一直都是我前行的动力，这次更是让我不敢再有丝毫懈怠。我希望以后用更大的努力和更多的进步，回报张生老师的期待，回报吴义勤老师和其他帮助支持过我的老师的期待。

张艳庭

2020 年 10 月 8 日